ANDRÉ
MILEWSKI

DER CHORAL DER HÖLLE

Roman

Für .

viel Spaß

beim Lesen!

André

www.andre-milewski.de

Verlag: André Milewski

kontakt@andre-milewski.de

Umschlaggestaltung:
© Giessel Design
www.giessel-design.de
unter Verwendung von Stockbildern von Shutterstock

Karte: © André Milewski
Korrektorat: SKS Heinen

1. Auflage

*»Geht nach Ostindien; und von dort, ihr wisst,
kehrt von drei Männern einer nur zurück!«*

— *DER ZERBROCHENE KRUG*
VON HEINRICH VON KLEIST

PROLOG

BATAVIA, HAUPTSTADT VON NIEDERLÄNDISCH-INDIEN, 1680

Nachdem das Beben nachgelassen hatte, rannte Pieter van Vlekke sofort aus dem Rathaus ins Freie und hielt geradewegs auf die Unterstadt zu.

»Mijnheer! Warten Sie, es ist zu gefährlich«, rief ihm einer der feigen Ratsdiener noch hinterher, aber Pieter beachtete die Warnung nicht. Seine Sorge galt den drei Schiffen der VOC, die erst am Morgen im Hafen festgemacht hatten und jetzt mit Sicherheit in der aufkommenden Panik der Einheimischen in Gefahr liefen, geplündert zu werden. Pieter war seit sechs Jahren Gouverneur im *Kirchhof Europas*, wie Batavia spöttisch aufgrund der hohen Sterblichkeit der Kolonisten genannt wurde, und in dieser Zeit hatte er vor allem gelernt, dass den dreckigen, ungebildeten Menschen, die früher Anspruch auf dieses Land erhoben hatten, alles zuzutrauen war. Schnell erreichte er die Festungsmauer, die das gesamte Verwaltungsviertel der Stadt umgab. Auf den Türmen, die in gleichmäßigen Abständen verteilt waren, konnte er die ängstlichen Blicke der Gardisten sehen. Vereinzelt zogen sich frische Risse durch das Mauerwerk, verursacht durch das Beben.

Das Haupttor stand offen, wie immer um diese Tageszeit. Auch wenn das Areal immer noch im geschützten Bereich lag, hatte es schon seit Jahren keine Aufstände oder Angriffe mehr gegeben. Die Javaner hatten sich mit dem Herrschaftsanspruch der VOC abgefunden. Gleichwohl kam es vor der Mauer immer noch zu vereinzelten Übergriffen auf die nicht einheimische Bevölkerung, zu der außer den herrschenden Niederländern auch eine große Anzahl von Chinesen und Mardijker gehörten. Aber als Pieter jetzt aus dem Tor durch die Straßen der Unterstadt lief, an der Tigergracht entlang, gab es in dieser Hinsicht nichts zu befürchten. Überall sah er verängstigte und verwirrte Menschen, die vor ihren Häusern und Geschäften standen oder kauerten. Sie warfen ihm überraschte Blicke zu, als er in hohem Tempo an ihnen vorbeilief. Einen rennenden Niederländer sah man in Batavia so häufig wie eine Schneeflocke. Aus gutem Grund, denn Pieter lief in der brütenden, feuchten Hitze der Schweiß bereits in Strömen über das Gesicht und den Rücken, doch er achtete nicht darauf. Über die Dächer hinweg konnte er bereits die hochaufragenden Masten der Schiffe der Ostindien-Kompanie sehen, die sich nur ganz sachte hin und her bewegten.

Schließlich erreichte er Sunda Kelapa, das Hafenviertel, in dem ihn ein bestialischer Gestank in Empfang nahm. Er wusste nur zu gut, woher diese Ausdünstungen herrührten und sein Blick ging zu den Kanälen, die parallel zur Straße verliefen. In dieser Kloake badeten die Einwohner der Unterstadt und nahmen ihre Waschungen vor. Pieter hatte schon oft vergeblich versucht, die Menschen davon abzuhalten, weil die Kanäle als Abwasserleitungen der Oberstadt dienten und die Einwohner somit in einer Jauche aus Fäkalien und anderen menschlichen Ausscheidungen planschten. Doch diesmal waren die Kanäle frei von Badenden. Stattdessen drängte eine große Anzahl von ihnen zur Pier, wo sich einige Soldaten der VOC aufgebaut hatten und versuchten, die Menge daran zu hindern, an Bord der Schiffe zu gelangen.

Ich bin keine Sekunde zu früh hier, dachte Pieter. *Bitte Herr, lass jetzt keinen Schuss fallen!*, schickte er ein innerliches Stoßgebet gen Himmel.

Doch sein frommer Wunsch wurde nicht erhört. Ein Arkebusenschuss krachte laut donnernd über den Anleger und Pieter sah, wie einer der Einheimischen zusammenbrach. Wie tollwütige Hunde sprangen die Einheimischen auf den Schützen los, begruben ihn unter ihren Leibern und schlugen wie wild auf ihn ein. Ehe einer seiner Kameraden feuern konnte, brüllte Pieter, so laut er konnte: »Aufhören! Seid ihr denn alle wahnsinnig? Lasst ab von ihm!«

Tatsächlich reagierten die Menschen. Sie gaben den Soldaten frei, der aus vielen Wunden blutete, und wichen einige Schritte zurück. Mit großen Augen sahen sie ihn an, wie er schnaufend dastand, seine feinen Gewänder von dem Lauf durch die schmutzigen Straßen völlig verdreckt und mit schweißnassem Haar, das an seinem Kopf klebte. Währenddessen zogen die anderen Soldaten der VOC ihren verletzten Kameraden auf die Beine und führten ihn fort von der aufgebrachten Menge, vor der Pieter jetzt alleine stand – vor seinen Füßen der tote Leib des Mannes, der von dem Schuss getroffen worden war.

Die Einheimischen, zumeist Fischer, murmelten verwirrt untereinander und wichen einige Schritte zurück. Sie achteten ihn, dessen war er sich bewusst. Aber er war sich nicht sicher, ob dieser Respekt reichte, um einen Aufstand zu verhindern.

»Mijnheer, Sie müssen uns helfen!«, sprach ihn einer

der Fischer an, ein ziemlich alter Mann mit nur noch wenigen grauen Haaren auf dem Schädel. Pieter erkannte ihn. Er hieß Satria und war früher eine Art Sultan gewesen, ehe auch sein Volk sich der VOC beugen musste. »Wir müssen Orang Alijeh besänftigen, ehe er uns alle in den Tod schickt!« Die Stimme des Alten zitterte.

»Wen müssen wir besänftigen?« Pieter blickte irritiert in die Augen des Mannes.

»Ihr habt es doch auch gespürt, Mijnheer. Die Erde hat gebebt! Orang Alijeh ist erwacht und er ist zornig!«

»Wer in Namen des Herrn ist Orang Alijeh?«, fragte Pieter.

»Er ist der Gott des Vulkans! Und wenn er zornig ist, bebt die Erde und er speit Feuer aus seinen Nüstern!«

»Rede doch keinen Unsinn.«

»Kein Unsinn, Mijnheer. Orang Alijeh ist wütend, weil immer mehr fremde Eindringlinge in das Reich seiner Kinder einfallen.«

»Du meinst Eindringlinge wie mich?«, fragte Pieter mit scharfer Stimme.

Satria nickte ruhig.

»Abergläubischer Humbug! Sieh dich doch um, keiner der Vulkane hier auf der Insel zeigt ein Zeichen von Aktivität.« Pieter drehte sich um und wies mit der Hand ins Landesinnere, wo sich mächtige Bergkuppen in den Himmel erhoben.

»Nicht hier, Mijnheer. Es war auf Pulau Krakatau.«

»Krakatau? Das liegt in der Sundastraße, weit von hier entfernt. Das ist nicht …« Er verstummte. Sein Blick folgte der Hand des Alten, der nach Westen deutete. Dort sah Pieter eine tiefschwarze Rauchsäule in den Himmel aufsteigen.

»Wir müssen dorthin, um Orang Alijeh ein Opfer darzubringen!«

Pieter zögerte und sah in die Gesichter der Einheimischen, die ihn erwartungsvoll ansahen. Er war sich bewusst, dass es keinen Gott des Vulkans gab, aber ebenso wusste er, dass man den Glauben der Menschen hier nicht mit einigen Worten beikommen konnte. Sein Blick ging zu einem der Soldaten der VOC.

»Sagen Sie dem Kapitän Bescheid, dass wir mit einem der Schiffe auslaufen werden!«

»Aber …«

»Keine Widerrede!«

Nach einer knappen halben Stunde befand sich Pieter gemeinsam mit dem alten Fischer und drei weiteren Einheimischen an Bord der Zijp, dem kleinsten und schnellsten der drei Schiffe der VOC. Er hatte Kurs auf die Sundastraße befohlen, die direkt zwischen Sumatra und Java, den beiden großen Hauptinseln von Niederländisch-Indien verlief. Der Kapitän, ein mürrischer Mann mit großem Backenbart, war nicht begeistert gewesen von seinem Befehl. Aber er fügte sich. Sie machten gute Fahrt und schon nach wenigen Stunden bogen sie in die Meerenge. Als ihr Schiff unweit der Küste Javas entlang segelte, konnte Pieter zahlreiche Menschen am Ufer der Hafenstadt Anjer stehen sehen. Ihre Blicke waren auf die mächtige Rauchsäule gerichtet, der sie nun entgegenfuhren.

»Er ist sehr wütend«, murmelte Satria neben ihm, je näher sie der Insel Krakatau kamen, die sich in beinahe zentraler Lage in der Sundastraße befand.

Schließlich tauchte die Insel auf und Pieter nahm sich sofort ein Fernrohr. Als er hindurchblickte, sahen seine Augen ein flammendes Inferno. Aus dem Gipfel des höchsten Berges der Vulkaninsel, der spitz aufragte, schlugen Flammen und glühende Lava wälzte sich die Hänge hinab. Sie setzte den Urwald, der sich rings um den Berg befand, in Brand. Eine riesige Wolke aus schwarzem Rauch türmte sich auf und verdunkelte die Sonne.

»Herr im Himmel«, entfuhr es Pieter entsetzt.

»Wir müssen auf die Insel«, sagte der Alte neben ihm mit Entschlossenheit. »Nur dort können wir Orang Alijeh besänftigen.«

»Unmöglich. Das ist Wahnsinn. Niemand kann jetzt einen Fuß auf die Insel setzen!«

»Wenn wir es nicht tun, wird es ein großes Unglück geben, Mijnheer.«

Pieter blickte zweifelnd in Richtung des Vulkaneilands, das komplett in Flammen zu stehen schien. Er schüttelte mit dem Kopf.

»Wir können dort nicht hin.«

»Aber wir müssen. Noch ist Zeit. Spürt Ihr es nicht? Orang Alijeh ruht nur kurz, er wird sich erneut erheben, viel schrecklicher als zuvor. Und dann wird nichts und niemand vor seinem Zorn sicher sein.«

»Es ist ein Vulkan«, brüllte Pieter den Alten an. »Wie wollt Ihr einen Vulkan besänftigen?«

»Für Euch mag es nur ein Vulkan sein, Mijnheer. Aber wir leben seit Generationen hier. Wir kennen unsere Götter. Bringt mich an den Strand der Insel und Ihr werdet sehen. Im Gegenzug verspreche ich Euch, dass mein Volk keinerlei Aufruhr starten wird, solange Ihr in der Burg seid.«

Pieter verschlug es für einen Moment die Sprache, als Satria ihn mit seinen Worten unverhohlen mit Aufstand drohte. Sein Blick wanderte erneut zum Krakatau. Er überlegte.

Soll der Alte doch zum Vulkan fahren. Vielleicht verbrennt er dort. Aber wenn nicht, könnte ich die nächsten Jahre ohne Störungen regieren. Immerhin habe ich sein Wort.

Schließlich nickte er.

»Also gut. Wir werden so dicht wie möglich

heranfahren, den letzten Rest der Strecke müssen deine Leute und du mit dem Ruderboot zurücklegen.«

Der Kapitän brachte die Zijp so dicht an die Insel heran, wie er es verantworten konnte. Die Besatzung ließ eines der Beiboote zu Wasser, in dem Satria und seine drei Begleiter saßen. Die Javaner ruderten auf den Strandabschnitt am westlichen Ende der Insel zu, der noch unbehelligt von der Lava war.

»Die sind doch verrückt«, sagte der Kapitän kopfschüttelnd, der neben ihm stand. »Und wir ebenso, dass wir uns so dicht an dieses Inferno heranwagen!«

»Keine Sorge, sobald es ein Anzeichen einer Gefahr für das Schiff gibt, werden wir davonsegeln – egal, ob die Einheimischen wieder zurück sind oder nicht.« Pieter sah dem Ruderboot hinterher. Kurz spielte er mit dem Gedanken, einfach jetzt schon den Befehl zum Abdrehen zu geben. Mit dem Wind kam der Geruch von Schwefel herüber. Er zückte sein Taschentuch und hielt es sich vor Mund und Nase.

Aber abgesehen von dem beißenden Geruch und einem leichten Aschefall geschah nichts. Mit dem Fernrohr beobachtete Pieter, wie das Ruderboot mit den vier Männern unbeschadet den Strand erreichte. Satria sprang als Erster und Einziger heraus und rannte an Land. Dort fiel er auf die Knie und vergrub sein Gesicht im Sand. So verharrte er eine gefühlte Ewigkeit, ehe er sich wieder erhob. Als er sich wieder aufgerichtet hatte, zog er sich die Kette um seinen Hals über den Kopf. Er rief einige Worte, dann schleuderte er den Anhänger, so weit er vermochte, auf den Strand, bis zu den ersten Ausläufern des dichten Urwalds. Dann kehrte er zurück zum Boot.

Mit skeptischem Blick betrachtete Pieter den Alten, als dieser mit seinen Begleitern wieder zurück an Deck der Zijp kam.

»Ist Orang Alijeh jetzt besänftigt?«, fragte er mit spöttischem Unterton.

»Ja. Er hat das Opfer akzeptiert«, erwiderte Satria zufrieden. »Wir werden nichts mehr zu befürchten haben.«

»Gut. Und ich hoffe, du hältst dein Versprechen, das du mir gegeben hast.«

»Es wird genauso geschehen. Wir werden Frieden haben.«

Sie kehrten zurück nach Batavia. Die dunkle Rauchfahne, die aus dem Krater des Vulkans emporstieg, verblasste in den kommenden Tagen und schon bald war jegliche Erinnerung in den Köpfen der Menschen daran verschwunden. Wie Satria es gesagt hatte, gab es von nun an für Pieter van Vlekke einen Grund weniger, sich Sorgen zu machen. Die einheimische Bevölkerung begehrte nicht mehr auf und fügte sich in ihr Los. Unter Pieters Führung blühte Batavia auf und Stück für Stück vergrößerte sich die Stadt – und mit ihr auch der Einflussbereich der VOC auf Java. Bald legte Batavia auch den ungeliebten Beinamen als Kirchhof Europas ab und wurde stattdessen Königin des Ostens genannt. Von der Insel Krakatau hörte Pieter den Rest seines langen Lebens kein einziges Grollen mehr.

KAPITEL 1
DER AUFBRUCH
HAMBURG, 22. APRIL 1883

Im Hafen wehte eine frische Brise und sie trug den verheißungsvollen Duft von Freiheit und Abenteuer in sich. Leonhard Mahler schloss die Augen und holte tief Luft, ehe er seinen Seesack schulterte und sich durch die Menschenmengen, die sich über die Landungsbrücken schoben, hindurchzwängte. Die Sonne stand hoch am Himmel und es war ein wunderschöner Frühlingstag. Aber das war nicht der einzige Grund, der so viele Menschen in den Hafen getrieben hatte. Die Piers waren voll belegt mit riesigen Segelschiffen, Dampfern und Frachtern aus Übersee. Die Schauerleute entluden die Frachträume und die begehrten Waren aus aller Herren Länder wurden teilweise sofort an Ort und Stelle verkauft. Leonhard war noch nie in seinem Leben aus Norddeutschland herausgekommen, aber genauso stellte er es sich auf einem orientalischen Basar vor, der in den Büchern von Karl May, die er so gerne las, wortreich beschrieben wurde.

Aber es gab auch noch einen anderen Grund, weswegen sich hauptsächlich junge Männer seines Alters heute im Hafen aufhielten. Denn viele Schiffe tauschten auch einen Teil ihrer Besatzungen aus und hatten demzufolge Bedarf an neuen Matrosen. Vor beinahe jedem größeren Schiff waren aus diesem Grund Werber unterwegs. An Tagen wie heute mussten sie nicht weit gehen, um neue Fahrensmänner zu finden. Im Gegenteil, sie hatten jetzt die freie Wahl und konnten die am besten geeignetsten Männer heraussuchen.

Leonhard hatte den anderen Bewerbern aber etwas voraus: eine feste Zusage. Zufrieden blickte er auf den Zettel in seiner Hand und hielt dann Ausschau nach dem Schiff, auf dem ihn der Decksmeister schon erwartete. Nach einer Viertelstunde des Suchens erblickte er endlich den gewaltigen grün-weißen Rumpf der India, eines imposanten Segeldampfers. In der Mitte des Stahlrumpfes erhob sich ein riesiger Schornstein, der jedoch von den vier Masten, über die das Schiff ebenfalls verfügte, noch überragt wurde. Die India war eines der größten und schnellsten Passagierschiffe, die auf der Route zu seinem Zielort unterwegs waren. Vor einem Fallreep, über das sich die Passagiere an Bord begaben, konnte Leonhard einen Mann in einer blauen Offiziersuniform sehen, der gemeinsam mit einem Matrosen dastand und die neuen Crewmitglieder anwarb. Mit pochendem Herzen begab er sich zu ihm. Gleich würde er sein Ziel, Hamburg endlich zu verlassen und in Batavia ein neues Leben zu starten, erreichen.

»Alles klar, dann an Bord mit dir, mein Junge«, brummte der Offizier gerade einem Bewerber zu, der daraufhin mit freudestrahlendem Gesicht über das Fallreep an Bord kletterte.

Dann war Leonhard an der Reihe.

»Guten Tag, Herr Deckoffizier, mein Name ist …«

»Hast du einen Besenstiel verschluckt, Junge?«, blaffte ihn der erfahrene Seemann an. »Hier wirst du keinen Preis für gute Manieren gewinnen, das sage ich dir gleich. Außerdem bin ich Oberdeckoffizier. Also, was willst du?«

»Ich …« Leonhard stockte und streckte dann einfach seine rechte Hand mit dem Papier aus.

Der Offizier nahm das Schreiben entgegen und warf einen prüfenden Blick darauf.

»Schlechte Nachrichten, Kleiner. Unser alter Decksmeister ist nicht mehr an Bord, er ist in Ceylon besoffen über die Reling gekippt.« Der Matrose hinter dem Anwerber lachte lauthals. »Ich habe also keine Verwendung für dich.« Mit diesen Worten drückte er Leonhard den Zettel zurück in die Hand. »Der Nächste!«

»Aber hier steht, dass eine Stelle für mich frei gehalten wird«, protestierte Leonhard und machte keine Anstalten, beiseite zu gehen und dem Mann hinter sich Platz zu machen.

»Hörst du schlecht? Wir haben keine Verwendung für dich, also verpfeif dich!« Der Matrose machte einen Schritt auf ihn zu und sah ihn mit grimmiger Miene an.

Leonhard beachtete ihn nicht und sah an ihm vorbei zum Offizier.

»Ich bitte Sie, ich muss auf dieses Schiff. Sie haben doch bestimmt etwas für mich zu tun. Egal was. Ich übernehme jede Aufgabe!«

»Hau ab!« Der Matrose stieß ihn hart weg. Leonhard taumelte einige Schritte zurück und landete auf seinem Hosenboden. Alle Männer um ihn herum lachten.

Er rappelte sich wieder auf und ging erneut auf den Matrosen zu.

»Was denn, noch nicht genug?«, sagte dieser breit grinsend und ballte erwartungsfroh die Fäuste.

Da legte sich eine Hand auf Leonhards Schulter.

»Lass es gut sein, Junge.« Er blickte zur Seite und sah

in die tiefblauen und von tiefen Falten eingerahmten Augen eines Mannes, der mehr als doppelt so alt war wie er. »Du wirst dir nur eine Tracht Prügel einfangen.«

Leonhard zögerte einen Moment, warf noch einen Blick auf den grobschlächtigen Matrosen mit dem fiesen Grinsen im Gesicht und nickte dann dem alten Seebären zu. Danach sah er wie vor den Kopf geschlagen zu, wie viele der anderen Männer an Bord der INDIA gehen durften. Einer nach dem anderen kletterte das Fallreep hinauf, sogar der ältere Kerl, der ihn eben vor Schlimmeren bewahrt hatte. Schließlich stand er ganz alleine auf der Pier und fühlte sich den Tränen nahe.

Der Deckoffizier blätterte in einer Kladde in seiner Hand und legte dann die Stirn in Falten. Er sagte etwas zu dem Matrosen, der nur mit den Schultern zuckte. Dann legte sich sein Blick auf Leonhard.

»Möchtest du immer noch mitfahren, Junge?«

»Ich … ja, natürlich, Herr Oberdeckoffizier!« Sofort machte Leonhard einen großen Satz nach vorne. »Ich kann …«

»Still.« Der Offizier musterte ihn streng und fasste ihn dann an seinen rechten Oberarm. »Ziemlich schlaff. Hast du schon mal hart gearbeitet?«

Leonhard nickte eifrig. »Jawohl, Herr Oberdeckoffizier, das habe ich. Sogar sehr hart.«

Der Seemann warf ihm einen mitleidigen Blick zu, schlug dann erneut seine Kladde auf und zog einen Stift aus der Tasche.

»Name?«

»Leonhard Mahler, Herr Oberdeck…«

»Spar dir den Scheiß«, fuhr ihm der Matrose über den Mund. »Mach, dass du an Bord kommst!« Er deutete auf das Fallreep.

Leonhard zögerte kurz und sah den Offizier an, der mit seiner Eintragung fertig war und ihm zunickte.

Sofort eilte Leonhard zum Fallreep und kletterte daran empor auf das Deck, wo sich die mindestens zwanzig neuen Besatzungsmitglieder bereits in einem Halbkreis um eine Gruppe von weiteren Offizieren der INDIA aufgestellt hatten. Er stellte sich dazu.

»Dich hätte ich hier nicht mehr erwartet.« Mit erstauntem Gesicht sah ihn der Seemann von eben an und lächelte.

»Man sollte mich eben nicht unterschätzen«, gab Leonhard grinsend zurück.

»Das sehe ich. Ich bin Tjark.« Der Mann streckte ihm die Hand entgegen.

»Freut mich. Ich heiße Leonhard Mahler.«

Hinter ihm kamen auch der Offizier und der Matrose an Deck. Der Oberdeckoffizier stellte sich in die Mitte und brüllte dann mit lauter Stimme jeweils einen Namen und die Station, die dieser zugeteilt wurde. Die anderen Männer in Uniform, Offiziere und Unteroffiziere, nahmen die neuen Freiwilligen dann in Empfang und verschwanden mit ihnen, sobald die Abteilung vollzählig war. Leonhard betrachtete währenddessen das Schiff. Es war noch schöner, noch gewaltiger, als er sich in seinen kühnsten Träumen ausgemalt hatte. Auch wenn es bereits über eine Dampfmaschine verfügte, so war die Takelung an den vier Masten wie bei einer normalen Bark vorhanden.

»Mahler!«

Leonhard bekam einen Stoß in die Seite.

»Er meint dich«, flüsterte ihm Tjark ins Ohr.

»Hörst du schlecht?«, schrie ihn der Oberdeckoffizier an. »Los, mach, dass du zu deiner Abteilung kommst.«

»Viel Glück«, raunte Tjark ihm zu, als er den Seesack schulterte und losging. »Du wirst es brauchen.«

Leonhard ging mit drei weiteren Männern einem Bootsmann hinterher, der sie ohne ein Wort des

Willkommens sofort unter Deck führte. Auch die anderen sagten nichts, was bei Leonhard für ein mulmiges Gefühl sorgte. Sie stiegen immer tiefer in den Bauch des Schiffes hinab, bis sie zu einer massiven Stahltür kamen. Der Bootsmann öffnete das Luk mit seinen schwieligen und ölverschmierten Händen, die Leonhard erst jetzt auffielen. Aus der offenen Tür strömte ihnen der Geruch von Kohle und Asche entgegen, an dem nichts verheißungsvoll war. Er sah einen riesenhaften Ofen, dessen enormen Ausmaße nur erahnen ließen, was für eine Hitze er imstande war auszustrahlen.

»Willkommen im Kesselraum!«

Der Dunst von Beschränkung und Schweiß umschloss ihn.

KAPITEL 2
GROSSE PLÄNE

BATAVIA, EINE WOCHE SPÄTER

Mit glänzenden Augen beobachtete er die Szenerie. Der Markt ganz in der Nähe des Hafens Tjandjong Priok war der beste Ort der Welt. Egal, was alle anderen sagten. Hier war noch das alte Batavia zu sehen, die ursprüngliche Atmosphäre. Auch wenn es von den Kolonialherren abfällig als *benedenstad* – Unterstadt – bezeichnet wurde. Sollten die sich bloß von hier fernhalten und in ihrer Oberstadt glücklich werden. Er würde immer das alte Batavia vorziehen. Hier gab es alles, was das Herz begehrte. Außerdem waren der Trubel und die schier unglaubliche Menge an Menschen, die sich quälend langsam an den Ständen vorbeischoben, eine Einladung, der kein Taschendieb der Welt widerstehen konnte. Vor allem die Besucher aus dem fernen Europa waren ein allzu leichtes Ziel, aber ebenso die Asiaten, die interessiert an den Gewürzständen standen und sich minutenlang mit dem Händler unterhielten und versuchten, ihm kostenlose Proben abzuschwatzen. Bei den Arabern hingegen musste man auf der Hut sein, sie verfügten quasi über einen Extrasinn, der nur bei Taschendieben anschlug.

Einen Araber zu bestehlen, galt daher als die Königsdisziplin. Die Einheimischen waren tabu, das verstand sich von selbst. Doch gerade an diesem Morgen war ein weiteres Passagierschiff aus Europa angekommen und nun strömten die Reisenden auf den Markt. Es waren Deutsche, Niederländer, Franzosen und Spanier darunter. Gut betuchte Leute, denen es nicht wehtat, wenn ein praller Geldbeutel mehr oder weniger in ihrem Reisegepäck wäre. Es war einfach, aber nicht ohne Risiko. Denn die Kolonialherren schickten an Tagen wie heute die doppelte Anzahl von Polizisten auf den Markt, um für mehr Sicherheit zu sorgen. Doch selbst das war heute kein Problem.

Bimo drehte den Kopf zur Seite und sah seine Begleiterin an.

»Was meinst du? Sollen wir anfangen?«

Femke schüttelte den Kopf und ihre blonden Haare flogen ihr dabei über das Gesicht. Sie strich sich die Strähnen zur Seite.

»Lass uns abwarten, bis die Streife da vorne in die nächste Gasse einbiegt.« Sie reckte ihr Kinn ein Stück nach vorne in Richtung der zwei Männer in der dunkelblauen Uniform, die mit argwöhnischen Blicken durch die Gänge des Marktes schritten.

»Ganz wie Sie meinen, Prinzessin«, erwiderte Bimo schulterzuckend und grinste, als Femke ihn mit einem bitterbösen Blick bedachte. Sie hasste es, wenn er sie Prinzessin nannte, obwohl sie in seinen Augen genau das war. Immerhin war sie die Tochter eines hochrangigen Beamten der Stadt, der zwar nicht adlig war, in einem Ort wie Batavia diesem Ideal jedoch recht nahekam. Außerdem sah Femke genauso aus, wie Prinzessinnen in den Märchenbüchern aus Europa beschrieben wurden. Sie war blond, hatte eine blasse Haut und ihre Gesichtszüge waren dermaßen fein und anmutig, dass alleine ein Blick aus ihren blauen Augen ausreichte, um die Knie der Männer zum Schlottern zu bringen. Bimo liebte die Märchen aus Europa. Seine *Nenek* hatte als Kindermädchen bei verschiedenen niederländischen Familien gearbeitet und von dort viele Märchenbücher mit nach Hause gebracht. Großmutter beherrschte die Sprache der Kolonialisten nicht nur perfekt, sie konnte sie auch lesen. Also las sie ihm die Märchen aus fernen Landen vor und brachte ihm später bei, sie selbst zu lesen. »Sprache ist der Schlüssel«, pflegte seine *Nenek* immer zu sagen. Und Bimo wusste, dass sie damit recht hatte. Er lernte also nicht nur Niederländisch, bald beherrschte er auch Deutsch, Portugiesisch, Englisch und sogar etwas Chinesisch. Alles hatte er sich selbst beigebracht und er war stolz darauf. Sein Ziel war es, eines Tages aus Batavia fortzugehen, am liebsten nach Europa. Denn so sehr er seine Heimat und vor allem den Hafen auch liebte, brannte in ihm eine Sehnsucht, das Land aus den vielen Erzählungen, die er liebte, endlich mit eigenen Augen zu sehen. Es musste ein wunderschönes Land sein. Doch dafür brauchte er Geld. Viel Geld.

»Jetzt können wir los.« Femke gab ihm einen Stoß in die Seite, dann sprang sie von dem Querbalken des Zauns, auf dem sie saßen, und landete auf dem Boden. Sie wickelte sich mit schnellen Handgriffen ein Tuch um den Kopf, um ihre langen blonden Haare zu verstecken.

»Man sieht trotzdem sofort, dass du eine Europäerin bist«, bemerkte Bimo.

Femke zuckte mit den Schultern. »Na und? Davon gibt es Tausende hier. Hauptsache, man erkennt mich nicht sofort anhand der Haarfarbe.«

»Nur anhand deines hübschen Gesichts …« Bimo biss sich auf die Zunge und er spürte, wie ihm das Blut ins Gesicht schoss.

»Wenn du glaubst, ich falle auf deine Schmeichelei herein und gebe dir mehr als die Hälfte der Beute, dann hast du dich geirrt. Jetzt komm!« Femke marschierte in die Marktgasse. Bimo folgte ihr dichtauf, um sie in dem Gedränge nicht aus den Augen zu verlieren.

Sie schlenderten eine Weile durch das Gewimmel und gönnten sich ein paar Jambuse, deren Verlust der Obsthändler verschmerzen konnte.

»Da vorne«, sagte Femke mit lautem Schmatzen und zeigte unauffällig auf einen unglaublich dicken Mann.

»Oh mein Gott, der muss verdammt reich sein«, murmelte Bimo und sah den Europäer bewundernd an.

»Vor allem ist er zu fett, um uns zu folgen.« Seine Freundin warf ihre halb aufgegessenen Jambus achtlos auf den Boden. »Machen wir es wie immer.«

»Nein, diesmal bist du dran«, sagte Bimo entschieden. »Ich lenke ihn ab und du greifst dir den Geldbeutel.«

»Ich, aber … du bist geschickter.« Femke sah unsicher zu ihrem auserkorenen Opfer hinüber.

»Eine bessere Gelegenheit zum Üben wirst du nicht bekommen. Dieser Mann sieht nicht sehr beweglich aus. Außerdem bist du selber verdammt geschickt. Du schaffst das.«

»Also gut.«

Sie gingen langsam in die Nähe des voluminösen Mannes, der sich gerade mit seiner Begleiterin an einem der Stoffstände aufhielt und angeregt mit dem Händler plauderte. Er sprach Malaiisch, aber dies mit einem derart furchtbaren Akzent, dass Bimo sofort klar war, dass dieser Mann aus Deutschland kam – ein Land in Europa, direkt neben den Niederlanden und aus dem einige seiner Lieblingsmärchen stammten. Die Frau an der Seite des Dicken war deutlich jünger und in ihren

Gesichtszügen erkannte er eine gewisse Ähnlichkeit zu dem älteren Mann.

»Hörst du das?«, sagte Femke. »Er spricht die Landessprache. Er war also bestimmt schon öfter hier. Wir sollten es doch lieber bei jemand anderem versuchen.«

»Ach was, der ist genau richtig.«

»Nein, ich finde, wir sollten …« Femke verstummte und sah mit offenem Mund zu dem Mann hinüber, der gerade einen dunklen Lederbeutel von seinem Gürtel losmachte, ihn aufzog und einige Goldmünzen daraus in seine Hand fallen ließ. Auch der Händler schien sein Glück kaum fassen zu können. Bimo sah den gierigen Ausdruck in seinen Augen.

»Also abgemacht! Sie liefern mir zehn Ballen ihrer besten Seide an Bord des Schiffes. Hier die Anzahlung«, hörte Bimo den beleibten Mann sagen und verfolgte, wie dieser dem Händler zwei der Goldtaler in die Hand drückte. Dann stopfte er die restlichen Münzen zurück in den Beutel und band diesen wieder an den Gürtel.

Es war nicht nötig, noch ein Wort zu wechseln. Femke sah ihn entschlossen an und nickte. Jetzt wurde es ernst.

Der dicke Mann und seine Tochter wandten sich von dem Stand des Stoffhändlers ab und gingen weiter. Bimo atmete tief durch, drängte sich an einigen Leuten vorbei und rannte dann mit voller Absicht und viel Schwung in den Mann hinein. Es fühlte sich an, als würde er gegen eine weiche Matratze laufen, wie in dem Märchen mit der Prinzessin, die auf einem Turm aus ganz vielen weichen Bettpolstern schlief.

»Hey, pass doch auf, du dreckiger Bengel«, fluchte der Dicke.

»Entschuldigt vielmals, Mijnheer. Es tut mir furchtbar leid. Allah soll mich dafür bestrafen, dass ich nicht darauf geachtet habe, wohin meine Füße mich trugen und ich gegen euren zerbrechlichen Körper gestoßen bin.«

»Das ist doch … erst läufst du rücksichtslos in mich hinein und dann verspottest du mich auch noch?«

»Ich …« Bimo taumelte zurück, als die rechte Hand des Mannes plötzlich nach vorne schnellte und ihm eine klatschende Ohrfeige verpasste. Verdutzt rieb er sich die Wange. Damit hatte er nicht gerechnet.

»Lass dir das eine Lehre sein, Bursche!«

»Ganz gewiss, Mijnheer.« Bimo neigte den Kopf.

»Vater, pass auf! Eine Diebin!« Die Tochter des Mannes kreischte laut auf, als Femke mit ihrer schmalen Hand hinter seinem Rücken an den Geldbeutel langte und diesen fingerfertig vom Gürtel löste – ganz, wie Bimo es ihr gezeigt hatte. Doch als sie sich umwandte, packte die Tochter sie am Arm. Doch Femke wand sich aus ihrem Griff und schlug dem jungen Mädchen mit geballter Faust ins Gesicht. Mit einem Schrei ging die zu Boden.

»Na warte!« Der dicke Mann erwies sich als beweglicher und vor allem flinker als vermutet, er drehte sich geschmeidig um die eigene Achse und versuchte, nach Femke zu greifen, doch in diesem Moment sprang Bimo nach vorne und trat dem Mann mit dem Fuß direkt in den Magen. Keuchend sackte der vornübergebeugt in sich zusammen.

»Komm schnell!« Bimo griff nach Femkes Hand und rannte los, zwischen den umstehenden Menschen, die alle verwundert zusahen, aber zum Glück war niemand daran interessiert, sie festzuhalten oder am Weglaufen zu hindern. Sie bogen um die Ecke, die aus der Gasse hinaus in den nächsten Gang führte. »Ich glaube, wir haben es gescha…« Eine Faust flog gegen seinen Kopf. Der Schlag fegte ihn von den Beinen. Benommen landete er auf dem Boden vor einem Gewürzstand und war unfähig, sich zu rühren.

»Na, wen haben wir denn da? Meine Verehrung, Fräulein de Wit.« Der Kerl, der Bimo niedergeschlagen hatte, hielt nun Femke am Handgelenk fest und drehte es herum, bis sie den Geldbeutel freigab. »Ich glaube, es ist besser, wenn ich das an mich nehme und dem rechtmäßigen Besitzer zurückgebe, nicht wahr?« Der Mann lächelte und ließ einen goldenen Schneidezahn aufblitzen.

»Mahler, Sie verfluchter Mistkerl!«, zischte Femke den Mann an. »Lassen Sie mich los!«

»Wie Sie es wünschen, Fräulein.« Als er seinen Griff lockerte, fiel Femke nach hinten und landete auf ihrem Hintern. Sofort krabbelte sie zu Bimo, der immer noch kleine Sterne vor seinen Augen tanzen sah.

»Alles in Ordnung?«, fragte Femke ihn mit besorgter Miene.

»Mir dreht sich alles.«

»Der kleine Gauner wird schon keinen bleibenden Schaden davontragen«, höhnte der Deutsche, der ihn niedergeschlagen hatte. Bimo kannte ihn gut, Ludger Mahler bezeichnete sich zwar als Geschäftsmann, jedoch war dessen Gewerbe kaum gesetzmäßiger als sein eigenes. Aber ein Europäer, der die Einheimischen betrog und bestahl, wurde eben anders behandelt als jemand wie er.

»Da sind die Diebe!« Der dicke Mann kam in Begleitung seiner Tochter und zwei Kolonialbeamten auf sie zugestapft.

»Lauf weg, schnell«, stammelte Bimo und sah zu Femke.

»Aber nicht doch.« Mahler war hinter sie getreten und legte eine Hand auf ihre schmale Schulter. »Sie bleiben schön hier, Fräulein de Wit.«

Dann waren die Polizisten auch schon bei ihnen. Sie machten ein überraschtes Gesicht, als sie Femke erkannten.

»Nicht schon wieder«, seufzte einer der Männer und schüttelte den Kopf. »Ihr Vater wird nicht darüber erfreut sein, Mevrouw.«

»Sie kennen diese diebische Elster?«, fragte der dicke Mann. Der Beamte nickte nur stumm. Dann wurde Bimo auf die Beine gezogen.

»Dann bringen wir die beiden mal zum Richter.«

»Ich nehme an, dies gehört Ihnen?«, fragte Ludger Mahler den Bestohlenen und hielt den Geldbeutel in die Höhe.

»Ja, tut es. Vielen lieben Dank für Ihr beherztes Eingreifen, guter Mann.«

Der Angesprochene neigte den Kopf leicht.

»Ludger Mahler. Es war mir eine Freude, behilflich sein zu können.«

»Ah, ein Landsmann«, strahlte der Dicke. »Das freut mich natürlich umso mehr, Herr Mahler. Mein Name ist Georg Kopperschmidt und dies ist meine Tochter Otilie.«

»Ebenfalls sehr erfreut, Herr Kopperschmidt. Falls Sie während Ihres Aufenthalts in Batavia noch einmal Hilfe benötigen, lassen Sie es mich wissen. Ich lebe seit einigen Jahren hier und kann Ihnen vielleicht behilflich sein.«

»Danke für Ihr freundliches Angebot. Davon werde ich gerne Gebrauch machen.«

»Entschuldigen Sie kurz, die Herren«, sagte einer der Polizisten und sah dann Ludger Mahler an. »Wären Sie so frei, uns zu begleiten und eine Aussage zu machen bezüglich dieses Halunken?« Er deutete auf Bimo.

»Aber selbstverständlich.« Mahler wandte sich noch

einmal an den Dicken. »Sie sehen, die Bürgerpflicht ruft. Wo kann ich Sie später finden, Herr Kopperschmidt?«

»Ich werde während meines Aufenthalts bei einem meiner Geschäftspartner in Weltevreden wohnen. Sie wissen, wo das liegt?«

»Natürlich. Wie heißt Ihr Geschäftspartner?«

»Johan van Leeuwen.«

»Der Name ist mir ebenfalls bekannt. Ich werde Ihnen morgen Nachmittag einen Besuch abstatten, wenn Sie erlauben.«

»Gewiss. Dann bis morgen, Herr Mahler.«

»Bis morgen. Passen Sie bis dahin gut auf Ihr Geld auf, Herr Kopperschmidt.« Mahler lachte und wandte sich dann wieder zu dem Polizisten um. »Jetzt können wir los.«

Während Femke freundlich von den Beamten aufgefordert wurde, loszugehen, gingen sie mit ihm weniger zurückhaltend um. Einer der Polizisten hielt ihn eisern am Oberarm fest und schob ihn durch die Marktgassen. Die Leute machten ihnen Platz und warfen Bimo mitleidige Blicke zu. Sie wussten, was Dieben für eine Strafe drohte. Mehrere Monate in einem Arbeitslager waren zu erwarten. Auch Bimo war sich dessen bewusst. Die niederländischen Kolonialherren waren dafür bekannt, sehr harte Strafen zu verhängen, als Abschreckung. Und vor allem der Richter, zu dem ihn die Beamten jetzt mit Sicherheit bringen würden. Rutger de Wit, Femkes Vater. Und da seine Tochter involviert war, würde er bestimmt nicht zögern, Bimo in eines der am weitesten entfernten Lager zu schicken, auf Borneo oder – was noch schlimmer wäre – auf den Molukken. Er musste unbedingt vorher fliehen. Um Femke musste er sich jetzt keine Sorgen machen, ihr Vater würde seine einzige Tochter mit Sicherheit nicht zu einer Strafe verurteilen.

Während er sich umsah und überlegte, wie er am besten entkommen könnte, stieß Ludger Mahler, der hinter ihnen herging, plötzlich einen Schrei aus. Der Beamte, der Bimo am Arm festhielt, stürzte zu Boden. Der Mann riss ihn mit herunter, löste dann aber seinen Griff. Blitzschnell sprang Bimo auf die Beine und sah, wie der Polizist und der Deutsche auf dem Boden lagen.

»Lauf weg! Schnell«, rief Femke und klammerte sich an dem zweiten Beamten fest, der sich gerade auf Bimo stürzen wollte.

Das ließ er sich nicht zweimal sagen. Mit einem großen Satz sprang er auf einen der nächstgelegenen Marktstände, dessen Besitzer sofort lautstark protestierte. Aber Bimo achtete nicht auf ihn, sondern rannte über die Auslage und sprang schließlich auf der anderen Seite herunter, rannte auf eines der Gebäude zu, die sich dahinter befanden, und verschwand ins Innere.

»Verdammt, jetzt ist der Bursche entkommen«, fluchte der Polizist, an dem Femke sich klammerte.

»Ich bin untröstlich«, stammelte Ludger Mahler betrübt, während er sich vom Boden erhob. »Es war ein Versehen, ich bin ins Stolpern geraten und gestürzt. Es tut mir sehr leid.«

»Schon gut«, sagte der andere Polizist. »Früher oder später werden wir ihn schon erwischen.«

Femke stieß ein gehässiges »Ha!« aus. »Sie werden ihn niemals zu fassen kriegen, er ist viel zu flink für euch!«

»Sie sollten sich lieber um sich selbst Gedanken machen, Mevrouw de Wit«, erwiderte einer der Beamten barsch. »Der Richter hat im Moment keine gute Laune und euch gleich zu sehen und zu erfahren, was ihr getan habt, wird sicherlich nicht dazu beitragen, dass er sich gnädig zeigt.«

»Möchten die Herren, dass ich trotzdem noch mitkomme?«, fragte der Deutsche.

»Nein, ich glaube, es ist nicht mehr vonnöten.«

»In Ordnung. Ich bitte nochmals um Entschuldigung für meine Ungeschicklichkeit, die Herren.«

»Schon vergessen«, erwiderte der Polizist, der wegen Mahler gestürzt war. »Einen schönen Tag noch.«

»Den wünsche ich Ihnen ebenfalls. Ich empfehle mich.«

»Gehen wir, Mevrouw de Wit!«

Femke folgte den Anweisungen der Beamten. Für sie war am wichtigsten, dass Bimo es geschafft hatte, zu entkommen. Als sie losgingen, warf sie noch einen giftigen Seitenblick auf Ludger Mahler. Sie hatte den Eindruck, als würde der Deutsche ihr zuzwinkern.

KAPITEL 3

DER NEUE POSTEN

ANJER, WESTKÜSTE VON JAVA, FOURTH-POINT-LEUCHTTURM, 1. MAI

Mit vor Stolz geschwellter Brust rückte er sich seine Mütze ein Stück zurecht, als der niederländische *Contrôleur* den Schlüssel zückte. Der Beamte brauchte einen Moment, aber schließlich schaffte er es, das Türschloss zu öffnen. Dann zog er den Schlüssel wieder aus dem Schloss heraus und drehte sich damit zu ihm herum.

»Hiermit übergebe ich Ihnen also offiziell die Schlüssel und damit die vertrauensvolle Aufgabe, sich ab sofort um den Leuchtturm *Vierde Punt* zu kümmern.« Er sprach mit feierlicher Stimme, obwohl außer ihnen beiden niemand anderes anwesend war, und reichte ihm den Türöffner aus Eisenguss. »Ich wünsche Ihnen viel Erfolg bei dieser Aufgabe, Tuah.«

»Vielen Dank, Mijnheer. Ich werde Sie nicht enttäuschen.«

»Das weiß ich doch, Tuah.« Der alte Niederländer Edwin de Bruin lächelte ihn an. »Wenn jemand über den nötigen Respekt und das Verantwortungsbewusstsein für diese Stellung verfügt, dann Sie.« Er klopfte ihm auf die Schulter. »Jetzt will ich

Sie nicht länger von Ihrer neuen Arbeit abhalten. Sie wissen, was zu tun ist.«

Tuah nickte. Natürlich wusste er das. Seit Wochen hatte er sich mit nichts anderem mehr beschäftigt. Er hatte die Vorschriften und sämtliche Anweisungen gelesen, die es für die Stelle des Leuchtturmwärters gab. Seine Frau Sumbi hatte sich schon beschwert, dass er für sie und seinen Sohn Ajip keine Zeit mehr übrig hatte, aber Tuah war sich sicher, dass sie jetzt, da er die Stelle tatsächlich bekommen hatte, verdammt stolz auf ihn sein würde. Er war jetzt der Leuchtturmwärter von Fourth Point oder *Vierde Punt*, wie die Holländer zu sagen pflegten. Der einzige Javaner, der jemals eine solch verantwortungsvolle Stellung übertragen bekommen hatte. Die anderen drei Leuchttürme an der Westküste waren mit Holländern besetzt.

Nachdem der *Contrôleur* gegangen war, betrat Tuah den schlanken Turm, der sich knappe vierzig Meter in die Höhe schraubte. Das hielt ihn jedoch nicht davon ab, die eisernen Gitterstufen im Laufschritt zu nehmen. Doch bereits auf der Hälfte war er außer Atem, sodass er die letzten Stufen im normalen Tempo erklomm. Oben angekommen, begutachtete er zunächst das Leuchtfeuer. Der Fourth-Point-Leuchtturm verfügte über eine der modernsten Beleuchtungstechniken in ganz Niederländisch-Indien. Die lange Zeit übliche Argand-Lampe war vor einem halben Jahr durch ein modernes Gasglühlicht ersetzt worden. Dieser Leuchtkörper bestand im Kern aus einem metallenen Glühstrumpf von ungefähr zwanzig Zentimeter Länge, der mittels eines Gas-Luft-Gemisches zum Leuchten gebracht wurde. Damit entfiel der lästige Dochtwechsel, der bei Leuchttürmen mit Argand-Lampen immer noch drei- bis viermal in einer Nacht fällig war. Und um die Lichtstärke noch zu verbessern, wurde das Licht von einer Fresnel-Linse gebündelt. Nachdem Tuah sich überzeugt hatte, dass die gesamte Anlage in einem einwandfreien Zustand war, trat er hinaus auf die Plattform. Der Wind wehte hier oben deutlich stärker als in Bodennähe. Zufrieden und glücklich stützte er sich auf dem Geländer ab und ließ seinen Blick über die Sundastraße schweifen. In der Fahrrinne der Meerenge, die zwischen den Inseln Sumatra und Java verlief, herrschte wie immer reichlich Schiffsverkehr. Etliche Frachter, die aus Niederländisch-Indien Kurs auf Europa nahmen und die begehrten Waren, vornehmlich Gewürze, in die Heimat der Kolonialherren transportierten. Aber auch Passagierschiffe, deren Anzahl sich seit dem Aufkommen der dampfbetriebenen Schiffe vervielfacht hatte.

Von seiner Position aus waren es bis zum südlichen Zipfel Sumatras gerade einmal dreißig Kilometer. An einem Tag wie heute konnte man alles klar erkennen. Lautes Tuten erklang, als eines der Schiffe den nahe gelegenen Hafen von Anjer verließ. Tuah nahm seine Schirmmütze ab und winkte dem Schiff damit zu. Es war die GOUVERNEUR-GENERAL LOUDON, ein Segeldampfer, der die meiste Zeit als Post- und Transportschiff diente, und zwischen dem nahen Sumatra und Java verkehrte. Erneut erscholl das Schiffshorn der LOUDON zum Gruß. Tuah hatte sich niemals zuvor glücklicher gefühlt. Selbst bei der Geburt seines Sohnes nicht. Er setzte die Mütze wieder auf und sah nach Westen. In zentraler Lage befanden sich dort mehrere kleine Inseln. Eine davon war Krakatau, ebenfalls gute dreißig Kilometer entfernt. Sie fiel besonders ins Auge, weil sich ein spitzer Berg dort achthundert Meter in die Höhe reckte. Sein Vater hatte ihm viele Geschichten über diese Insel erzählt und von den drei Vulkankratern, die sich auf ihr befanden.

In einem der Krater hauste der Legende nach der Gott Orang Alijeh, der eines Tages erwachen und alle Fremden vertreiben würde. Aber die Vulkane waren lange erloschen und bis vor einigen Jahren war auf der Insel sogar eine kleine Strafkolonie eingerichtet gewesen, die aber mittlerweile wieder abgezogen war, weil die Einheimischen sich bei den Kolonialherren beschwert hatten. Denn auf Krakatau gab es einen dichten Urwald und vor allem gutes Holz, an dem sich viele der als Fischer tätigen Bewohner Javas und Sumatras gleichermaßen nur zu gerne bedienten. Die hohen Vulkanberge, die sich hoch über den Baumwipfeln erhoben, beachtete keiner von ihnen. Auch Tuah schenkte dem Eiland jetzt keine Aufmerksamkeit mehr. Er ging zurück ins Turminnere und freute sich darauf, dass es bald dunkel werden würde. Und er zum ersten Mal das Leuchtfeuer einschalten durfte.

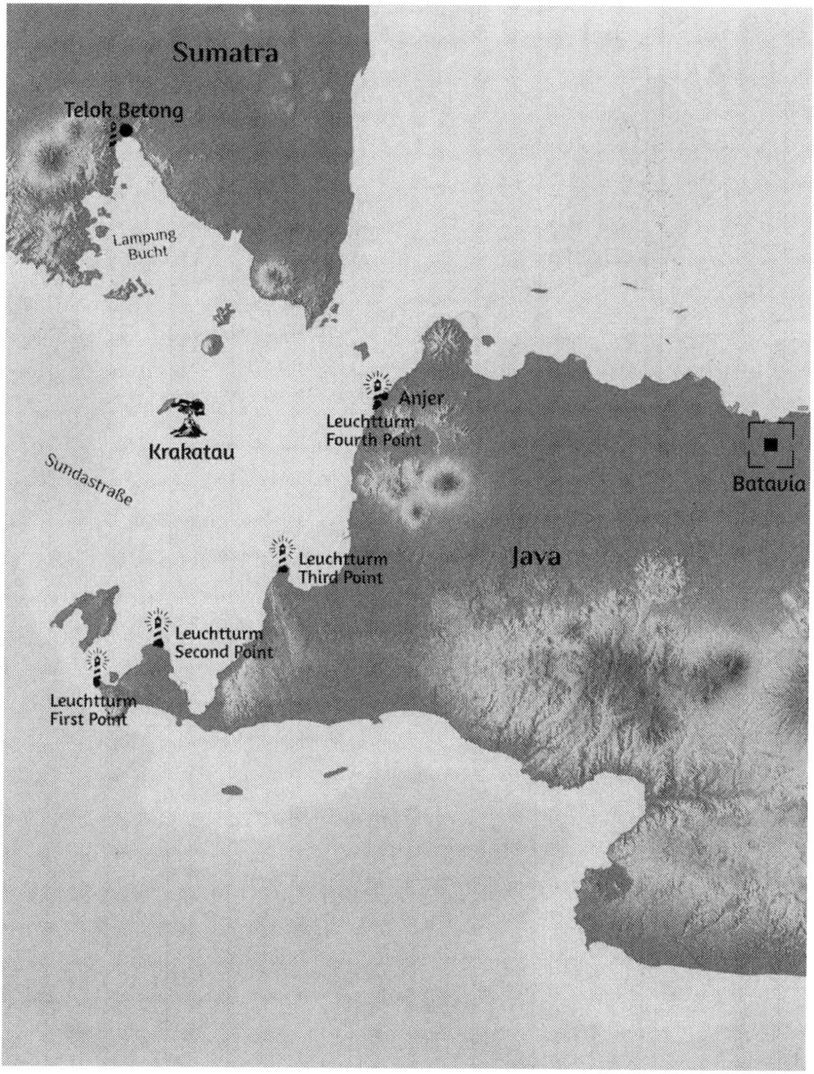

Sumatra
Telok Betong
Lampung Bucht
Krakatau
Sundastraße
Anjer
Leuchtturm Fourth Point
Batavia
Java
Leuchtturm Third Point
Leuchtturm Second Point
Leuchtturm First Point

KAPITEL 4
GLÜCKSGEFÜHLE
BATAVIA

Fröhlich pfeifend betrat Ludger Mahler das kleine Gasthaus im Sunda Kelapa, dem alten Hafen, der seit der Eröffnung des neuen und größeren Hafens Tjandjong Priok kaum noch eine Relevanz hatte. Nur noch die einheimischen Fischer nutzten die alten Anleger, während die Dampfschiffe aus Europa und dem Rest der Welt im neuen Hafen festmachten. Aber Ludger schätzte die Atmosphäre in Sunda Kelapa und vor allem auch die Tatsache, dass sich hier so gut wie nie ein offizieller holländischer Beamter herverirrte. Er bestellte sich einen Kaffee und einen Rum am Tresen und setzte sich dann an einen der Tische im hinteren Teil des Gastraums.

»Die Geschäfte laufen gut, nehme ich an?«, fragte ihn ein großgewachsener Mann, der am Nebentisch gerade sein Frühstück verschlang. Im buschigen roten Bart des Kerls hingen einige Essensreste.

»Hallo Graham, dich habe ich ja lange nicht mehr gesehen. Ja, ich habe gerade eine kleine Glückssträhne. Wie sieht es bei dir aus?«, fragte er den Briten.

»War schon mal besser. Ich halte mich im Moment

mehr schlecht als recht mit einigen Ausflugstouren über Wasser.«

»Deine stolze QUEEN ANNE als Ausflugsdampfer? Du machst Scherze!«

Der Schotte schüttelte den Kopf. »Leider nein. Seit meinem kleinen Disput mit dem verdammten Richter de Wit bekomme ich keine Frachten mehr zum Transportieren. Die vermaledeiten Niederländer boykottieren mich. Das geht jetzt schon seit acht Wochen so. Und um überhaupt noch etwas zu verdienen, muss ich eben einige der Besucher drüben im Hafen einsammeln und fahre mit denen ein wenig die Küste entlang. Aber es sind zu wenige, um wirklich Gewinn einzufahren. Lange kann ich das nicht durchhalten.«

»Kann ich mir vorstellen.«

»Du hast nicht zufällig ein wenig von deinem Glück für mich übrig?« Graham warf ihm einen schiefen Blick zu.

»Tut mir leid. Momentan spielen sich meine Geschäfte eher an Land ab. Aber sollte sich was ergeben, wobei ich einen tüchtigen Seemann und ein Schiff benötige, komme ich sofort auf dich zurück.«

»Verstehe. Dann hoffe ich, dass es dich bald mal wieder auf die See verschlägt, Mahler.« Graham kratzte mit der Gabel die Reste seines Frühstücks auf dem Teller zusammen, stopfte es sich in den Mund und erhob sich vom Tisch. »Bis bald, mein Freund.«

»Bis bald. Und viel Glück«, rief Ludger dem britischen Kapitän hinterher, als dieser das Gasthaus verließ. Dann trank er seinen Rum mit einem Zug aus und zog danach den Brief aus der Tasche. Er kam aus Hamburg, aber die Schrift auf dem Umschlag war nicht die seiner Schwägerin, das erkannte er sofort. Er öffnete das Kuvert und las die wenigen Zeilen. Sie waren von Leonhard, seinem Neffen.

»Oh, verflucht«, murmelte er, als er den Text gelesen hatte. »Ich freue mich, dich bald zu sehen«, wiederholte er den letzten Satz des Briefes leise.

Seine Hand ging zum Rumglas, aber das war bereits leer. Er hielt es in die Höhe und rief nach dem Gastwirt, der sofort herbeieilte und es wieder vollschenkte. Als er es an die Lippen ansetzte, hielt er kurz inne.

Vielleicht kann ich den Jungen doch gebrauchen. Ja, ganz gewiss sogar.

Ein Lächeln umspielte seine Lippen, dann trank er den zweiten Rum aus.

Einige Stunden später stieg er aus der Kutsche, die ihn vom Hafen Batavias nach *Weltevreden*, in die Oberstadt, gebracht hatte und stand vor dem *Huis ten Bataver*, dem riesigen Anwesen von Johan van Leeuwen. Wobei die Bezeichnung als Haus eine schamlose Untertreibung war. Hinter dem gusseisernen Tor, vor dem Ludger nun stand, erhob sich ein wahrer Palast. Es stand exponiert auf einem leicht ansteigenden Berghang, der das Gebäude nur umso eindrucksvoller wirken ließ, mit der grünen Wand des nahen Regenwaldes, der nur wenige Hundert Meter hinter *Huis ten Bataver* begann. Johan van Leeuwen war einer der reichsten Männer in ganz Niederländisch-Indien und er scheute sich nicht davor, dies auch offen nach außen zu tragen. Ludger trat an das Tor, wo sofort ein Javaner hervortrat und ihn nach dem Grund seines Besuches fragte.

»Ich bin mit Herrn Georg Kopperschmidt verabredet, melde ihm, dass Herr Ludger Mahler eingetroffen ist.«

»Sie werden erwartet, Mijnheer«, erwiderte der Torwächter nickend und öffnete ihm eilig den linken Flügel. Dann rief er nach einem weiteren

Einheimischen, der Ludger den langen Weg hinauf zum Haus führte.

Er spürte, wie seine Aufregung wuchs. Jahrelang hatte er versucht, mit Johan van Leeuwen ins Geschäft zu kommen, und jetzt hatte ihm der Zufall in Gestalt eines Straßendiebes in die Karten gespielt und verhalf ihm zu seiner lang erwarteten Chance. Je näher er dem Anwesen kam, desto mehr begann er zu schwitzen und das lag nicht nur an der Hitze. Schnell zog er ein Taschentuch hervor und wischte sich das Gesicht damit ab. Als er schließlich direkt vor dem doppelstöckigen *Huis ten Bataver* stand, musterte er es staunend. Es war ein wahrer Augenöffner. Die weiß verputzte Fassade strahlte im Sonnenlicht und das Familienwappen der van Leeuwens prangte groß über dem Eingang. Ein aufrecht schreitender Löwe, der in seinen Pranken den Erdball gepackt hielt, den er mit aufgerissenem Maul anbrüllte.

Bescheidenheit lag anscheinend schon damals nicht in der Familie, dachte Ludger.

Der Diener, der ihn zum Haus geführt hatte, öffnete die prachtvolle Haustür und hieß ihn, einzutreten. Im Inneren war es angenehm kühl, im Vergleich zu der feucht-schwülen Luft draußen. Das Vestibül des Hauses war gigantisch. Die Decke erstreckte sich in eine Kuppel aus, die man dem Bauwerk von außen überhaupt nicht angesehen hatte. Wunderschöne und farbenfrohe Malereien schmückten die meterhohen Wände, die darüber hinaus auch mit einem Übermaß an Stuck und Vergoldungen verziert waren. Eine doppelläufige Treppe am Ende der Empfangshalle führte hinauf in den ersten Stock, darunter befand sich eine enorme Schiebetür, deren beiden Elemente offen standen. Diesen Weg entlang führte ihn der Javaner weiter und brachte ihn schließlich in einen Raum, den er das Gartenzimmer nannte. Kaum war Ludger eingetreten, wusste er auch, warum der Raum diesen Namen trug. Durch die wohl größte Glasscheibe, die er jemals gesehen hatte, konnte man direkt auf den Urwald schauen, über dessen Baumwipfeln ein leichter Dunstschleier hing, von der aufsteigenden Feuchtigkeit. Vor dem Panoramablick stand ein schwerer Mahagonitisch um den herum drei breite Sofas im Louis-seize-Stil positioniert waren. Dort erwarteten ihn bereits zwei Männer. Einer war sein Landsmann Georg Kopperschmidt, der andere war der Hausherr persönlich, Johan van Leeuwen.

»Ah, mein lieber Freund, da sind Sie«, begrüßte ihn Kopperschmidt und wuchtete seinen schweren Leib dazu in die Höhe. Van Leeuwen begnügte sich damit, den Kopf zu ihm zu drehen. Ludger spürte, wie der Holländer ihn skeptisch musterte. Der Geschäftsmann hatte beinahe schneeweißes Haar und ein von tiefen Furchen durchzogenes Gesicht mit einer auffälligen Warze auf der rechten Wange. Seine Augen wirkten geradezu gespenstisch, als sich das satte Grün des Regenwaldes darin spiegelte. Kopperschmidt stellte sie einander vor und Ludger bemühte sich, einen guten Eindruck zu machen.

»Es freut mich sehr, Ihre Bekanntschaft zu machen, Mijnheer van Leeuwen«, sagte er in seinem besten Niederländisch.

»Nehmen Sie Platz«, beschied ihn der alte Mann, ohne seinen Blick von ihm abzuwenden.

Ludger nickte und setzte sich neben Kopperschmidt auf das Sofa.

»Sie haben meinen Gast also davor bewahrt, das Opfer eines räuberischen Bastards zu werden?«

»So war es, ganz recht«, betonte Ludger selbstbewusst.

»Sie haben gut daran getan. Diese undankbaren Strolche müssen endlich lernen, sich wie zivilisierte

Menschen zu benehmen. Und wenn wir es ihnen mit Gewalt einprügeln müssen.«

Er nickte van Leeuwen Zustimmung signalisierend zu.

»Nun, Gewalt ist nicht immer das beste Mittel der Wahl«, warf Georg Kopperschmidt ein, was beim Hausherrn für ein müdes Lächeln sorgte.

»Man erkennt sofort, dass mein geehrter Gast noch nicht so oft in Niederländisch-Indien gewesen ist. Sonst würde er wissen, dass die Einheimischen hier ohne unser Zutun völlig verwildern würden. Sie benötigen die Führung einer harten Hand. Oder wie sehen Sie das?«

»Nun, ich lebe tatsächlich auch schon einige Jahre in Niederländisch-Indien und ich kann Ihnen da nur beipflichten, Mijnheer. Die Javaner und alle anderen Einheimischen von Niederländisch-Indien wären ohne den segensreichen Einfluss der Niederländer sicherlich um einiges ärmer dran. Vermutlich hätten die Portugiesen sie sonst alle versklavt und verkauft.«

Johan van Leeuwen klatschte sich mit der rechten Hand auf seinen Oberschenkel und sah Kopperschmidt an.

»Da hören Sie es! Gerade habe ich das Gleiche zu Ihnen gesagt, Georg. Die Kolonisierung dieser Inseln hat erst dazu geführt, dass sich so etwas wie eine leistungsfähige Gesellschaft entwickelt hat. Wir Europäer waren es, die den Nutzwert all dieser Schätze, die die Natur hier reichlich bietet, erkannt und in bare Münze verwandelt haben. Und wie haben es diese Wilden uns gedankt? Sie haben sich aufgelehnt, wollten unsere Vorfahren, die ihnen doch so viel Gutes gebracht hatten, töten und davonjagen. Aber wir haben uns durchgesetzt. Wo früher Finsternis herrschte, ist nun Licht. Zu Beginn war dies hier der Kirchhof Europas, doch wir haben obsiegt und dieses Land in ein wahres Paradies verwandelt«, schwärmte van Leeuwen. Er sah ihn nun deutlich freundlicher an. »Sie gefallen mir, Herr Mahler.«

Ludger atmete tief durch, jetzt, da das Eis gebrochen schien. Es folgte ein halbstündiger Gedankenaustausch darüber, welche segensreichen Dinge die Niederländer ihren Kolonien gebracht hatten. Zum Ende kamen sie zum Schluss, dass die Kolonisierung durch und durch positiv war und nur Gewinner hervorbrachte. Dabei betonte van Leeuwen freimütig, dass er einer derjenigen war, die am meisten davon profitiert hatten.

Der Hausherr bat Ludger, mit ihm und Kopperschmidt zusammen das Abendessen einzunehmen. Er ließ sich seine Freude darüber nicht anmerken und zierte sich ein wenig, mit dem Hinweis, dass er noch rechtzeitig wieder zurück ins Zentrum von Batavia wollte. Aber der Niederländer zerstreute seine vorgespielten Bedenken mit dem Angebot, ihn mit einer seiner privaten Kutschen zurückbringen zu lassen.

Beim Essen nahmen auch die Frauen des Hauses mit am Tisch Platz. Mevrouw van Leeuwen mit ihrer Tochter Antje und die etwas verschüchtert wirkende Otilie Kopperschmidt. Aber das folgende Tischgespräch spielte sich nur unter Ludger und den beiden Geschäftsmännern ab. Die Frauen blieben beinahe die ganze Zeit über stumm oder redeten belangloses Zeug untereinander. Als der Hauptgang vorbei war, zündete sich Johan van Leeuwen eine Zigarre an und nahm ein paar tiefe Züge.

»Hervorragend, einfach hervorragend«, sagte er mit anerkennendem Blick auf den Stumpen in seiner Hand. »Das neueste Produkt direkt von meinen Tabakplantagen: *Van Leeuwens koninklijke Sigaren*. Gleich morgen geht die erste Ladung davon per Schiff nach Europa. Direkt an den Hof von König Wilhelm III.

Daher darf ich die Zigarren auch mit der Krone ausstaffieren!« Der Niederländer machte ein stolzes Gesicht und erweckte den Eindruck, sehr zufrieden mit sich zu sein.

»Ich mache mir nicht viel aus Rauchwaren«, erwiderte Georg Kopperschmidt, ohne seinen Gastgeber anzuschauen, und kümmerte sich lieber um das Dessert, das die javanische Dienerschaft mittlerweile an die Speisetafel gebracht hatte.

Ludger beobachtete, wie sich van Leeuwens Miene kurz verfinsterte, aber dann lachte er laut auf.

»Ihr Deutschen schafft es doch immer wieder, dass ich mich wundere, wie ihr überhaupt Geld mit euren Geschäften verdient.« Er zog erneut genüsslich an der Zigarre. Danach blies er einen großen Rauchring über den Tisch. »Was ist mit Ihnen, Herr Mahler? Mit welcher Art Geschäfte verdienen Sie Ihr Geld?«

Das war das Stichwort, auf welches Ludger den ganzen Nachmittag lang gewartet hatte.

»Ich bin eine Art Generalunternehmer«, antwortete er und setzte sich dabei etwas aufrechter hin.

»Und das bedeutet was genau?« Sein Gastgeber sah ihn mit prüfenden Augen an.

»Ich handele mit jeglicher Art von Ware, die Gewinn verspricht. Kautschuk, Tabak, Kaffee und natürlich auch Gewürze wie Pfeffer, Zimt oder Gewürznelken.«

Van Leeuwens rechte Augenbraue bog sich nach oben. Der Niederländer kaute nachdenklich an der Zigarre herum.

»Dann verfügen Sie doch sicherlich über eine gute Infrastruktur, oder? Ich meine Lagermöglichkeiten, Handelsrouten, Transportmöglichkeiten.«

»Selbstverständlich. Das ist sozusagen die Lebensader meines Geschäfts«, gab Ludger mit leichter Überheblichkeit zurück.

»Soso.« Johan van Leeuwen lehnte sich in seinem Stuhl zurück und blickte versonnen auf die Zigarre in seiner Hand.

»Also, wenn das so ist, könnten Sie doch auch die Lieferung einiger meiner Waren für mich übernehmen, mein lieber Freund«, meldete sich Georg Kopperschmidt, der die erste Schüssel mit dem puddingartigen Nachtisch geleert hatte und sich gerade eine zweite griff.

»Selbstverständlich gerne, wenn ich Ihnen damit behilflich sein kann. Worum handelt es sich denn?«, fragte Ludger ungerührt und versuchte, sich nicht anmerken zu lassen, wie wütend ihn die Frage seines Landmannes machte. Warum konnte der Fettsack nicht einfach weiterfressen und die Klappe halten? Aber jetzt blieb ihm nichts anderes übrig, als dieses Spiel weiterzuspielen.

»Ich bin Stoffhändler. Ich kaufe hier günstig Ware ein und lasse sie nach Bremen und Hamburg bringen, wo sich Niederlassungen meiner Textilfabriken befinden. Bisher muss ich den Frachtraum teuer bezahlen, aber eventuell könnten wir beide da eine günstigere Abmachung zu unserem gegenseitigen Vorteil treffen?«

»Mit Sicherheit lässt sich das arrangieren.«

»Von wo aus betreiben Sie Ihr Geschäft, Herr Mahler?«, fragte van Leeuwen ihn und aschte einfach auf den Fußboden. Sofort kam einer seiner einheimischen Dienstboten, um die Asche wegzufegen. »Ich dachte eigentlich, ich kenne jeden Transporteur in Batavia.«

»Nun, mein Hauptstandort befindet sich in Anjer. Es ist dort einfach günstiger, der Hafen ist ausgezeichnet und die Arbeiter sind ehrlich und zuverlässig.«

»Und was treibt Sie dann nach Batavia?«

»Nun, ich habe seit Neuestem ein kleines Büro in der

Stadt, weil ich es mir einfach nicht entgehen lassen möchte, in der Hauptstadt repräsentiert zu sein. Zudem gibt es hier eine Menge Kundschaft.«

»Sie haben also schon Kunden in Batavia?«

»Ja. Aber nur kleinere Händler bisher, noch keine Großkunden.«

Ein lautes Rülpsen dröhnte durch das Esszimmer. Georg Kopperschmidt errötete und hielt sich peinlich berührt die Hand vor den Mund.

»Du bist unmöglich«, schalt Otilie ihren Vater vom anderen Ende des Tisches.

»Hauptsache, es hat geschmeckt«, lachte Ludger.

Die Frauen standen mit pikierten Blicken vom Tisch auf und verließen gemeinsam den Raum.

»Es ist mir sehr unangenehm«, sagte Kopperschmidt kleinlaut zu van Leeuwen.

»Ach was, zerbrechen Sie sich deswegen nicht den Kopf. Das passiert schon mal.« Er winkte ab und sah Ludger an. »Wenn Sie nichts dagegen haben, würde ich Sie gerne einmal in Ihrem Büro besuchen kommen. Ähnlich wie unser lauter Freund hier hätte auch ich Interesse an Ihren Dienstleistungen.«

Ludger spürte, wie sein Herz ihm bis zum Hals schlug. Aber er versuchte, Ruhe auszustrahlen.

»Es wäre mir eine Ehre, Mijnheer.«

»Also gut. Geben Sie meinem Kutscher, der Sie gleich nach Batavia zurückbringen wird, die Adresse Ihres Büros. Ich werde Mittwoch in einer Woche zu einem Termin in der Stadt sein und bei der Gelegenheit um die Mittagszeit bei Ihnen vorbeikommen. Dann sprechen wir weiter.«

Ludger verabschiedete sich und wie versprochen ließ van Leeuwen ihn mit einer seiner Kutschen aus Weltevreden zurück ins knapp acht Kilometer entfernte Zentrum von Batavia bringen. Ludger ließ sich direkt auf dem großen Marktplatz unweit des Gouverneur-Palastes fahren und stieg dort aus. Er sagte dem Kutscher, dass sich sein Büro in einem der Gebäude an der Südseite des Platzes befände. Als er alleine im Licht der Gaslaternen stand, kratzte er sich versonnen am Kopf.

»Du hast manchmal wirklich mehr Glück als Verstand, Ludger, du verfluchtes Schlitzohr«, sprach er zu sich selbst. »Du hast doch tatsächlich den van Leeuwen an Land gezogen. Jetzt musst du dir noch schnell ein Büro suchen.« Pfeifend ging er weiter.

KAPITEL 5
FREI ATMEN
MITTELMEER, AN BORD DER INDIA

Der schlimmste Tod musste der durch Ersticken sein. Daran hatte Leonhard keinerlei Zweifel mehr. Er hustete beinahe unentwegt, während er eine Schaufel nach der anderen in den Kessel wuchtete. Die INDIA verfügte über einen gewaltigen und modernen Schiffskessel. Die Metallkonstruktion war so riesig, dass sie sich über mehrere Decks erstreckte. Leonhard war auf dem untersten von ihnen eingesetzt und dafür verantwortlich, dass das *monkey* nicht erlosch. So wurde die Unterfeuerung des Kessels genannt, der als Vorwärmer diente und das Wasser in den Flammrohren nach oben trieb. Die Kohlen landeten im gierigen, alles verschlingenden Feuer und noch mehr Ruß durchzog den Heizerraum. Es war kein dicker schwarzer Qualm, nur ein leichter feiner Nebel, fast unsichtbar für das menschliche Auge, doch Leonhard spürte ihn. Auf seiner Haut. In seinem Mund. In seiner Lunge. Er war sich sicher, dass er niemals lebend in Batavia ankommen würde. Auch wenn die INDIA auf dem kürzesten Weg dorthin unterwegs war. Seit der Eröffnung des

Suezkanals im Jahr 1869 nahmen beinahe alle Schiffe diese Abkürzung, um vom Nordatlantik in den Indischen Ozean und nach Niederländisch-Indien zu gelangen. Die Reisezeit verkürzte sich erheblich und auch die Strecke war deutlich sicherer, als um das Kap der Guten Hoffnung herumzusegeln.

Leonhard indes hatte kaum noch Hoffnung. Der Wind war schlecht und die INDIA fuhr fast nur mit Dampfkraft. Tagein, tagaus schaufelte er Kohlen. An seinen Händen hatten sich zuerst Blasen gebildet, und als diese aufplatzten, schließlich Schwielen. Wäre da nicht Tjark gewesen, Leonhard hätte sich längst aufgegeben. Aber der erfahrene Seemann, der auf dem Schlafdeck tief im Bauch des Schiffes die Hängematte neben ihm belegte, war ein Quell von unerschütterlicher guter Laune und Optimismus und schaffte es jedes Mal auf Neue, in Leonhard wieder die verloschene Flamme der Hoffnung zu entzünden.

»Was machst du schon wieder für ein leidendes Gesicht, Leo?«

Er antwortete nicht sofort darauf, sondern starrte phlegmatisch weiter an die Decke, während er völlig erledigt in der Hängematte lag, die sich sanft hin und her wiegte im Wellengang der INDIA.

»Ich überstehe das nicht. In meinem ganzen Leben war ich noch niemals so kaputt«, murmelte er.

»Dann hast du auch noch nie richtig gearbeitet, Kleiner. Wir sind gerade mal eine Woche unterwegs und haben noch gut das Doppelte vor uns, bis wir Batavia erreichen. Ein Klacks.«

»Du hast leicht reden, du darfst den ganzen Tag an Deck herumlaufen, frische Luft atmen und die Aussicht genießen.«

Tjark lachte.

»Komisch, bei dir klingt es so, als würde ich mich auf einer Urlaubsreise befinden oder als ob ich einer der stinkreichen Passagiere wäre. Dabei ist die Arbeit an Deck mindestens eine ebensolche Plackerei wie deine Kohlenschipperei.«

»Ach wirklich? Warum beschwerst du dich dann nie? Immer wenn ich dich sehe, bist du gut gelaunt und am Grinsen.«

»Vielleicht, weil mir meine Arbeit Spaß bringt, du Griesgram? Meine Güte, Leo, was hast du bloß bisher getrieben in deinem Leben? Eine Woche körperliche Arbeit unter etwas schwierigeren Bedingungen und schon machst du schlapp und jammerst wie ein altes Waschweib.« Tjark packte die Hängematte und schüttelte sie kräftig hin und her.

»Hey, lass das! Ich …« Aber da war es schon zu spät. Durch das heftige Geschaukel rutschte Leonhard aus seinem fragilen Schlafplatz und landete hart auf den Holzplanken. Die anderen Matrosen, die sich in dem Schlafdeck befanden, brachen in schallendes Gelächter aus.

»Alles in Ordnung?«, fragte Tjark besorgt und streckte ihm die Hand entgegen. »Das wollte ich nicht. Komm, ich helf dir wieder hoch.« Aber er schlug die Hand seines Freundes weg und stemmte sich selbst in die Höhe. Wütend warf er sich wieder in die Hängematte hinein. »Es tut mir leid. Ich wollte dich nur ein wenig aufmuntern.«

»Ist dir nicht gelungen. Und jetzt lass mich bitte in Ruhe.«

»Das könnte dir so gefallen, aber das kannst du vergessen. Ich werde keine Ruhe geben, bis du endlich wieder ein fröhliches Gesicht machst.«

»Darauf kannst du lange warten. Erst, wenn ich in

Batavia meine Füße an Land gesetzt habe, werde ich wieder fröhlich sein.«

»Ach wirklich?« Tjark beugte sich über ihn und sah ihn prüfend an. »Los, mitkommen!«

»Lass mich schlafen.« Leonhard wollte sich umdrehen, aber Tjarks Hand packte ihn an der Schulter und zog ihn zur Seite. Schnell hing sein Oberkörper wieder halb aus der Hängematte heraus. Um nicht erneut zu stürzen, schwang er sein Bein ebenfalls heraus und stellte es auf dem Boden ab. »Warum piesackst du mich so sehr?«

»Weil es mir nicht egal ist, wie du dich fühlst, und ich nicht möchte, dass du den Rest der Fahrt Trübsal bläst. Los, komm schon.«

»Wo wollen wir jetzt hin? Es ist schon fast dunkel und meine nächste Schicht beginnt bald.«

»Einfach mir nach. Es wird sich lohnen, glaub mir.«

Er wusste, dass Tjark keine Ruhe geben würde, bis er seinen Willen bekommen hatte. Also folgte er ihm – wenn auch widerwillig. Zu seinem Erstaunen steuerte der erfahrene Seemann nach Verlassen des Schlafdecks die Treppe an, die hinauf zu den Passagierdecks führte.

»Spinnst du? Da dürfen wir nicht hoch. Der Bootsmann hat es mir in aller Deutlichkeit verboten, diesen Weg auch nur anzusehen.«

»Für mich gilt das nicht. Und wenn du in meiner Begleitung bist, darfst du da auch hoch. Also komm.«

Leonhard zögerte einen Moment, aber als er sah, wie entschlossen und selbstsicher Tjark die Stufen emporstieg, schloss er sich schließlich an. Der Treppenaufgang führte bis ganz nach oben und endete mittschiffs. Der riesige, hochaufragende Schlot des Dampfkessels erinnerte Leonhard daran, dass er sich gerade etliche Meter über seinem Arbeitsplatz befand. Als er hinaus an Deck trat und die frische, salzhaltige

Luft einatmete, das erste Mal seit Tagen, fühlte er sich sofort erfrischt. Die Luft war angenehm warm und feucht, nur ein laues Lüftchen ging. Die INDIA machte ruhige Fahrt und glitt sachte über das nahezu spiegelglatte Meer.

»Wo sind wir hier?« Leonhard kniff die Augen zusammen, im Zwielicht der Dämmerung konnte er einen Küstenstreifen am Horizont ausmachen. Erst jetzt fiel ihm auf, dass er in den Tagen im Kesselraum jegliche Orientierung verloren hatte und überhaupt nicht wusste, an welcher Position sich das Schiff gerade befand.

»Wir sind auf dem Mittelmeer. Da hinten siehst du die Küste Afrikas, genauer gesagt die von Libyen. Siehst du dahinten die Lichter? Das müsste Tripolis sein, wenn ich mich nicht irre.«

Sprachlos starrte Leonhard auf die wenigen Lichtquellen. Zuletzt war er an Oberdeck gewesen, als sie im Hafen von Lissabon angelegt hatten, um neue Kohlen an Bord zu nehmen. Hinter sich hörte er Gelächter und Stimmen, als sich eine kleine Gruppe von Passagieren näherte. Tjark packte seinen Arm und zog ihn mit sich in Richtung Vorderdeck. Sie liefen bis zum Bug und ließen sich dort neben der Ankerklüse in der Bordwand nieder. Leonhard atmete tief durch und schloss die Augen.

»Nicht einschlafen.«

»Keine Angst. Ich genieße es nur gerade, endlich wieder frei atmen zu können«, erwiderte er mit geschlossenen Augen.

»Dann geht's dir schon besser, nehme ich an?«

»Ja. Viel besser.«

»Sehr schön. Warte kurz auf mich, ich bin gleich wieder zurück und dann fühlst du dich wie im Traum.« Tjark sprang auf und huschte über das Deck davon, ehe Leonhard etwas erwidern konnte. Schnell war seine schlanke Gestalt in der immer schneller einsetzenden Dunkelheit verschwunden.

Was hat er nun noch vor?, wunderte er sich. Dann lehnte er sich wieder zurück, schloss die Augen und lauschte dem leisen Spiel der Wellen, die hin und wieder sanft gegen den Bug aufliefen. *Könnte es doch nur immer so sein.*

Mit einem Tritt gegen sein Bein wurde er urplötzlich brutal aus seiner Wunschwelt gerissen.

»Was machst du hier, Bursche?«, raunzte ihn ein breitschultriger Kerl mit einer Laterne in der Hand an. Der Lichtschein blendete Leonhard, sodass er das Gesicht des Mannes nicht erkennen konnte. »Ich hab dich was gefragt!«

»Ich … ich arbeite im Kesselraum«, gab er stammelnd zur Antwort.

»Wie schön für dich. Was hast du dann an Deck zu suchen, du kleine Made? Wenn ich dem Bootsmann erzähle, dass ich dich hier an Deck erwischt habe, wirst du so viel Kohlen schaufeln, bis dir die Arme abfallen.« Ein gehässiges Lachen erklang. »Los, hoch mit dir.« Der Kerl versetzte ihm einen weiteren Tritt.

»Alles gut, der Kleine gehört zu mir«, erklang Tjarks Stimme aus der Finsternis hinter der Laterne.

Der Mann drehte sich zu ihm herum.

»Tjark, bist du das? Was treibst du mit diesem Burschen hier an Deck? Hattest du etwa vor, ihn ein wenig zu vernaschen?« Wieder ertönte die dreckige Lache.

»Nein, ich hatte nur ein paar Probleme mit der Ankerkette, er hat mir geholfen, sie zu richten. Ich habe gerade mein Werkzeug weggebracht und dachte, der Junge könnte noch ein wenig frische Luft vertragen. Du weißt doch, wie es ist, im Kesselraum zu arbeiten.«

»Ja, das weiß ich nur zu gut«, brummte der Kerl.

»Aber trotzdem sollte er nicht an Deck sein. Das bringt nur Ärger.«

»Gönn ihm nur noch ein paar Minuten«, bat Tjark. »Sagen wir, eine Zigarettenlänge?« Er holte zwei Glimmstängel hervor und reichte sie dem Mann. Der schwenkte die Laterne und sah Leonhard ins Gesicht. »Bleibt nicht mehr zu lange hier draußen. Wenn euch meine Ablösung hier antrifft, wird der nicht so verständnisvoll sein.« Dann schnappte er sich die Zigaretten und schlurfte von dannen.

»Danke dir.«

»Halb so wild. Wernher ist ein rauer Geselle, aber er hat ein weiches Herz«, meinte Tjark und ließ sich neben ihm aufs Deck nieder. »Lass uns die Zeit gut nutzen.« Er holte unter seiner Jacke zwei braune Glasflaschen hervor.

»Ist das etwa …?«

»Bier. Ganz genau. Ich habe einen guten Draht zum Smutje.« Tjark öffnete eine der Flaschen mit seinem Bordmesser und reichte sie ihm. »Wohl bekomms!«

Ungläubig blickte Leonhard auf die kühle Flasche in seiner Hand.

»Warum tust du das alles für mich?«

»Ein Danke reicht«, erwiderte Tjark fröhlich und öffnete seine Bierflasche ebenfalls. »Aber wenn du es genau wissen willst: Ich war auch mal ein junger Bursche wie du, der früh sein Herz an die See verloren hat. Ich weiß, wie hart die ersten Wochen fern von zu Hause sind. Auch wenn die Zeiten heute ein wenig einfacher sind als damals und die INDIA sich nicht mit den Schaluppen vergleichen lässt, auf denen ich zuerst gefahren bin. Da kann es guttun, wenn man jemanden hat, mit dem man reden kann.«

»Danke. Das werde ich dir nicht vergessen.«

»Das will ich doch sehr hoffen. Prost!«

Als Leonhard eine halbe Stunde später wieder in seiner Hängematte lag, waren alle düsteren Gedanken verschwunden und er fühlte sich so zuversichtlich wie an dem Tag, als er sich im Hafen von Hamburg eingeschifft hatte.

KAPITEL 6
NEUE PARTNERSCHAFT
BATAVIA

Bimo blickte sehnsüchtig auf das Meer hinaus und beobachtete die Schiffe, die aus dem Hafen Batavias hinausfuhren und Kurs auf Europa setzten. Wie sehr wünschte er sich, jetzt dort an Bord zu sein. Doch er saß im Sand und flickte die alten Fischernetze seines Vaters. Seit dem missglückten Raub vor zwei Tagen hatte er sich nicht mehr in der Stadt blicken lassen. Auch von Femke hatte er nichts gehört, aber er war sich sicher, dass sie die Sache ohne große Probleme überstehen würde. Immerhin war ihr Vater der Oberste Richter in Batavia. Ein paar Tage noch, dann wäre genügend Gras über die Sache gewachsen. Wäre dieser verdammte Deutsche nicht auf der Bildfläche aufgetaucht, würde es überhaupt keine Probleme geben. Bimo langte sich an den Kiefer, der beim Kauen immer noch ein wenig schmerzte, von dem Faustschlag, der ihn getroffen hatte.

»Bimo!«

Er wandte seinen Blick vom Meer ab und sah zu der armseligen Hütte seiner Eltern. Seine Mutter stand in der Tür und winkte ihn zu sich heran.

»Was ist denn? Ich bin beschäftigt«, rief er zurück und hielt, wie zum Beweis, das Fischernetz in die Höhe.

»Hier ist ein Besucher für dich.«

Er zuckte zusammen. Er hatte noch nie Besuch bekommen, niemals. In seinem Kopf schrillten sämtliche Alarmglocken. Kurz überlegte er, das Netz fallen zu lassen und einfach davonzulaufen. Doch dann sah er zu seiner Mutter, die zwar ebenso überrascht wie er wirkte, aber dabei doch relativ entspannt dastand. Wären es Polizisten gewesen, die ihn suchten, hätte seine Mutter ihn niemals einfach gerufen.

»Kommst du bitte?«

Langsam stand er auf und klopfte sich den Sand von den Beinen. Seine Mutter war schon wieder im Haus verschwunden, als er dort ankam und eintrat. Er hörte sie im großen Familienraum mit jemandem sprechen.

»Er steckt doch nicht in Schwierigkeiten?«, fragte sie.

»Keineswegs. Ich würde sogar sagen, heute ist sein Glückstag«, gab eine tiefe Männerstimme zur Antwort. Bimo erkannte sie sofort. Wutschnaubend stürmte er in den Raum und baute sich vor dem Besucher auf.

»Verschwinden Sie von hier!«

Amüsiert musterte Ludger Mahler ihn und schlürfte seelenruhig den Tee.

»Bimo! Wie redest du mit unserem Gast?«

»Ist schon gut, Frau Djuwita. Er hat allen Grund, auf mich sauer zu sein. Deswegen bin ich hier, um mich zu entschuldigen.« Mahler stellte seine Tasse auf dem Boden ab und sah Bimo ernst an. »Es tut mir leid.«

Für einen Moment wusste er nicht, wie er reagieren sollte.

»Was tut Ihnen denn leid?«, wollte seine Mutter wissen.

»Ich habe Ihren Sohn geschlagen«, gab der Deutsche

freiheraus zu. »Ich dachte, er wäre ein Dieb, aber ich habe mich geirrt. Ich war im Unrecht.«

Bimo schluckte, als Mahler das Wort »Dieb« aussprach.

»Das ist sehr ehrenwert von Ihnen, dass Sie deswegen hierherkommen«, lobte seine Mutter den ausländischen Besucher. »Uns ist schon oft Unrecht widerfahren und nie hat es einer der Niederländer für angebracht gehalten, uns um Verzeihung zu bitten.«

Mahler nickte.

»Eine traurige Angewohnheit. Aber ich bin nicht nur hier, um mich zu entschuldigen. Nein, ich möchte Ihrem Sohn auch eine Arbeit anbieten.«

Bimo glaubte, sich verhört zu haben, und starrte Mahler ungläubig an.

»Ist das Ihr Ernst? Das wäre wunderbar«, frohlockte seine Mutter und klatschte in die Hände. »Hast du das gehört, Bimo? Endlich eine Arbeit für dich!«

»Kannst du mich und Herrn Mahler bitte kurz alleine lassen, Mutter?«

»Ich … aber …«

»Lassen Sie nur, Frau Djuwita«, sagte der Deutsche sofort. »Ihr Sohn und ich sollten eh einige Dinge unter vier Augen besprechen, wenn es Ihnen recht ist. Aber ich würde vorschlagen, wir gehen ein Stück am Strand spazieren.« Mahler stand von dem Sitzkissen am Boden auf. Er sah ihm in die Augen. »Wollen wir?«

Gemeinsam gingen sie aus der Hütte hinaus und an den Strand, wo das Fischernetz immer noch im Sand lag, direkt neben dem zweiten Kanu der Familie. Mit dem ersten war sein Vater mit einigen der anderen Fischer unterwegs. Ein paar Kinder von den Nachbarsfamilien liefen am Gestade entlang und spielten Fangen.

»Schön habt ihr es hier.« Mahler stemmte seine

Hände in die Hüfte und blickte auf das Meer hinaus. »Herrliche Aussicht.«

»Wir sind jetzt alleine, Sie können mit dem Theater aufhören«, presste Bimo verärgert hervor. »Warum sind Sie wirklich hier?«

»Das sagte ich doch bereits: Ich biete dir Arbeit an.«

»Vorgestern haben Sie mich noch niedergeschlagen!«

»So schnell ändern sich die Dinge«, lachte Mahler. »Jetzt sei nicht nachtragend. Meine Entschuldigung ist aufrichtig. Es tut mir leid, dass ich dich geschlagen habe. Außerdem hast du es doch auch ein wenig dir selbst zuzuschreiben, nicht wahr? Aber immerhin war ich auch so nett, dir zur Flucht zu verhelfen. Oder glaubst du etwa, ich wäre einfach so gestolpert?« Der blondhaarige Mann zwinkerte.

»In Ordnung. Was für eine Arbeit haben Sie mir anzubieten?«

»Eine, die deinen Fähigkeiten am besten entspricht. Du sollst etwas für mich stehlen.«

Entgeistert sah Bimo dem Deutschen ins Gesicht.

»Wie bitte?«

»Das war nur ein Witz, beruhige dich. Aber ich war sehr beeindruckt davon, wie du auf dem Markt entkommen bist. Du bist flink und wendig und verfügst über eine gute Sprungkraft. Außerdem scheinst du mir ein sehr aufgeweckter Bursche zu sein. Dieses Talent kann ich gut gebrauchen.«

»Sind Sie total verrückt? Sie kommen zu mir nach Hause und bieten mir einfach eine Beschäftigung an? Halten Sie mich für dumm? Ich weiß genau, mit was für krummen Geschäften Sie Ihr Geld verdienen.«

»Wie ich schon sagte, ich halte dich für einen sehr cleveren Burschen. Ich habe bei früheren Gelegenheiten vielleicht manchmal etwas unredlich gehandelt, aber das gehört längst der Vergangenheit an. Deine Mutter muss davon aber nichts erfahren. Sollte sie auch lieber nicht«, fügte Mahler mit Nachdruck hinzu.

»Ach wirklich?«, fragte Bimo sarkastisch. »Und wie stellen Sie sich das vor? Sie wird Fragen stellen, was ich für Sie mache.«

Ohne zu antworten, zückte der Deutsche eine kleine Karte und reichte sie ihm. Darauf waren bloß zwei Worte und ein Segelschiff gedruckt. Als er nicht sofort reagierte, dachte Mahler anscheinend, dass er den Text nicht lesen konnte, und fügte erklärend hinzu: »Das ist meine Firma, Mahler Export. Da werde ich dich anstellen, erst mal als Mädchen für alles.«

»Mädchen? Aber ich bin doch …«

»Das ist nur eine Redensart. Es bedeutet, dass du für alles Mögliche zuständig sein wirst.«

»Mädchen putzen, kochen und waschen. So was mache ich garantiert nicht!«

Ein lautes Seufzen entfuhr aus dem Mund des Deutschen und er rieb sich mit den Fingern an den Schläfen.

»Du wirst nichts dergleichen tun müssen, versprochen. Es ist nur das, was du deiner Mutter sagen wirst, wenn sie fragt, was du in meiner Firma für Arbeiten erledigst.«

»Und was ist mit der Bezahlung? Wenn ich Geld verdiene, muss ich einen Teil davon meinen Eltern geben.«

Mahler holte aus seiner Hosentasche einen Lederbeutel hervor und zog aus diesem zwei Münzen. »Hier, das ist dein erster Wochenlohn.« Er griff nach Bimos rechter Hand, drehte sie mit der Handfläche nach oben und ließ die beiden Silbermünzen darin fallen.

Mit großen Augen schaute er auf die beiden Silberstücke in seiner Hand. Der Wert der Münzen war in arabischen Ziffern klein neben dem schreitenden

Löwen im Wappen von Niederländisch-Indien eingeprägt. Die Ziffern konnte er lesen. 1/20 – ein zwanzigstel Gulden. Normal nicht viel, aber dies waren Silbermünzen. Sein Vater bekam für seine Fische immer nur ein paar Kupferstücke, ein Cent oder höchsten zwei Cent wert.

»Ich erwarte dich morgen früh um acht Uhr auf dem Platz vor dem *Stadthuis*, verstanden?«

Bimo nickte bloß stumm.

Mahler ließ noch einmal seinen Goldzahn aufblitzen und marschierte von dannen.

Als Bimo allein war, nahm er eine der Münzen und steckte sie sich zwischen die Zähne. Er hatte oft gesehen, wie die Händler auf den Märkten dies machten, wusste allerdings nicht, wieso sie das taten. Aber jetzt schien es ihm das Richtige zu sein. Er biss kurz auf den Silbergulden und sah ihn sich dann an. Nichts hatte sich verformt und es waren auch keine Bissspuren zu sehen. Es musste eine echte Münze sein. Er stapfte zurück in die Hütte und zeigte sie seiner Mutter, die erst fassungslos vor Freude die Hände vor dem Gesicht zusammenschlug und seines kurz darauf mit Küssen bedeckte.

◆

Zufrieden zog Ludger seine Taschenuhr hervor. Er hatte noch zwei Stunden Zeit, ehe sein nächstes Treffen im Sunda Kelapa mit dem Chinesen bevorstand. Es war leichter gewesen als gedacht, den kleinen Bastard zu überzeugen. Nun konnte er sich daranmachen, den nächsten Teil seines Plans anzugehen.

KAPITEL 7
ARREST

Wütend hämmerte sie gegen die Tür ihres Zimmers, aber wie auch in den letzten Tagen kam keine Reaktion. Nach zehn Minuten vergeblicher Mühe drehte sie sich mit dem Rücken an die massive Holztür, ließ sich langsam zu Boden rutschen und rieb ihre schmerzende Hand.

Er kann mich hier nicht ewig eingesperrt lassen, ging es ihr durch den Kopf. Obwohl ihr die letzten zwei Tage schon wie eine Ewigkeit vorkamen.

Ihr Vater Rutger de Wit, der Oberste Richter von Batavia, zeigte sich hochgradig verärgert darüber, als die beiden Polizisten sie zu ihm gebracht hatten und von dem gescheiterten Diebstahlversuch berichteten, den sie mit Bimo durchgeführt hatte. Femke hatte befürchtet, ihr Vater würde einen Wutanfall bekommen, aber nichts dergleichen geschah. Er dankte den beiden Beamten für ihre Arbeit und schickte sie fort. Danach sah er sie lange an, ohne etwas zu sagen. Schließlich rief er nach Marianne, der Hausdame, und wies sie an, Femke in ihr Zimmer zu bringen. Das war alles. Keine Standpauke, kein Geschrei, nichts weiter. Und doch war es schlimmer für Femke als jede andere Strafe, die sich ihr Vater hätte ausdenken können. Dieses Kalte und Gleichgültige in seinem Blick. Sie spürte, dass sich etwas verändert hatte. Sie zuckte zusammen, als sie Schritte hinter der Tür hörte, die immer lauter wurden. Schließlich wurde der Schlüssel im Schloss herumgedreht. Femke sprang auf die Beine und eilte mit großen Schritten auf ihr Bett zu, wo sie saß, als die Tür aufschwang. Ihr Vater trat ein, auf seinen Stock gestützt und sah sie finster an.

»Mitte Mai gibt es einen Empfang im Gouverneurspalast. Ich erwarte, dass du in deinem schönsten Kleid dort deine Aufwartung machst, wenn du mich begleitest. Bis dahin wirst du das Haus nicht allein verlassen!« Er machte kehrt und schickte sich zum Gehen an.

»Vater, bitte warte.« Femke sprang vom Bett. »Willst du nicht mit mir sprechen?«

Sein Kopf wandte sich ihr zu und mit zusammengekniffenen Augen sagte er: »Ich wüsste nicht, was wir beide uns noch zu sagen hätten.« Mit diesen Worten hinkte er aus dem Zimmer, verriegelte die Tür hinter sich und ließ sie einfach stehen.

Femke zitterte am ganzen Körper, so sehr packte sie die Wut. Aber sie wusste, dass sie dem Empfang unmöglich fernbleiben konnte. Natürlich ahnte sie, was ihr geschätzter Herr Vater im Sinn hatte. Doch vielleicht konnte sie den Abend auch für einen ganz eigenen Plan nutzen. Schließlich hatte sie jetzt nichts mehr zu verlieren. Nur noch ihre Freiheit – und die würde sie niemals kampflos aufgeben.

»Wollen Sie das wirklich machen, Mijnheer?«

»Ja. Es ist das Beste für sie und auch für mich.«

»Sie ist noch zu jung und …«

»Sie wird im August dieses Jahres einundzwanzig«, wischte er den Einwand von Marianne beiseite.

»Trotzdem ist sie längst noch nicht reif für eine Heirat.«

»Denken Sie, das weiß ich nicht?«, erwiderte er spöttisch. »Doch darum kann sich ihr zukünftiger Ehemann kümmern. Ich habe alles versucht und ich bin gescheitert. Femke ist einfach nicht zu bändigen.«

»Seid nicht zu hart zu euch selbst, Mijnheer. Ihr seid dem Mädchen ein guter Vater gewesen. Aber den Verlust der Mutter konntet weder Ihr noch ich kompensieren.«

Rutger de Wit schwieg einen Augenblick und starrte auf das Ölgemälde an der Wand seines Dienstzimmers. Ein Porträt seiner vor zehn Jahren verstorbenen Ehefrau Marijke. Sie hatte Femke abgöttisch geliebt. Das tat er auch, aber er konnte es ihr nie so zeigen, wie Marijke es konnte. Und jetzt war Femke beinahe volljährig und sie war kaum noch zu kontrollieren. Er konnte nicht zulassen, dass seine einzige Tochter ihn zum Gespött der Menschen machte. Sie war aufmüpfig und rebellisch und gab sich zudem auch noch ständig mit Einheimischen ab, obwohl er es ihr verboten hatte. Dies schien sie jedoch bloß noch mehr anzustacheln, seinen Anweisungen zuwiderzuhandeln. Dass es jetzt sogar in Taschendiebstähle kulminierte, war bisher der größte Affront, den sie ihm gegenüber zeigte. Aber jetzt würde er dies nicht länger tolerieren. Die Verfehlungen seiner Tochter waren schon seit Längerem ein Tuschelthema bei den Damen der Gesellschaft Batavias. Irgendwann konnte ihm das zum Verhängnis werden und sein Ansehen als Richter unterminieren. Bevor es jedoch so weit kommen würde, gab es nur eine Lösung: Er musste sie schnellstmöglich verheiraten. Danach würde sich ihr Ehemann mit ihr abmühen dürfen. Rutger bedauerte den Zukünftigen seiner Tochter bereits jetzt.

KAPITEL 8
GESCHÄFTSMÄNNER
BATAVIA

Mit einem mulmigen Gefühl in der Magengegend erreichte Bimo am frühen Morgen den zentralen Platz von Batavia, wo das alte *Stadthuis* stand und die Reste der Mauern des alten Kastells sich am nördlichen Ende erhoben. Auch die Süd- und Ostseite des Platzes waren von Neubauten eingefasst. Schöne Gebäude, weiß getüncht und mit weit überstehenden, rot gedeckten Dächern, die auch vor den Mauern Schatten spendeten. Vor den Häusern, bei denen es sich beinahe ausschließlich um Geschäfte der Niederländer handelte, war ein breiter Gehweg angelegt, an dem wiederum über die gesamte Länge hinweg Bäume gepflanzt waren.

Auf der Westseite des Platzes erhob sich die neue Eisfabrik der Stadt. Bimo hatte keine Ahnung, wie es möglich war, Eis herzustellen, aber irgendwie schafften die Kolonialherren auch dies. Bevor die Fabrik errichtet wurde, kamen immer Schiffe in den Hafen Tjandjong Priok, um Eis in die Stadt zu liefern. Es gab eine große Nachfrage unter den Niederländern danach. Bimo hatte von seiner *Nenek* erzählt bekommen, dass es in den Haushalten der reichen Familien Schränke gab, in die

Blöcke von Eis gelegt wurden, um damit bestimmte Speisen oder Lebensmittel kühl zu halten, damit sie in der Hitze nicht so schnell verdarben. Außerdem nutzten die reichen Herren und Damen das zerstoßene Eis gerne, um es in ihr Lieblingsgetränk Genever zu tun.

Ein grässliches lautes Pfeifen ertönte, als die Straßenbahn sich näherte. Beinahe in ganz Batavia wurden die Wagen noch wie früher von Pferden gezogen, nur die Hauptstrecke, die direkt über den Platz führte, wurde seit einem Jahr von einer Dampflokomotive befahren. Sie hatte den Vorteil, dass sie viel mehr Wagen ziehen konnte, als es die Pferde vermochten. Deswegen hatten die Kolonialherren auch eine Neuerung eingeführt, einen Extrawaggon ganz am Ende der Bahn, in dem die Einheimischen mitfahren durften. Bisher war es ihnen untersagt gewesen, die Straßenbahn zu nutzen, denn dies war nur den europäischen Einwanderern vorbehalten. Trotzdem hasste Bimo die Dampflok. Sie war laut und sie war schmutzig. Der dunkle Qualm aus ihrem Schlot verteilte die Asche überall entlang der Fahrstrecke. Für die Reinigung waren natürlich wieder seine Landsleute zuständig. Als die Straßenbahn stoppte, stiegen beinahe alle der Fahrgäste aus, um sich zu den Geschäften zu begeben, oder auch in die Eisfabrik. Unter den Menschen erkannte Bimo sofort Ludger Mahler, der sich kurz umsah und ihn dann erblickte. Lächelnd kam der Deutsche auf ihn zu.

»Guten Morgen, mein junger Freund. Ich sehe, du bist pünktlich, sehr gut.« Mahler musterte ihn mit einem Blick, der zwischen Belustigung und Mitleid schwankte.

»Warum mussten wir uns unbedingt hier treffen?«, fragte Bimo. Jetzt, da der gut gekleidete Mann vor ihm stand, fühlte er sich in seiner arg mitgenommenen Kleidung noch deplatzierter.

»Weil hier dein neuer Arbeitsplatz ist.«

»Aber Sie sagten doch …«

»Keine Sorge. Das kommt später«, unterbrach ihn der Deutsche augenzwinkernd. »Aber natürlich braucht ein angesehener Geschäftsmann wie ich auch ein Geschäft in bester Lage.« Mahler ging ein paar Schritte in Richtung eines lang gezogenen Gebäudes an der Südseite des Platzes. Er drehte sich noch einmal um und signalisierte, ihm zu folgen.

Bimo schlurfte in größerem Abstand hinterher. Er fühlte sich gar nicht wohl an diesem Ort, wo hauptsächlich die reichen Europäer verkehrten, einige Mestizen und die wenigen Einheimischen, die als Arbeiter in der Eisfabrik oder dem nahen Gaswerk schufteten, das auch nur eine Straße weiter befindlich war. Lieber wäre er wieder zurück im Hafen. Aber immerhin hatte er Silbergulden als Lohn bekommen, also besann er sich und schloss schnell zu seinem zwielichtigen Arbeitgeber auf. Der war bereits an dem Gebäude angekommen, dessen Front mit vielen bogenförmigen Türen versehen war. Bestimmt ein Dutzend kleinere Geschäfte oder Büros. Über dem Eingang, vor dem der Deutsche stand, hing ein Schild, dessen Beschriftung noch frisch war. *Mahler Export* stand darauf geschrieben, wobei unter dem letzten Buchstaben die Farbe noch so feucht war, dass sie nach unten hin auslief und das T von *Export* somit immer länger wurde. Aber das schien Mahler nicht zu stören. Er schloss die Tür auf und trat in den schmalen Raum, in dem sich nur ein Schreibtisch, einige Stühle und zwei Regale befanden – und Staub in Hülle und Fülle.

»Das sieht doch hervorragend aus«, sagte der Deutsche zufrieden und nahm seinen Hut ab. Er suchte einen Haken an der Wand oder nach einer Garderobe, aber nichts dergleichen war vorhanden. »Dann eben so.« Er setzte den beigen, breitkrempigen Hut wieder auf.

»Hier wurde lange Zeit kein Staub mehr gewischt«, bemerkte Bimo. Als Mahler ihn grinsend ansah, wurde ihm zu spät bewusst, was er da ausgesprochen hatte.

»Gut festgestellt. Du hast zwei Stunden Zeit, um das zu ändern.«

»Aber … Sie haben versprochen, dass ich nicht putzen muss! Das ist Arbeit für Frauen!« Bimo verschränkte die Arme vor der Brust.

»Ich weiß, was ich gesagt habe. Aber da wusste ich auch noch nicht, wie es hier aussieht. Und leider bekomme ich nachher Besuch von einem Geschäftspartner, daher bleibt keine Zeit, noch eine Putzfrau einzustellen. Also, spring über deinen Schatten und fang an.«

»Wieso soll ich über meinen Schatten springen? Das ist überhaupt nicht möglich.«

»Herr, gib mir Kraft«, seufzte Mahler und rollte mit den Augen. »Das ist nur eine Redensart. Es bedeutet, dass du dich überwinden und auch eine ungeliebte Arbeit erledigen sollst.«

Bimo sah sich in dem schmalen Raum um.

»Aber womit soll ich putzen? Ich sehe hier nichts. Keinen Lappen, keinen Besen, nichts.«

»Du bist doch ein pfiffiger Bursche, Bimo. Gewiss ist es ein Leichtes für dich, dir die nötigen Utensilien zu besorgen. Ich würde dir helfen, aber ich habe gleich noch einen anderen Termin. Kann ich mich darauf verlassen, dass du das hier hinbekommst?«

»Ich …« Bimo zögerte, dann sagte er selbstbewusst: »Putzen kostet einen Silbergulden extra!«

Der Deutsche zog die Augenbrauen erstaunt hoch und sah ihn ernst an. Doch dann umspielte ein Lächeln seine Mundwinkel.

»Mein Instinkt hat mich nicht getäuscht, was dich betrifft. Du bist gut, wirklich gut. Abgemacht. Einen Silbergulden zusätzlich für dich, wenn du es schaffst, hier schnell klar Schiff zu machen.«

»Klar Schiff?«

»Mach einfach sauber!« Kopfschüttelnd verließ Mahler das Zimmer.

Bimo sah ihm hinterher und kratzte sich dabei am Kopf. Ihm war immer noch nicht klar, was sein Auftraggeber genau im Schilde führte, aber ganz sicher war es nicht legal. Wahrscheinlich sogar illegal – das bedeutete gegen Recht und Gesetz verstoßend. Femke hatte das Wort öfter benutzt, wenn sie beide zusammen unterwegs waren und sich als Taschendiebe betätigten. Bimo gefiel der Klang des Wortes so gut, dass er es ebenfalls in seinen Wortschatz aufgenommen hatte. Was Femke in diesem Moment wohl gerade machte? Er hatte sie immer noch nicht wiedergesehen seit dem missglückten Raub auf dem Markt. Aber erst mal musste er seiner Aufgabe nachkommen und dieses verschmutzte Zimmer reinigen, auch wenn es ihm widerstrebte. Sein ganzes Leben lang hatte er noch niemals putzen müssen. Das war immer die Aufgabe seiner Mutter oder seiner *Nenek* gewesen, als sie noch lebte. Bimo hingegen war schon in jungen Jahren immer mit seinem Vater unterwegs gewesen, half beim Fischen, dem Holz schlagen und dem Bau neuer Kanus. Das war Männerarbeit. Doch jetzt blieb ihm nichts anderes übrig und immerhin gab es dafür noch mal einen Extralohn. Er ging vor die Tür und sah sich um. Die Geschäfte links und rechts von ihm hatten ihre Türen bereits geöffnet. Langsam schritt er an einigen auf der rechten Seite vorbei und warf dabei prüfend einen Blick ins Innere. In den meisten sah er nur Europäer sitzen, in einem war sogar ein Chinese, der ihn freundlich anlächelte.

Er rümpfte die Nase und ging weiter. Als er bei der letzten Tür in der Reihe angekommen war, sah er eine alte Sundanesin, die gerade auf den Knien über den Boden rutschte und damit beschäftigt war, sauber zu machen. Als sie ihn bemerkte, hob sie den Kopf und fragte, ob sie ihm helfen könne.

»Oh, das können Sie ganz gewiss«, gab er lächelnd zurück.

Als Ludger nach den angekündigten zwei Stunden wieder zurück in das angemietete Büro am Hauptplatz kam, glaubte er seinen Augen kaum zu trauen. Der Boden glänzte, als ob er frisch gebohnert worden wäre, und auch der Schreibtisch und die Regale waren tadellos sauber geputzt. Auf einem der Stühle im Raum saß Bimo, die Hände hinter dem Kopf verschränkt und sah ihn mit großer Selbstzufriedenheit an.

»Habe ich das gut gemacht, Mijnheer?«, fragte der Bengel ihn leicht spöttisch.

»Lass das Gehabe und hilf mir lieber«, schnaufte Ludger. Die Kiste, die er in seinen Armen trug, hatte ein beträchtliches Gewicht. Bimo half ihm dabei, sie vorsichtig auf den Schreibtisch zu stellen, und linste dabei neugierig in den oben offenen Behälter hinein.

»Ist das ein Fernsprechapparat?«, fragte er staunend.

Ludger wischte sich den Schweiß mit einem Taschentuch von der Stirn und entledigte sich dann seines Jacketts, das er über einen der Stühle warf.

»Ja, das ist ein Telefon.« Er hob das schwere und sperrige Gerät aus der Kiste und stellte es in der Mitte des Schreibtisches ab.

Mit großen Augen musterte der junge Javaner den Apparat.

»Femke hat mir davon erzählt. Ihr Vater, der Richter, hat ebenfalls ein Telefon. Er kann damit direkt mit dem Gouverneur sprechen, ohne das Haus zu verlassen!«

»Das ist der Zweck dieses Geräts.«

»Wie funktioniert es?«

»Gar nicht.« Ludger grinste, als er das verständnislose Gesicht des Jungen sah. »Damit es funktioniert, muss es mit einem Kabel an das Telefonnetz angeschlossen werden. Und bisher gibt es in ganz Batavia höchstens ein paar Dutzend Apparate, die miteinander verbunden sind.«

»Wozu ist das Ding dann gut?«

»Das hast du mir doch gerade bewiesen, mein Lieber. Es macht Eindruck. Das reicht mir völlig.« Ludger packte die restlichen Sachen aus der Kiste aus, das übliche Zeug, das in einem Büro erwartet wurde. Auch ein paar Kladden, die er in den Regalen verteilte. Und ein poliertes Messingschild, auf dem sein Name und darunter *Direktor* eingraviert war, holte er hervor und stellte es auf dem Schreibtisch ab, sodass etwaige Besucher es sofort sehen konnten. Zuletzt holte er ein Bündel Kleidung aus der Kiste. »Ich hoffe, es passt«, sagte er und hielt Bimo das dunkelblaue Päckchen hin.

»Was ist das?«

»Deine neue Dienstkleidung. Du arbeitest jetzt für mich, da kannst du nicht herumlaufen wie ein Straßenjunge. Hier hast du je zwei Hosen und zwei Hemden. Sogar ein Paar Schuhe ist dabei, die Größe habe ich geschätzt.«

Skeptisch nahm Bimo die Kleidung entgegen.

»Schau nicht so. Probiere einfach, ob dir die Sachen passen.« Ludger zog seine Taschenuhr hervor. Noch eine Stunde. Er richtete das Büro weiter ein, während Bimo sich umzog. Für das Telefon verlegte er das Kabel vom Schreibtisch durch den Raum, sodass es den Anschein erweckte, tatsächlich an das Telefonnetz Batavias angeschlossen zu sein. Schließlich war die Bühne bereitet.

»Das ist mir alles zu groß«, klagte der Javaner und hielt wie zum Beweis die Arme in die Höhe. Die Ärmel des Hemdes reichten weit über seine Fingerspitzen und auch die Hose schlackerte an dessen dünnen Körper. »Und auch die Farbe ist furchtbar. Ich hasse Blau!«

»Besser zu groß, als zu klein«, entgegnete Ludger. »In die Sachen kannst du noch reinwachsen. Krempele einstweilen die Ärmel hoch. Du machst auf jeden Fall schon einen viel besseren Eindruck. Und mach dir keine Gedanken wegen der Farbe.« Er sah den Javaner prüfend an. »Du könntest dir die Haare zu einem Zopf zusammenbinden, das sähe ordentlicher aus.«

»Einen Zopf? Wie die verdammten Chinesen? Auf gar keinen Fall«, stieß Bimo energisch hervor und verschränkte die Arme vor der Brust.

»Dann besorg dir wenigstens einen Kamm und …«

Es klopfte an die Tür und Ludger fuhr erschrocken herum. Er entspannte sich schnell wieder, als er sah, dass es nicht Johan van Leeuwen war, sondern eine alte einheimische Frau, die mit leicht gebeugten Rücken im Türrahmen stand und ihn erwartungsvoll anblickte.

»Ich habe keine Arbeit für Sie«, knurrte er und machte eine abweisende Handbewegung, als ob er einen streunenden Hund vertreiben wollte.

»Schon gut, sie kommt meinetwegen«, meldete sich Bimo und trat neben ihn. »Kann ich jetzt den versprochenen Extralohn bekommen?«

Stirnrunzelnd sah er erst auf die Frau und dann wieder zu Bimo. Dann verstand er. »Du bist tatsächlich ein ausgebufftes Schlitzohr, mein Lieber.« Er gab Bimo die Münze.

Mit einer übertriebenen Verbeugung sagte der dann:

»Ich bin gleich wieder zurück, Mijnheer.« Sofort eilte der junge Javaner aus der Tür und bedeutete der alten Frau, ihm zu folgen.

Ludger schüttelte belustigt den Kopf und ging dann in Gedanken noch einmal alles durch, um für jegliche Eventualitäten gerüstet zu sein. Auf diesen Termin kam es jetzt an, er hatte alles auf eine Karte gesetzt, damit Johan van Leeuwen einen guten Eindruck bekam und ihm einen Auftrag geben würde.

»So, alles erledigt«, sagte Bimo, als er wieder zurückkam.

»Gut. Ich muss zugeben, ich bin beeindruckt. Du hast Talent, gar keine Frage.«

»Welche Arbeit steht als Nächstes an?«

»Die schwierigste: einen guten Eindruck machen und dabei den Mund halten.« Er sah den jungen Javaner ernst an. »Mein Geschäftspartner trifft bald hier ein, ein Holländer. Was immer ich dir sage oder auftrage, du wirst einfach nicken und es erledigen. Egal was, verstanden?«

»Aber …«

Ludger hob sofort den Finger.

»Was habe ich gerade gesagt?«

Bimo nickte stumm.

»Genauso, sehr gut.«

Ludger setzte sich auf den Stuhl hinter den Schreibtisch und wartete darauf, dass van Leeuwen erscheinen würde. Als es bereits fünf nach zwölf wurde, rutschte er unruhig auf seinem Stuhl hin und her. Würde der Holländer ihn versetzen? Dann wäre all die Mühe umsonst gewesen.

»Da kommt jemand.« Bimo zeigte nach draußen, wo gerade eine Pferdekutsche anhielt. Sein Gesicht bekam plötzlich einen Ausdruck des Erschreckens.

»Was ist los?«

»Das ist der Deutsche, den ich letztens auf dem Markt bestohlen habe.«

»Verflucht, was will der Trottel denn hier?« Ludger sprang auf.

»Soll ich mich verstecken?«

»Nein, bleib einfach hier stehen, halte den Blick gesenkt und gib keinen Mucks von dir. Er wird dich nicht wiedererkennen. Ein Javaner sieht für ihn aus wie der andere. Aber mach dir jetzt sofort einen verdammten Zopf, dann erkennt dich nicht mal deine eigene Mutter.«

Mit mürrischem Gesicht nestelte Bimo an seinen Haaren herum und hatte schließlich einen Zopf gebunden. Ludger richtete seine Fliege und trat vor die Tür. Aus der Kutsche waren neben Georg Kopperschmidt auch dessen Tochter Otilie und Johan van Leeuwen ausgestiegen. Der Holländer musterte das Gebäude mit einem geringschätzigen Blick.

»Wie schön, Sie wiederzusehen, mein Freund«, brummte sein Landsmann und stapfte auf ihn zu. »Ich war so frei, mich meinem Gastgeber anzuschließen. Immerhin möchten wir beide auch miteinander ins Geschäft kommen.«

»Eine schöne Überraschung«, lächelte Ludger den Dicken an und richtete dann das Wort an den Holländer, der ebenfalls in den Schatten unter das Vordach trat. »Es freut mich sehr, dass Sie es einrichten konnten, Mijnheer van Leeuwen.«

»Das ist Ihr Büro?«, fragte der Geschäftsmann ohne ein Wort des Grußes und sah argwöhnisch auf das Schild über der Tür mit der heruntergelaufenen Farbe beim T.

»Ja, das ist es. Ich weiß, es ist noch alles etwas provisorisch, aber ich hatte die letzte Woche noch einiges in Anjer zu tun und konnte mich hier nicht um alles kümmern. Dies ist auch nur ein vorübergehender

Standort, bis im Hafen etwas Passendes frei wird – vorzugsweise mit Lagergelegenheit.« Seine Antwort schien den Holländer zufriedenzustellen.

»Gut, dann lassen Sie uns über das Geschäftliche reden.«

»Gerne, treten Sie bitte ein.« Ludger deutete auf den Eingang. Van Leeuwen ging hinein, während Kopperschmidt noch ein paar Worte mit seiner Tochter wechselte und diese danach alleine von dannen zog.

»Ich habe ihr gesagt, sie soll sich was Schönes kaufen, hier gibt es genug Geschäfte, in denen sie sich die Zeit vertreiben kann«, meinte Kopperschmidt auf seinen fragenden Blick.

Als er mit dem Deutschen eintrat, bemühte sich Bimo, der links neben dem Regal stand, möglichst wie ein Einrichtungsgegenstand zu wirken. Stumm und unauffällig. Kopperschmidt würdigte den Jungen keines Blickes, sondern setzte sich zielstrebig auf einen der Stühle vor seinem Schreibtisch.

»Kann ich Ihnen etwas zu trinken anbieten?«

»Nein, nicht nötig. Wir kommen gerade von einem anderen Termin und hatten dort schon genügend«, gab der Holländer zur Antwort, wobei Kopperschmidt neben ihm durchaus den Eindruck erweckte, dass er einem Getränk nicht abgeneigt wäre. Doch er schwieg. »Also, Herr Mahler. Sie sagten mir, dass Sie über eine gute Infrastruktur verfügen und Waren jedweder Art transportieren.«

»Ja, so ist es«, erwiderte er stolz und setzte sich auf seinen Platz hinter dem Schreibtisch. »Beinahe täglich verlässt ein Schiff den Hafen von Anjer in meinem Auftrag.«

»Welches sind Ihre gängigsten Waren?«

»Tabak, Kaffee, Tee, Gewürze und Kautschuk.«

»Also das, was jeder macht«, sagte van Leeuwen und wirkte gelangweilt.

»Nun, das stimmt natürlich, weil es eben die Hauptwaren sind, die aus Niederländisch-Indien exportiert werden. Aber ich mache auch Sondertransporte aller Art.«

»Ist dem so?« Jetzt schien die Aufmerksamkeit des Holländers zurückzukehren. »Das ist Musik in meinen Ohren, denn genau diese Art von Sonderlieferung habe ich gerade in Aussicht.«

»Ich bin ganz Ohr.« Ludger lehnte sich nach vorne.

»Der Gouverneur gibt bald wieder einen Empfang in Buitenzorg. Ich habe ihm zugesagt, für eine ganz besondere Delikatesse zu sorgen und frisches Fleisch anliefern zu lassen. Rind, Lamm und Schwein. In bester Qualität, wie es hier auf Java nirgends zu bekommen ist.«

»Also Tiere habe ich tatsächlich noch nie …«

»Es geht nicht um Tiere. Nicht um lebende. Nur das Fleisch.« Van Leeuwen fixierte ihn mit seinen blauen Augen. »Ich habe einen Vertrag mit einer australischen Firma abgeschlossen. Sie verfügen über einen Dampfer, der mit modernster Kühltechnik ausgestattet ist. Damit ist es möglich, das Fleisch aus Australien zu liefern, ohne dass es unterwegs verdirbt.«

Ludger spürte, wie seine Chancen schwanden. Auf eine derartige Lieferung war er nicht im Entferntesten vorbereitet gewesen.

»Es gibt nur einen Haken an der Sache: Da ich erst mal nur eine kleinere Menge bestellt habe, um dieses Liefersystem zu testen, und Batavia nicht auf der standardmäßigen Route liegt, ist es unmöglich, das Fleisch rechtzeitig für den Empfang hier zu haben.« Er hob seine Hand und zeigte mit dem Finger auf ihn. »Hier kommen Sie ins Spiel. Ich möchte Sie testen.

Zeigen Sie mir, wie gut Ihre Infrastruktur ist, und sorgen Sie dafür, dass die Fleischlieferung rechtzeitig hier eintrifft. Wenn Ihnen das gelingt, werde ich die Lieferungen meiner Tabakplantagen und auch den Kaffee mit Ihnen nach Europa verschiffen.«

»Ich … ich habe kein Schiff, das nach Australien fährt. Und schon gar keine Kühltechnik.« Ludger schluckte.

»Australien ist nicht nötig. Das Schiff fährt standardmäßig nach Singapur. Sie müssten nur einen Dampfer aus Ihrer Flotte dorthin schicken. Die Ladung, die Sie übernehmen müssen, wiegt nur zweihundert Kilogramm.«

»Zweihundert?« Ludger hätte am liebsten laut losgelacht, als er die Mengenangabe hörte. »Wenn ich für zweihundert Kilo Fracht ein Schiff losschicke, wäre ich ein schlechter Geschäftsmann.«

Johan van Leeuwen nickte.

»Vielleicht. Aber Sie müssen bedenken, was Ihnen in Aussicht steht, wenn Sie diese Lieferung erfolgreich bestreiten werden. Natürlich bin ich bereit, einen gewissen Teil der Frachtkosten mitzutragen, sagen wir, die Hälfte.«

In Ludgers Kopf überschlugen sich die Gedanken. Fieberhaft überlegte er, wie er einen derartigen Transport bewerkstelligen sollte. Er hatte noch nie zuvor etwas Gekühltes transportiert. Eigentlich ein Ding der Unmöglichkeit. Und doch wusste er, dass er es unbedingt machen wollte. Er war schon mit zu vielen Dingen in Vorleistung gegangen, um jetzt einfach aufzugeben.

»Wann soll die Fleischlieferung in Singapur eintreffen?«, fragte er also.

Der Holländer grinste breit über das ganze Gesicht.

»Sie sind ein Mann nach meinem Geschmack, Herr

Mahler. In drei Tagen wird der Dampfer aus Australien in Singapur einlaufen.«

»Gut. Das werde ich schaffen«, sagte Ludger, der spürte, wie sein Mund trocken wurde.

»Das freut mich zu hören. Ich werde meinen Agenten in Singapur telegrafieren lassen, dass die Firma Mahler Export die Fracht für mich übernehmen wird.«

Er nickte, obwohl er am liebsten seinen Kopf auf die Tischplatte geschlagen hätte.

»Gut, jetzt wo das geklärt ist, können wir dann über mein Anliegen sprechen?«, meldete sich Kopperschmidt zu Wort. »Meine Ware wird auch leichter zu transportieren sein. Stoff verdirbt nicht«, lachte der Deutsche.

Das Lachen des Dicken dröhnte in seinen Ohren, aber Ludger bewahrte Haltung.

»Gewiss, mein Freund. Gar kein Problem.«

KAPITEL 9
SUEZKANAL
PORT SAID

Die Tage, nachdem er gemeinsam mit Tjark an Deck gewesen war und Bier getrunken hatte, glichen einer dem anderen. Trotzdem kam Leonhard jetzt besser mit seiner eintönigen, schweren Arbeit klar, obwohl er keine Gelegenheit mehr bekam, sich auf das Oberdeck zu schleichen. Ganz allmählich bemerkte er auch eine leichte körperliche Veränderung. Seine Oberarme waren dicker geworden, die Hände rau und schwielig und sein Kreuz breiter. Auch wenn er im Vergleich zu den anderen Matrosen im Kesselraum immer noch wie ein Hänfling wirkte, fühlte er sich gleichwohl stark.

Schließlich erreichte die INDIA den nordöstlichsten Teil Ägyptens, die Hafenstadt Port Said. Von seinen Kameraden wusste Leonhard, dass sie dort auf jeden Fall vor Anker gehen würden, unter anderem um erneut Kohlen aufzunehmen. Er hatte sich deshalb schon vor Tagen freiwillig gemeldet, um an Land beim Verladen zu helfen. Bootsmann Peters, der Verantwortliche für die Dampfmaschine und den Kesselraum, hatte ihn überrascht angesehen, als er ihm dieses Anliegen vortrug, denn normalerweise war es Usus an Bord, dass diejenigen, die während der Fahrt im Kesselraum schufteten, nicht auch noch beim Verladen der Kohlen helfen mussten.

»Ist das Ihr Ernst?«, hatte er gefragt. Als Leonhard dies bejahte, zuckte der Bootsmann mit den Schultern, murmelte ein »Meinetwegen« und nickte. Also stand seinem ersten Landgang nichts mehr im Wege. Von dieser Aussicht beflügelt, schaufelte er doppelt so schnell die Kohlen in den Kessel, als sie auf Port Said zufuhren. Die Stadt war erst vor etwas mehr als zwanzig Jahren gegründet worden. Sie war im wahrsten Sinne des Wortes aus dem Boden gestampft worden, als die Arbeiten an dem wahrscheinlich größten Bauprojekt des Jahrhunderts begannen: dem Suezkanal, der Mittelmeer und Rotes Meer miteinander verband und den Schiffen den langen und gefahrvolleren Weg um Afrika herum ersparte. Rund um die Arbeiterbaracken entstand schnell eine florierende Stadt, die alles bot, was man sich vorstellen konnte. Als der Kanal im Jahr 1869 eröffnet wurde, wuchs die Bedeutung von Port Said rapide und schnell war die junge Stadt der zweitwichtigste Hafen Ägyptens, gleich nach Alexandria.

Der Anblick, der sich Leonhard bot, als er gemeinsam mit den anderen Besatzungsmitgliedern, die zum Kohle verladen ausersehen waren, erwartungsvoll aus dem bereits offenen Frachtraum schaute, war jedoch ernüchternd. Port Said wirkte wie die finsterste und heruntergekommenste Ecke des Hamburger Hafens. Nüchtern und kahl präsentierte sich der Kai, auf den die INDIA zufuhr, nur zwei große Lagerhäuser waren zu sehen und davor stand aufgereiht eine kleine Kolonne an Eselskarren, deren Wagen bis oben voll mit Handelsgut und Lebensmitteln beladen waren. Enttäuscht brachte er gemeinsam mit zwei anderen Matrosen den breiten

Laufgang aus, über den sie die Kohlen gleich in den Bauch des Schiffes bringen würden. Sobald er seine Füße auf festen Boden gesetzt hatte, verflog seine Enttäuschung so schnell, wie sie gekommen war. Auch die Hitze machte ihm nach den Wochen im Kesselraum nichts aus. Er genoss die Sonne und die frische Luft.

»Hör auf zu träumen und mach, dass du an die Arbeit kommst, Kleiner.« Ein kräftiger Schubser ließ ihn einige Schritte nach vorne taumeln. Den Stoß hatte er Wernher zu verdanken, der ihn grimmig ansah. »Glotz nicht so blöd! Schnapp dir eine Schubkarre und setz dich in Bewegung oder wir lassen dich hier zurück.«

Missmutig tat Leonhard wie geheißen und folgte den anderen, die bereits in das erste Lagerhaus am Anleger unterwegs waren. Dort drinnen erblickte er den wohl größten Haufen Kohle, den er jemals gesehen hatte. Er würde Jahre brauchen, wenn er alles davon im Kessel verfeuern müsste. Sie mussten zwar nur einen winzigen Teil des Berges abtragen und an Bord bringen, aber trotzdem waren sie damit Stunden beschäftigt. Schnell verfluchte er sich selbst dafür, dass er so töricht gewesen war, sich für diese Fronarbeit freiwillig zu melden. Selbst die frische Luft und der Sonnenschein waren nur ein schwacher Trost dafür. Während ihm der Schweiß in die Augen lief, vertrieben sich die Passagiere der India die Zeit mit Landgang und flanierten über das Hafengelände und den nahe gelegenen Markt. Die einheimischen Händler schienen heute das Geschäft ihres Lebens zu machen, mutmaßte Leonhard, als er beobachtete, wie die gutsituierten Reisenden ihr Geld mit vollen Händen ausgaben.

»Nicht einschlafen, Mahler«, raunzte ihn Wernher an, der als Aufseher fungierte, während Leonhard und fünf weitere Matrosen sich mit den Kohlenschubkarren abmühten. »Nur noch zwanzig Mal hin und her, dann hast du es geschafft. Außerdem hast du dich doch freiwillig gemeldet.« Ein dreckiges Lachen erscholl.

Leonhard wuchtete die volle Schubkarre auf die breite Holzplanke und schob sie in den Lagerraum. Als er mit der leeren Karre wieder hinausfuhr, hörte er jemanden pfeifen. Er wandte den Blick nach oben und sah Tjark, der ihm fröhlich zuwinkte. Sein Freund lehnte dabei entspannt an der Reling und rauchte eine Zigarette. Unwillkürlich musste er bei dem Anblick grinsen, denn Tjark hatte ihm davon abgeraten, sich für die Kohlenbeladung freiwillig zu melden. Tatsächlich musste er noch insgesamt dreiundzwanzig weitere Male hin und her fahren, aber schließlich war es vollbracht und der ganze Kohlenraum der INDIA war wieder bis in die letzte Ecke gefüllt. Leonhard klatschte sich mit den anderen Männern ab, alle waren ebenso kaputt wie er und alle waren glücklich, die Arbeit hinter sich gebracht zu haben. Plötzlich brüllte Wernher ein lautes »Achtung!«, das sie alle auf dem Absatz kehrt machen und stramm stehen ließ. Der Kapitän hatte den Lagerraum betreten, in seiner strahlend weißen Paradeuniform wirkte er in dem rußverschmierten und von einem leichten Kohlenebel durchzogenen Kabuff fehl am Platz. Er sah sich den gewaltigen Kohlenberg zufrieden an und warf Leonhard und den anderen dann einen anerkennenden Blick zu.

»Wie viel Ladung haben wir aufgenommen?«, fragte er Wernher.

»Zwanzig Tonnen, Herr Kapitän.«

»Sehr schön, das wird bis Java reichen. Gut gemacht, Männer.« Der Kapitän zog eine Taschenuhr aus seiner Jacke hervor und blickte stirnrunzelnd auf das Zifferblatt. »Wir legen in etwas weniger als zwei Stunden ab. Nicht viel, aber es wird reichen müssen.« Er hob den Blick, sah Leonhard und die anderen Matrosen an und sagte: »Als Belohnung für euren tatkräftigen Einsatz bekommt ihr jetzt alle Sonderlandgang, aber seid pünktlich zum Ablegen zurück an Bord. Außerdem bekommt jeder von euch fünfzig Centimes, damit ihr euch bei den Händlern etwas kaufen könnt.«

»Aye, aye, Herr Kapitän«, gaben die Männer im Chor zurück. Wernher zückte einen Geldbeutel und gab jedem die versprochenen Centimes und dann stürmten sie auch schon über die Laderampe hinaus in den Hafen. Leonhard zögerte noch einen Moment, immerhin war er bis auf die Unterhose nassgeschwitzt und so sehr mit Kohlenstaub beschmiert, dass man ihn glatt für jemanden mit dunkler Hautfarbe halten konnte.

»Worauf warten Sie noch, Matrose? Brauchen Sie eine Sondereinladung?«, fragte ihn der Kapitän streng.

»Nein, Herr Kapitän.« Er salutierte etwas unbeholfen und lief dann so, wie er war, raus in den Hafen. Dort suchte er sich erst mal eine Stelle, an der er ans Wasser gelangte, und wusch sich, so gut es ging, zumindest einen Teil des Schmutzes und Schweißes ab. Danach sah er sich um. Die India lag beinahe zentral im Hafen von Port Said, in dem es von Schiffen nur so wimmelte. Überall ragten Masten in den Himmel und auch Schlote der Dampfmaschinen. Nicht alle Schiffe lagen am Kai, einige lagen auch inmitten des Hafenbeckens auf Reede und warteten darauf, eine Kanalpassage zu bekommen.

Leonhard sah auf die Münzen in seiner Hand. Der Suezkanal war von einer französischen Gesellschaft erbaut worden und auch heute noch konnte man ohne Problem mit französischer Währung in Port Said bezahlen, was mit seiner normalen Heuer, die er in Mark ausgezahlt bekam, nicht funktioniert hätte. Aber selbst wenn, nützte ihm das nichts, da er erst beim Abmustern in Batavia seine Heuer ausbezahlt bekommen würde.

Er steckte das Geld weg und begab sich schlendernd in Richtung des Marktes.

»Hey, wohin des Weges, Matrose?«, rief ihm eine gut bekannte Stimme vom Deck der INDIA zu. Tjark sah zu ihm herunter.

»Ich gehe auf den Markt. Soll ich dir was mitbringen?«, gab er fröhlich zurück.

»Danke für das Angebot, aber das, was ich brauche, findet man dort nicht. Pass gut auf dich auf!«

Leonhard winkte seinem Freund und marschierte dann weiter auf die Stände zu, die sich direkt an das Hafengelände anschlossen. Lautstark boten die Händler ihre Waren feil. Es war ein unbeschreibliches Gewimmel an Menschen, wie er es nicht einmal zu besonderen Anlässen im Hamburger Hafen erlebt hatte. Je weiter er auf den Markt schritt, desto mehr bekam er das Gefühl, jetzt tatsächlich eine andere Welt betreten zu haben. An Bord war ihm noch gar nicht wirklich bewusst gewesen, dass er Deutschland tatsächlich hinter sich gelassen hatte. Doch hier, mit all den fremdländischen Gerüchen und der Musik, die überall erklang, fühlte er sich beinahe wie in der Märchenwelt aus Tausendundeiner Nacht. Sein Magen meldete sich knurrend und erinnerte ihn mit Nachdruck daran, dass er seit dem Frühstück nichts gegessen hatte. Also machte er sich auf die Suche nach einem Essensstand, von denen es etliche gab, aber zumeist waren ihm die angebotenen Speisen unbekannt. Schließlich fand er einen Stand, an dem es Brotlaibe zu kaufen gab. Für zehn Centimes bekam er ein stattliches Weißbrot, das sogar noch leicht warm war, so frisch war es. Er zahlte und ging schlendernd langsam weiter, während er das Brot kaute, und staunte in Angesicht der anderen Dinge, die es auf dem Markt zu kaufen gab. Um ihn herum tobte ein Sprachengewirr aus aller Herren Länder. Während seiner Zeit in Hamburg hatte er sich etwas Englisch beigebracht, aber ein wirkliches Sprachtalent besaß er nicht. Hier hörte er, wie sich die Menschen hauptsächlich auf Französisch unterhielten, aber auch arabische Zungenschläge und orientalische Intonationen. Doch durch all dieses Kuddelmuddel hindurch hörte er auch das vertraute Deutsche.

»Lassen Sie das!«

Er sah einen Mann in einem eleganten beigefarbenen Anzug, der sich mit zwei anderen Männern stritt, die aufgrund ihrer Beduinenkleidung sofort als Araber zu erkennen waren. Einer der beiden Kerle packte den Deutschen am Arm und hielt ihn fest, dann sagte er etwas zu ihm, das Leonhard nicht verstand.

»Finger weg!« Der Deutsche, der schon etwas älter war und einen Gehstock bei sich trug, wollte sich losreißen, aber es gelang ihm nicht. Keiner der anderen Menschen nahm von der Szene Notiz oder besser gesagt, sie drehten alle ihre Köpfe absichtlich weg, um sie nicht sehen und zum Eingreifen gezwungen sein müssen. Jetzt griff auch der zweite Araber nach dem Mann im Anzug.

»Was fällt Ihnen ein, das ist doch …«

Unvermittelt verpasste ihm der erste Araber einen Faustschlag ins Gesicht. Blut spritzte aus der Nase des Mannes.

Leonhard hatte genug gesehen. Er bahnte sich einen Weg durch die Menschenmenge, genau auf die drei Männer zu.

»Lassen Sie den Mann los!«, sagte er auf Deutsch, woraufhin ihn die beiden Araber verwundert ansahen. Erst jetzt erkannte er, dass es sich mitnichten um Orientalen handelte. Blaue Augen unter den Kopftüchern blitzten ihn feindselig an.

»Das geht dich nichts an, verschwinde«, blaffte ihn einer der beiden ebenfalls auf Deutsch an.

»Sie lassen den Mann jetzt sofort los«, erwiderte Leonhard unbeeindruckt.

»Und falls nicht? Was wirst du dann machen?« Der zweite Mann sprach Deutsch mit einem deutlich niederländischen Akzent. Dabei ließ er zwischen den Falten seines Beduinengewands ein Messer hervorblitzen.

Leonhard überlegte, ob er einfach jemand anderen um Hilfe bitten sollte, Menschen waren mehr als genug da.

»Schlag dir das aus dem Kopf«, sagte einer der Männer ruhig, als ob er seine Gedanken gelesen hätte. »Sobald du etwas sagst, bist du der Erste, der ein Messer zwischen die Rippen bekommt. Und jetzt verschwinde und kümmere dich um deine Angelegenheiten!«

Diesen Moment nutzte der Deutsche, der immer noch am Oberarm gepackt wurde. Er holte mit seinem Gehstock aus, dessen Griffstück in Form eines Falkenkopfes geformt war, und schmetterte diesen mit voller Wucht in das Gesicht des Mannes, der ihn festhielt. Mit einem Aufschrei ließ der jetzt los. Jetzt drehten sich tatsächlich einige Gesichter aus der Masse zu ihnen, aber keiner machte Anstalten, einzuschreiten.

»Kommen Sie!« Leonhard fasste den Deutschen am Arm und rannte mit ihm quer über den Marktplatz.

»Halt, das ist die falsche Richtung«, keuchte der Mann nach einigen Metern. »Mein Schiff liegt auf der anderen Seite des Hafens.«

Doch die Schreie der beiden Kerle hinter ihnen ließen ihn schnell erkennen, dass es sicherer wäre, Leonhard zu folgen. Als sie vom Markt herunter waren, rannte er mit seinem Landsmann auf den Kai, wo die INDIA festgemacht hatte. Auch hier waren noch etliche Menschen unterwegs, die Passagiere, die auf das Schiff zurückwollten oder bei den kleineren Händler, die direkt mit ihren Karren auf der Pier standen, etwas kauften.

»Da vorne ist mein Schiff«, stieß Leonhard hervor und zeigte auf die INDIA. »Wenn wir da erst mal an Deck gehen, sind wir in Sicherheit.«

»Bleibt stehen«, schrien ihre Verfolger, die sich nicht abschütteln ließen.

Leonhard zog den Deutschen weiter mit sich mit und rannte genau in die Menschenmenge, die sich auf dem schmalen Kai zwischen den Schiffen und den Eselskarren der Händler entlangschoben. Die Gangway der INDIA war nur noch knappe dreißig Meter entfernt, als Leonhard gegen eine Frau prallte, ins Straucheln geriet und zu Boden ging. Als er sich wieder auf die Beine stemmte, hielt ihn der Begleiter der Frau, in die er gerannt war, am Arm fest.

»Entschuldigen Sie sich gefälligst bei der Dame!«

Aber ehe es dazu kommen konnte, waren die beiden Männer in ihren Beduinengewändern schon bei ihm. Sie schoben den anderen Kerl beiseite.

»Wir kümmern uns um diese Kanaille.«

»Lassen Sie ihn los. Ich bin es doch, den Sie wollen.« Der Mann, mit dem er davongelaufen war, hatte kehrtgemacht und stellte sich nun neben Leonhard.

»Warum denn nicht gleich so, Falkenburg.«

»Woher …?«

»Tut nichts zur Sache. Geben Sie uns jetzt die Urkunde!« Der Holländer streckte fordernd seine rechte Hand aus. »Oder sollen wir dem Jungen von unserem Stahl zu kosten geben?«

»Ihr werdet nichts dergleichen tun, wenn ihr am Leben hängt«, ertönte die tiefe Stimme von Tjark plötzlich. Leonhard drehte den Kopf und sah seinen Freund, der mit einem Knüppel in der rechten Hand nur wenige Meter von ihnen entfernt stand. Längst hatte sich um sie herum ein Kreis gebildet und die Menschen gafften erwartungsvoll, was denn als Nächstes passieren würde. »Ihr lasst meinen Freund jetzt sofort los!«

Der Holländer wollte etwas erwidern, bekam aber von seinem Freund einen Stoß in die Rippen. Die Blicke der beiden Kerle gingen an Tjark vorbei zur INDIA, wo sich auf Deck ein Teil der Besatzung an die Reling gestellt hatte und mit finsteren Blicken zu ihnen herab starrte. »Das sind zu viele.« Dann entließ er Leonhard aus seinem Griff. »Wir sehen uns noch«, zischte er den Deutschen an, ehe er kehrtmachte und mit seinem Kumpan das Weite suchte.

»Vielen Dank, Tjark. Du kamst gerade noch rechtzeitig.«

»Wolltest du dir nicht einfach was auf dem Markt kaufen? Stattdessen fängst du dir Ärger ein.«

»Dafür bin ich wohl verantwortlich«, meldete sich sein Fluchtpartner. »Ihr junger Freund hat mir nur helfen wollen.« Er zog ein Taschentuch hervor und wischte sich damit seine blutige Nase ab.

»Das hat wohl nicht so gut geklappt«, meinte Tjark.

»Immerhin gut genug, damit mir diese Diebe nicht mein Eigentum abknöpfen konnten. Die Nase wird wieder verheilen.«

»Schön für Sie. Komm, lass uns wieder an Bord gehen.«

»Dürfte ich Sie vielleicht um noch einen Gefallen bitten? Ich muss zurück zu meinem Schiff und ich fürchte, dass die beiden Kerle immer noch auf mich lauern werden.«

Leonhard sah Tjark in die Augen. Der seufzte und zuckte mit den Schultern.

»Meinetwegen, aber schnell. Wir werden bald ablegen.«

Sie eskortierten den Mann ohne Zwischenfälle zum

Liegeplatz seines Schiffes, ein holländisches Dampfschiff mit Namen DUYFKEN.

»Ich danke Ihnen beiden von Herzen. Gestatten Sie, dass ich mich auch anderweitig erkenntlich zeige.« Er zückte seine Brieftasche und holte zwei Geldstücke hervor.

»Das ist nicht nötig«, sagte Leonhard und hob abwehrend die Hände.

»Achten Sie nicht auf ihn«, grinste Tjark und hielt die Hand auf. Der Deutsche ließ zwei Markstücke hineinfallen.

»Nochmals vielen Dank. Ich wünsche Ihnen noch eine gute Reise.«

»Ebenfalls!« Tjark steckte das Geld zufrieden ein, während sich der Mann über die Gangway an Bord seines Schiffes begab. »So, jetzt aber schnell zurück zur INDIA. Nicht, dass die ohne uns ablegt.«

Sie erreichten das Schiff noch rechtzeitig. Leonhard blieb keine Zeit mehr, mit Tjark über den Vorfall zu sprechen, da er gleich die erste Schicht im Kesselraum zugeteilt bekam, als die INDIA ablegte und ihre Passage durch den Suezkanal startete. Zu gerne hätte er die Fahrt durch den Kanal an Deck verbracht, aber das wäre ihm auch bei einer Freischicht nicht möglich gewesen. Es hätte höchstens für einen Blick durch das Bullauge gereicht. Aber dafür bekam er eine sehr nüchterne Beschreibung des Kanals, vorgetragen von Konrad, einem erfahrenen Seemann von fünfunddreißig Jahren, der mit ihm gemeinsam die Kohlen in das *monkey* schaufelte.

»Du verpasst rein gar nichts. Zu beiden Seiten des Kanals ist nur eine karge und verdörrte Einöde zu sehen. Das Spannendste am Isthmus von Suez sind noch die Dünen, die sich an einigen Stellen zeigen. Auf den Seen, durch die der Kanal führt, sind am Rand hin und wieder einige Palmen zu sehen, aber das ist auch alles.«

»Für dich ist das wahrscheinlich nicht interessant, aber ich war noch nie zuvor hier. Deswegen hätte ich mich gefreut, mir einen eigenen Eindruck verschaffen zu können.« Leonhard wuchtete eine weitere Schaufel voll Kohlen in den Ofen.

Konrad zuckte mit den Schultern.

»Du wirst gewiss auch nicht zum letzten Mal hier hindurch fahren. Vielleicht hast du beim nächsten Mal mehr Glück.«

Tatsächlich gab es bald schon wieder Grund zur Freude für ihn. Am Ende seiner Schicht hatte die India den Kanal zwar bereits passiert und auch den Golf von Suez beinahe hinter sich gelassen, aber Tjark schaffte es, ihn abermals an Deck zu schmuggeln, wo sie sich am Bug die Abendluft um die Nase wehen ließen. Viele Möwen kreisten um das Schiff und ließen ihr klagendes Geschrei erklingen. Doch dann erspähte Leonhard ganze Scharen von Delfinen, die sie begleiteten und dabei immer wieder aus dem Wasser in die Höhe sprangen, um mit einem großen Platschen wieder einzutauchen.

Schließlich ließ die India das Rote Meer hinter sich und durchquerte die Meerenge Bab al-Mandab, das Tor der Tränen, und erreichte den Golf von Aden. Hier begann der Indische Ozean und das Ziel seiner Reise war nun nicht mehr fern.

KAPITEL 10
WEISSES MEER
FOURTH-POINT-LEUCHTTURM, 9. MAI

Mit dem Fernrohr beobachtete er die Schiffe in der Sundastraße. Besonders eines zog seine Aufmerksamkeit auf sich, ein großes Segelschiff mit drei Masten unter deutscher Flagge und dem Namen ELISABETH. Zusätzlich zu den Masten verfügte das Schiff auch über einen Dampfantrieb, der Schlot der Maschine war jedoch relativ klein gehalten, sodass er, wenn der Kessel nicht gerade in Betrieb war, auf den ersten Blick kaum auffiel. Auch jetzt nutzte die Elisabeth nur ihre Segel, um in der Sundastraße zu kreuzen.

»Vierzehn, fünfzehn, sechzehn … siebzehn!«, sprach Tuah laut mit, als er die Kanonen des Kriegsschiffes durchzählte. Er pfiff leise durch die Zähne. Zu gerne wäre er einmal an Bord eines solchen Schiffes gegangen, doch er wusste, dass ihm dies nicht möglich war. Tuah schob sein Fernrohr zusammen und legte es beiseite. Er ging ins Innere des Leuchtturms und schenkte sich einen starken Kaffee ein. Die Bohnen hatte *Contrôleur* de Bruin persönlich vorbeigebracht, als Anerkennung für seine vorbildliche Arbeit in den ersten zwei Wochen. Tuah mochte nicht sagen, dass er eigentlich viel lieber Tee trank. Aber nun, nachdem er schon einige Kannen Kaffee gekocht hatte, gewöhnte er sich langsam an den Geschmack. Mit der vollen Tasse ging er wieder hinaus auf die Plattform und stellte sein Getränk auf der breiten Brüstung ab. Er würde heute noch einige Tassen Kaffee trinken, denn dieser hielt ihn ausgezeichnet wach.

Es wurde eine wunderschöne, sternenklare Nacht. Die Lichter des nahen Anjer verloschen nach und nach und auch auf der Sundastraße waren nur noch vereinzelt einige Positionslichter der Schiffe zu sehen. Die grünen – Steuerbord – waren auf dem Weg nach Batavia, während die roten – Backbord – sich nach Westen aufmachten. Tuah streckte sich ausgiebig und holte sich einen weiteren Kaffee. Die Gasglühlampe strahlte bis weit in die Meerenge hinein, dank der Fresnel-Linse konnte er sogar den südlichen Zipfel Sumatras in der Nacht erkennen. Er setzte sich wieder auf seinen Stuhl, den er draußen auf der Plattform hingestellt hatte, und genoss die lauwarme Nachtluft.

Kurz vor Mitternacht war die Sundastraße leer, kein Schiff war mehr unterwegs. Anjer lag in völliger Dunkelheit. Tuah fühlte sich wie der einzige Mensch, der noch wach war und nun die Verantwortung für alles trug. Das gefiel ihm sehr. Plötzlich spürte er ein leichtes Vibrieren, das in ein Zittern überging. Seine Kaffeetasse, die er wieder auf die Brüstung gestellt hatte, begann sich ganz sachte zu bewegen. Dann nahmen die Vibrationen zu, der Leuchtturm schien zu schwanken, als ob jemand an seinem mächtigen Fundament rütteln würde. Die Kaffeetasse rutschte vom Geländer und zersprang auf der Plattform. Tuah hatte in seinem Leben schon oft Erdstöße mitgemacht, sogar einen Vulkanausbruch im Zentrum von Java hatte er miterlebt. Doch dies war anders. Das Zittern rührte nicht aus der Erde her, es war die Luft, die den Leuchtturm in Schwingung setzte.

Dann glaubte er, seinen Augen nicht zu trauen. Das Wasser in der Sundastraße, auf das der Lichtschein des Leuchtturms fiel, verfärbte sich vor seinen Augen, es wurde weiß und … fest. Tuah kannte Berichte über gefrierendes Wasser nur von *Contrôleur* de Bruin, als der ihm einmal erzählt hatte, wie in seiner Heimat im Winter die Seen und Flüssen gefroren. Aber auf Java geschah so was niemals. Und doch war das Meer genau in diesem Augenblick weiß und seine Oberfläche war so glatt wie ein Spiegel. Doch nur Sekunden später löste es sich wieder auf und das Meer fiel in seine gewohnte Dünung zurück. Auch das Zittern hatte aufgehört. Alles war wieder normal. Der ganze Spuk hatte nur wenige Sekunden gedauert.

Habe ich das nur geträumt?, dachte Tuah. Doch dann fiel sein Blick auf die Scherben seiner Kaffeetasse. Es war gewiss kein Traum gewesen, aber was war es dann?

Er sammelte die Scherben auf und entsorgte sie im Mülleimer. Dann griff er sich das Logbuch des Leuchtturms und überlegte einen Moment. Schließlich notierte er: *»Kurz vor Mitternacht gab es eine Erschütterung, die Fourth Point kurz schwanken ließ. Ursache unklar. Das Meer war für wenige Sekunden spiegelglatt und weiß, möglicherweise gefroren.«*

Tuah dachte noch einen Augenblick nach und strich dann die letzten zwei Worte wieder durch. Er wollte nicht, dass *Contrôleur* de Bruin von ihm dachte, er wäre verrückt geworden.

KAPITEL 11
FLEISCH
SINGAPUR, 12. MAI

Ludgers Hände zitterten und seine Fingerspitzen waren sogar schon taub vor Kälte. Trotzdem packte er weiter die in Papier gewickelten Fleischpakete in die große Kiste hinein, die er eigens für diesen Transport hatte anfertigen lassen. Eine Kühltruhe, die über eine doppelte Wand verfügte und mit reichlich Isoliermaterial gedämmt war. Der Innenbereich war mit Zinkplatten ausgekleidet. Darin lagen große Eisblöcke und es gab sogar einen Ablauf für das Schmelzwasser, das in eine herausnehmbare Schale unter dem Boden der Kiste lief. Diese Auffangwanne musste alle zehn Stunden geleert werden. Sie hatten das System schon auf der Hinfahrt nach Singapur getestet und es hatte bestens funktioniert.

»Du bist verrückt, weißt du das, Mahler?« Graham McTavish sah ihm grinsend dabei zu, wie er ein Fleischpaket nach dem anderen in die große Kiste legte.

»Mag sein. Aber immerhin sorgt dieser Verrückte dafür, dass du das erste Mal seit Monaten wieder Geld verdienst.«

»Ha! Ich hoffe nur, du stehst zu deinem Wort. Denn

bisher verursacht mir diese irrsinnige Abholaktion nur Kosten.«

»Ich habe dir doch zwei Goldgulden als Anzahlung gegeben.«

»Du weißt genau, dass die nicht reichen, um die Kosten für die Fahrt zu decken. Nicht mal, wenn wir nur auf den Wind vertraut hätten, aber du hast es so verdammt eilig, dass ich auch noch meine letzten Kohlen verfeuern muss.«

»Du hast doch darum gebeten, dass ich dich an meinem Glück teilhaben lasse, Graham«, sagte er zwinkernd zum Schotten. »Das ist eine Riesenchance für dich. Überleg doch, wenn van Leeuwen damit zufrieden ist, werden danach größere Aufträge kommen. Dann bricht eine wahrhaft goldene Zeit an – für uns beide, mein Freund.«

»Das glaube ich erst, wenn ich meinen Lohn erhalten habe. Aber du hast recht, mir blieb gar keine andere Wahl, als bei diesem Wahnsinn mitzumachen. Alles ist besser, als nur im Hafen zu liegen.«

Ludger legte die letzten Pakete in die Holztruhe. Diese bedeckte er mit einer Schicht Wolle und setzte dann den Deckel auf die Kiste.

»Das war's. Jetzt lass uns schnell zurück nach Batavia fahren.«

Sie stiegen aus dem Laderaum hoch auf das Deck, wo Graham der Besatzung die Befehle erteilte, die Leinen loszumachen und abzulegen. Stampfend machte sich die QUEEN ANNE auf den Rückweg. Ludger rieb seine kalten Hände aneinander, während er Graham auf die Brücke folgte. Der Kapitän ließ ein lang gedehntes Tuten des Schiffshorns erklingen, als sich sein Dampfsegler auf den Weg in die offene See machte.

»Dann wollen wir mal sehen, ob deine Kühltruhe das Fleisch auch wirklich die nächsten zwei Tage kalt hält.

Ansonsten werden der Gouverneur und die anderen feinen Herren der Gesellschaft wohl nur mit Gemüse vorliebnehmen müssen.«

»Mach dir keine Sorgen, das klappt schon«, erwiderte Ludger und hauchte in seine Hände, in die das Gefühl langsam zurückkehrte.

»Ich verstehe sowieso nicht, was der ganze Aufwand soll. Fleisch gibt es schließlich auch auf Java.«

»Aber eben nicht in dieser Qualität. Und Schweine gibt es dort auch keine. Aber uns soll es recht sein, wenn es damit gelingt, van Leeuwen zu überzeugen, dass er mir in Zukunft die richtigen Waren anvertraut.« Ludger blickte zuversichtlich aus dem Fenster und betrachtete die langen weißen Wolken, die am blauen Himmel unter der strahlenden Sonne entlangzogen.

»Ich hoffe, du behältst recht. Denk daran, der Kerl ist Holländer, denen kann man nicht trauen. Schon gar nicht, wenn sie so reich sind wie er.«

»Keine Sorge. Ich weiß, wie man mit solchen Leuten umzugehen hat.« Ludger lachte und legte eine Hand auf die Schulter des Kapitäns. »Hast du hier vielleicht irgendwo einen Schluck zu trinken?«

»Die kleine Kiste da vorn, da ist ein guter schottischer Whisky drinnen.« McTavish neigte den Kopf zur Seite.

»Genau das Richtige.« Ludger öffnete die Kiste und holte die Flasche heraus, die nur noch zur Hälfte gefüllt war. »Da ist aber schon einiges verdunstet.«

»Mach dir darüber keine Gedanken, ich habe noch genügend Buddeln in meiner Kammer.«

»Also, auf uns!« Ludger zog den Korken heraus, nahm einen Schluck und reichte Graham den Whisky.

»Auf eiskaltes Fleisch! Slàinte!«

Der bernsteinfarbene Whisky schmeckte erst mild, entwickelte dann aber kräftige Raucharomen, die

Ludger die Nase rümpfen ließen. Aber nach einem zweiten Schluck wurde es besser. Versonnen blickte er wieder auf den Horizont und hoffte, dass Bimo, den er allein in Batavia gelassen hatte, um in seinem neuen Büro die Stellung zu halten, keinerlei Scherereien machen würde.

Zufrieden klappte Bimo das Buch zu, als er die letzte Seite gelesen hatte. *Die letzten Tage von Pompeji* lautete der Titel. Das Ende war bittersüß. Kein Märchen, wo alle glücklich und zufrieden bis ans Ende ihrer Tage lebten. Hier gab es nur einige wenige Glückliche, während viele andere starben. Vor allem der Tod Nydias am Ende stimmte ihn traurig. Doch der Held der Geschichte hatte überlebt, wie es sich gehörte. Er legte das Buch auf dem Schreibtisch neben dem riesenhaften Telefonapparat ab und lehnte sich dann entspannt im Stuhl zurück, um das Treiben vor der offenen Tür zu beobachten. Das war die einzige Aufgabe, die der Deutsche ihm aufgetragen hatte, bevor der mit dem Schiff nach Singapur aufgebrochen war.

Einfach nur von morgens bis zum frühen Abend hier sitzen und einen guten Eindruck machen, mehr nicht, dachte Bimo.

Nur die hässliche blaue Kleidung, die Mahler ihm gegeben hatte, musste er dabei tragen. Es war nun bereits der dritte Tag, an dem er völlig allein in dem Geschäftsraum saß. Er hatte die meiste Zeit damit verbracht, Bücher zu lesen. Jetzt war es gleich Mittag und sein Magen meldete sich. Also beschloss er, ein paar Schritte zu gehen und sich an einem der Stände, die es auf dem großen Platz gab, eine Kleinigkeit zu kaufen. Immerhin verfügte er nun über ausreichend Geld. Seine Hand glitt in die Hosentasche und befühlte die

Silbergulden darin mit den Fingerspitzen. Auf dem Platz herrschte Hochbetrieb, gerade war die Straßenbahn unter dem lauten Getöse der Dampflokomotive vorgefahren und hatte aus den Waggons unzählige Menschen ausgespuckt, die nun interessiert in alle vier Himmelsrichtungen über den Marktplatz spazierten. Kurz überlegte Bimo, ob er nicht vielleicht noch ein wenig dazuverdienen könnte, als er die vielen Europäer in ihren feinen Kleidern sah. Aber er verkniff es sich und vergrub zur Sicherheit, um nicht in Versuchung zu geraten, beide Hände tief in den Hosentaschen. Er ließ den Blick durch die Reihen der Stände schweifen, auf der Suche nach etwas, was seinen Hunger stillen würde. Er bedauerte, dass es auf dem gesamten Markt keinen einzigen Fischhändler gab, aber diese waren nun mal alle in der Nähe des Hafens. Immerhin entdeckte er einen Stand, an dem es *Tempeh* gab. Er kaufte sich einen ganzen Laib, der – noch in Bananenblätter eingewickelt – leicht warm war und hervorragend duftete. Mit dem Päckchen unter dem Arm schlenderte er zurück zu seinem Arbeitsplatz, als er plötzlich eine Hand in seiner Hosentasche spürte, die sich blitzschnell etwas von seinem Geld schnappte und sich sofort zurückzog. Bimo fuhr herum und erstarrte, als er in Femkes Gesicht sah, die ihn kess anlächelte. Dabei hielt sie einen seiner Silbergulden mit der rechten Hand in die Höhe.

»Ich würde sagen, das war meine Meisterprüfung. Ich habe es geschafft, meinen Lehrmeister zu bestehlen.«

»Femke, was machst du hier?« Er sah die Holländerin verdutzt an.

»Die Frage sollte ich doch wohl lieber dir stellen.« Sie reichte ihm das Geld zurück. »Und woher hast du Silbergulden bekommen und vor allem diese lächerlich großen Klamotten?«

»Du würdest es nicht glauben, wenn ich es dir

erzähle. Eigentlich kann ich es selbst kaum glauben.« Er machte eine kurze Pause. Femke sah ihn erwartungsvoll an. »Das alles habe ich von Ludger Mahler bekommen. Ich arbeite jetzt für ihn.«

»Wie bitte? Das ist doch hoffentlich ein Scherz von dir? Das ist ein ganz mieser Kerl! Er hat dich geschlagen und …«

»Er hat auch dafür gesorgt, dass ich entkommen konnte. Sein Stolpern war beabsichtigt.«

Femke stutzte. »Und wenn schon. Ich habe durch meinen Vater schon einiges von diesem feinen Herrn gehört, man kann ihm nicht trauen. Was arbeitest du überhaupt für ihn? Du kannst doch nichts.«

»Oh, vielen Dank auch!«, erwiderte er verärgert. »Schön zu hören, wie du über mich denkst.«

»So meinte ich das nicht, das weißt du«, sagte Femke zwar leicht zerknirscht, aber sie vermied es, sich bei ihm zu entschuldigen. Wie immer. »Aber für welche Arbeit sollte jemand wie Mahler dich einstellen?«

»Ich bin Mädchen für alles«, entfuhr es Bimo, der merkte, wie er leicht wütend wurde, weil Femke ihn einfach nicht ernst nahm.

»Wie bitte?«, gluckste die Holländerin vergnügt.

»Ich kümmere mich um alle Dinge, die eben gemacht werden müssen. Ich bin ein echtes Organisationstalent.«

»Wer sagt das, dein Mijnheer Mahler?«, spottete Femke.

»Immerhin macht er sich nicht über mich lustig«, gab Bimo mit erboster Stimme zurück. »Ich habe mir Sorgen um dich gemacht, als ich nichts von dir gehört habe. Aber das hätte ich mir wohl sparen können. Einen schönen Tag noch, Mevrouw de Wit.« Er machte eine übertrieben tiefe Verneigung, wandte sich um und ging.

»Bimo, bitte warte. So habe ich das nicht gemeint.«

Femke lief ihm hinterher und legte ihm eine Hand auf die Schulter.

»Mevrouw de Wit, hier sind Sie.« Eine ältere Holländerin in einem dunklen Kleid und mit aufgespanntem Sonnenschirm in der Hand kam aufgeregt auf sie zu. »Was machen Sie denn? Wenn Ihr Vater das mitbekommt, dann …«

»Schon gut, Marianne. Ich komme schon.« Femke warf Bimo noch einen letzten Blick zu. »Tut mir leid.« Dann verschwand sie mit ihrer Begleiterin in der Menge.

»Ja, mir auch«, murmelte Bimo vor sich hin. Frustriert und wütend stapfte er zurück ins Büro.

»Geschafft! Halleluja.« Graham wischte sich den Schweiß von der Stirn und stützte sich auf die große Kühlkiste, die sie gerade zu viert von Bord der Queen Anne getragen und jetzt auf der Pier abgestellt hatten.

»Ja, dein Teil ist erfüllt. Jetzt muss ich das Fleisch nur noch an van Leeuwen ausliefern«, sagte Ludger.

»Das wird nicht mehr so schwer werden. Eines seiner Lagerhäuser ist direkt hier im Hafen.«

»Das schon, aber ich glaube nicht, dass er dort über die Möglichkeit verfügt, das Fleisch zu kühlen.« Besorgt blickte er auf die Kiste. An Bord hatte er den Deckel geöffnet und den Inhalt geprüft. Die Eisblöcke hatten sich während der zwei Seetage beinahe komplett aufgelöst, aber noch hielt die Isolierung den Inhalt einigermaßen kalt. Doch er musste die Kiste so schnell wie möglich ausliefern. »Kannst du hier noch ein Auge drauf haben, während ich zum Lagerhaus gehe und versuche, eine Transportmöglichkeit zu arrangieren?«

Der schottische Kapitän nickte ihm zu. »Natürlich.«

Ludger begab sich zu dem Warenlager des

Holländers, es war problemlos zu finden, denn es war die größte Halle dieser Art im Hafen. An der Außenwand war groß das Firmensignet zu sehen. Das Logo war – natürlich in Anlehnung an das Familienwappen van Leeuwens – ein Löwe. Nach dem Betreten des Lagergebäudes musste er kurz staunend stehen bleiben, angesichts der enormen Ausmaße und der zahllosen Regalreihen, die er sah. Dazwischen wimmelte es von einheimischen Arbeitern, die Ware aus den Regalen nahmen, verpackten und stapelten, um sie danach mit einem Handkarren hinaus an die Pier schafften. Alles schien perfekt organisiert zu sein. Zwischen den Arbeitern liefen einige Holländer umher, deren einzige Aufgabe es zu sein schien, die Einheimischen zu kontrollieren. Einer der Aufseher war es auch, der ihn bemerkte und ansprach. Ludger stellte sich vor und wollte gerade ansetzen, zu erklären, weswegen er hergekommen war, da unterbrach ihn der Holländer.

»Ah, Sie liefern das Fleisch, richtig?«

»Ja, das ist richtig. Woher …?«

»Mijnheer van Leeuwen hat es mir bereits für gestern angekündigt. Ich hoffe, die Ware ist noch in gutem Zustand?«

»Äh … ja. Ist sie.«

Der Mann erwiderte nichts und sah Ludger abwartend an. Schließlich seufzte er und fragte: »Wo haben Sie die Lieferung?«

»Sie steht noch an der Pier, bei meinem Schiff. Ich benötigte Hilfe beim Transport. Das Fleisch muss schnell in die Kühlung.«

»Wollen Sie sagen, Sie haben es ungekühlt transportiert?«

»Nein, natürlich nicht. Aber mein Eisvorrat ist aufgebraucht und …«

Ein gellender Pfiff des Aufsehers schnitt ihm das

Wort ab. Plötzlich tauchte ein Dutzend einheimischer Arbeiter auf.

»Begleitet diesen Herrn und helft ihm, seine Lieferung hierher zu bringen.« Sofort eilten die Javaner nach draußen. »Worauf warten Sie noch?«

Sprachlos ging Ludger ebenfalls hinaus und ging der Schar von Arbeitern voraus. Als er mit der Truppe bei der Pier ankam, staunte Graham nicht schlecht. Im Handumdrehen wurde die Kühlkiste angehoben und in das Lagerhaus verfrachtet. Dort angekommen, öffnete der Aufseher den Deckel und inspizierte den Inhalt.

»Na ja, die obere Lage ist schon beinahe aufgetaut, aber es wird gehen.« Er gab den Arbeitern ein Zeichen, die Kiste wegzubringen.

»Halt, was passiert jetzt damit?«, stoppte Ludger den Abtransport.

»Wir bringen es in unser Kühllager. Von dort wird es dann die nächsten Tage zu seinem vorgesehenen Bestimmungsort gebracht.«

»Aber ich …«

»Hier, das ist für Sie.« Der Holländer zog plötzlich einen Umschlag aus der Mappe, die er in der Hand hielt, hervor und reichte ihm diesen. »Damit wäre Ihr Auftrag erledigt.«

Zögerlich nahm Ludger den Umschlag entgegen und gab die Kiste frei, die von den Javanern sofort weggetragen wurde. Auch der Aufseher wandte sich zum Gehen um, ganz offensichtlich war er fertig mit ihm.

»Einen Moment noch, eigentlich hatte ich gedacht, ich treffe mich mit Herrn van Leeuwen. Immerhin ging es bei dieser Lieferung um einen persönlichen Auftrag von ihm.«

»Der Mijnheer wird sich zu gegebener Zeit wieder bei Ihnen melden. Guten Tag.«

Die letzten beiden Worte wurden mit einer nicht zu

überhörenden Aufforderung zum Gehen verbunden. Vor dem Lagerhaus prüfte Ludger den Inhalt des Umschlags. Es war die vereinbarte Summe und doch lächerlich wenig, im Vergleich zu dem Aufwand, den er gehabt hatte. Doch dies war Teil seines Plans. Wenn er denn noch dazu kommen würde, ihn umzusetzen.

Von dem Geld ging ein großer Teil an Graham, der sich sichtlich erfreut zeigte, auch wenn es für ihn zu wenig war, um zu überleben.

»Und wann kommt jetzt der große Folgeauftrag, von dem du gesprochen hast?«, fragte der Kapitän.

»Bald. Ich werde mich demnächst mit van Leeuwen treffen, um die Einzelheiten zu klären.«

»Ich hoffe, du vergisst mich dabei nicht.«

»Wie könnte ich? Mach dir keine Sorgen. Ich melde mich bei dir, sobald es losgehen kann.«

»Gut. Lass dir nicht zu viel Zeit.«

»Keine Sorge, werde ich nicht.« Ludger eilte von Bord der QUEEN ANNE und begab sich auf dem schnellsten Weg zu seinem neu angemieteten Büro im Zentrum der Stadt. Dort fand er Bimo am Schreibtisch sitzend vor, wie er gerade ein Buch las. Dabei war er so in seine Lektüre vertieft, dass er sein Eintreten gar nicht mitbekam. Erst als Ludger kräftig an den Türrahmen klopfte, schreckte der junge Javaner auf.

»Oh, schon wieder zurück?«

»Wie du siehst.« Ludger trat an den Schreibtisch heran und tippte auf das Buch. Es handelte sich um einen Titel von einem Autor namens Poe in niederländischer Sprache. »Du überraschst mich doch jedes Mal aufs Neue.«

»Ich gebe mir Mühe«, grinste Bimo ihn an. »War die Fahrt erfolgreich?«

»Ja, war sie. Jetzt bleibt nur zu hoffen, dass van Leeuwen auch anbeißt.«

»Wo rein soll er denn beißen?«

»Das ist eine Redensart, zerbrich dir nicht deinen Kopf. Los, für heute kannst du gehen.«

Bimo schnappte sich sein Buch vom Schreibtisch und verschwand aus dem Büro. Sobald er allein war, schloss Ludger die Tür und ging an den Telefonapparat. Er langte an die Wählscheibe und zog daran. Sie klappte nach vorne weg und gab das Geheimfach dahinter frei. Zufrieden sah Ludger, dass nichts fehlte. Sein restliches Gold und einige Silbergulden waren noch vorhanden. Aber jetzt musste er dafür sorgen, dass es bald zu einem ordentlichen Geschäft mit dem Holländer kommen würde. Schließlich hatte er nicht vor, den Rest seines Lebens mit ehrlicher Arbeit zu verbringen.

KAPITEL 12
DER EKLAT
BUITENZORG, 17. MAI

Der Gouverneurspalast war ein beeindruckendes Bauwerk. Seine Ausmaße übertrafen auch die des *Huis ten Bataver*, das größte Bauwerk in Weltevreden. Aber es gab einige Ähnlichkeiten, zunächst natürlich die strahlend weiße Fassade und die einstöckige Bauweise. Das Gebäude stammte noch aus der Zeit des 18. Jahrhunderts, eines der Oberhäupter der VOC hatte es errichten lassen. Es war weit weg von der Küste und von Batavia. Eigentlich war es nur als Landsitz für den Sommer gedacht gewesen, aber einer der Vorgänger des amtierenden Generalgouverneurs von Niederländisch-Ostindien, Frederik s'Jacob, hatte 1808 verfügt, den Amtssitz in das palastartige Landhaus zu verlegen. Natürlich gab es auch einen Gouverneurssitz in Batavia, in dem der Hauptteil der administrativen Arbeit erledigt wurde. Doch die Gouverneure hatten das milde Klima, das in den Hügeln weit oben herrschte, schätzen gelernt, auch wenn es oft regnete. Auch der Name des Ortes stammte aus dieser Zeit: Buitenzorg. Doch ganz so sorglos, wie der Name vermuten ließ, war es nicht. Der Palast lag hoch in den Hügeln, mehr als siebzig

Kilometer von Batavia entfernt, an einem verhältnismäßig kühlen Flecken für javanische Verhältnisse und zugleich auch einer der regenreichsten. In den Wintermonaten schüttete es oft tagelang, was die Anfahrt manches Mal unmöglich machte. Doch im Jahr 1873 war die erste Eisenbahnlinie Javas eröffnet worden und selbstverständlich führte diese Trasse von Batavia nach Buitenzorg hinauf.

Mit ebendieser Bahn war nun Femke mit ihrem Vater nach Buitenzorg gekommen. Sie trug ihr neues Kleid, das sie sich beim besten Schneider von Batavia gekauft hatte, und war von Marianne so hübsch zurechtgemacht worden wie noch nie zuvor. Wenn Bimo sie jetzt so sehen könnte, würde er bestimmt wieder mit seinem Prinzessinnen-Gerede anfangen. Aber sie hatte ihn nicht mehr gesehen seit dem kurzen Treffen auf dem Marktplatz. Bestimmt ging es ihm erheblich besser als ihr, da war sie sicher. Schließlich war er frei und konnte tun und lassen, was er wollte. Aber wenn der Abend so verlaufen sollte, wie sie vermutete, wäre sie vielleicht auch endlich frei – auch wenn es sie einen hohen Preis kosten würde. Aber als sie aus der Kutsche stieg, die sie und ihren Vater vom Bahnhof zum Sitz des Gouverneurs gebracht hatte, fühlten sich ihre Beine zittrig an und ihre Knie drohten, wegzuknicken. Einer der Bediensteten, die sie in Empfang nahmen, war sofort an ihrer Seite und stützte sie.

»Vielen Dank«, wisperte sie mit schwacher Stimme.

»Bitte lass das Theater und versuch, den Abend mit Anstand hinter dich zu bringen«, meinte ihr Vater und sah sie streng an, als auch er ausgestiegen war.

»Natürlich«, gab sie zurück. Die Unsicherheit war verschwunden und ihr Kampfeswille kam zurück. Sie hakte sich bei ihrem Vater ein und sie gingen den Weg zum Palast hinauf. Als sie den großen Saal betraten, wurde der Richter standesgemäß angekündigt. Frederick s'Jacob trat zu ihnen und begrüßte Rutger de Wit freundschaftlich. Der Gouverneur war erst seit drei Jahren im Amt und hatte sich in dieser Zeit des Öfteren von dem erfahrenen Richter, der bereits seit über zwanzig Jahren in Batavia lebte, Rat und Unterstützung geholt. Bevor er zum Kolonialgouverneur ernannt wurde, war s'Jacob als Kapitän auf den Weltmeeren unterwegs gewesen. Femke mochte s'Jacob, er war immer höflich und behandelte auch die Einheimischen respektvoll, was man von den meisten anderen Männern in seiner Position nicht sagen konnte, ihren Vater mit eingeschlossen. Der Gouverneur wandte sich ihr zu. Er trug wie immer zu solchen Anlässen seine ehemalige Dienstuniform aus Seemannszeiten, die er jedoch mit ordentlich Goldbrokat und Bändern in den holländischen Nationalfarben ausgeschmückt hatte. Damit machte er vor allem bei den Einheimischen ordentlich Eindruck, aber auch die Siedler aus Europa zeigten sich stets beeindruckt, wenn er in dieser Gewandung erschien.

»Mevrouw de Wit, Sie sehen zauberhaft aus heute Abend, wenn Sie mir diese Bemerkung gestatten.«

»Ich danke Ihnen, Mijnheer Gouverneur«, erwiderte sie und machte einen leichten Knicks.

»Du kannst sehr stolz sein, eine so schöne und wohlgeratene Tochter zu haben, Rutger«, sagte s'Jacob zu ihrem Vater.

»Das bin ich. Können wir zwei kurz unter vier Augen sprechen? Ich habe da ein bestimmtes Anliegen.«

»Ganz wie du willst. Lass uns ein paar Schritte gehen.« Der Gouverneur sah Femke an. »Genießen Sie den Abend, Mevrouw.«

Danach überließen die beiden Männer Femke sich selbst. Sie stand einen Augenblick unschlüssig herum und entdeckte dann aber das opulente Büfett, dass links auf mehreren Tischen aufgebaut worden war. Auf dem Weg dahin kollidierte sie beinahe mit einem älteren Mann, der etwas achtlos durch den Raum schritt.

»Pass doch auf«, schalt ihn seine Begleitung, zweifellos seine Ehefrau. »Fast hättest du das arme Mädchen über den Haufen gerannt!«

»Oh, das tut mir furchtbar leid, Mevrouw«, brachte der Mann hervor und zupfte sich leicht geniert an seinem buschigen Backenbart herum. »Ich war in Gedanken und …«

»Verzeihen Sie meinem Mann, Mevrouw de Wit«, schnitt ihm seine Frau das Wort ab. »Er ist immer etwas zerstreut. Wissenschaftler, immer mit seinen Gedanken woanders.«

»Es war halb so schlimm«, lächelte Femke. »Außerdem habe auch ich nicht richtig aufgepasst.«

»Nein, nein. Machen Sie es ihm nicht so einfach. Die Männer müssen langsam mal lernen, auch uns einmal wahrzunehmen und nicht immer nur an ihre Arbeit zu denken!« Sie bedachte ihren Mann mit einem vorwurfsvollen Blick.

Femke hatte den Eindruck, dass der arme Kerl sich derlei Belehrungen öfter von seiner Gattin anhören musste, und empfand etwas Mitleid mit ihm.

»Seien Sie nicht so streng mit ihm«, sagte sie daher. »Es ist auch nichts passiert.«

Der Mann nickte ihr dankbar zu, während seine Frau einen Seufzer ausstieß.

»Ganz wie Sie meinen. Aber lassen Sie ihn zur Wiedergutmachung wenigstens ein Getränk für Sie holen.« Ohne Femkes Antwort abzuwarten, wandte sich die Matrone an ihren Mann. »Holst du uns bitte zwei Genever?« Pflichtbewusst eilte ihr Gatte los. »Und vergiss das Eis nicht«, rief sie ihm noch hinterher. »Er ist ein herzensguter Mann, aber manchmal etwas linkisch. Also, meine Liebe, Sie sind die Tochter von Richter de Wit, nicht wahr?«

»Ja, das bin ich«, antwortete Femke und spähte aus dem Augenwinkel auf das Büfett.

»Meinen Sie, Ihr Vater könnte sich dafür einsetzen, dass die Polizeistreifen sich wieder mehr auf unser Wohnviertel in Gondangdia konzentrieren? In letzter Zeit treiben sich dort so viele Einheimische herum, man fühlt sich glatt bedroht.«

»Nun, die leben hier, das können wir ihnen kaum verbieten. Es ist ihr Land.«

»Genau genommen ist es unser Land. Seit Jahrhunderten schon. Einer meiner Vorfahren hat sogar geholfen, es aufzubauen. Er war einer der ersten Kapitäne der VOC. Natürlich dürfen die Einheimischen hier leben, aber doch bitte nicht in unserem Viertel.« Die Frau lachte laut.

»Hier bitte, Ihr Genever.« Der Ehemann war bereits mit den Getränken zurück und reichte Femke ein Glas. Sie war dankbar für die Unterbrechung. »Und nochmals Entschuldigung.«

»Ich danke Ihnen, Mijnheer …?«

»Van der Stok«, antwortete er und neigte den Kopf.

»Mein Mann hat einen Doktortitel und ist Direktor des Meteorologischen Instituts in Batavia«, fügte seine Frau hinzu und ließ etwas Stolz in ihrer Stimme mitschwingen.

»Oh, das ist bestimmt eine sehr interessante Arbeit.«

»Ja, aber Sie wollen nicht hören, wie er darüber berichtet, meine Liebe. Sonst dröhnt Ihnen morgen früh der Kopf«, lachte Frau van der Stok.

»Ich danke Ihnen jedenfalls für den Genever«, sagte Femke. Sie sah sich um und machte ein überraschtes Gesicht, als ob sie jemanden gesehen hatte. »Aber ich muss Sie jetzt bitten, mich zu entschuldigen. Ich habe dort hinten jemanden entdeckt, den ich noch begrüßen muss. Es hat mich sehr gefreut, Sie kennenzulernen.«

»Uns ebenfalls. Und bitte weisen Sie Ihren Vater auf mein Anliegen hin.«

»Das mache ich bestimmt.« Femke drehte sich um und ging so schnell wie möglich von den van der Stoks fort. Sie atmete tief durch, als sie beim Büfett ankam. Dort leerte sie das Glas Genever in einem Zug und fing an, sich einen Teller mit Essen aufzufüllen. Sie war erstaunt, welch reichhaltige Fleischauswahl es hier gab. Es waren sogar Schilder aufgestellt, auf denen stand, welche Art Fleisch es war. Sie sah Rind, Schwein, Huhn. Alles Sachen, die selbst im Haushalt ihres Vaters nicht alltäglich waren. Neben sich bemerkte sie eine junge Frau, ungefähr im selben Alter wie sie selbst, die ebenfalls einen Teller auffüllte. Ihre Blicke trafen sich. Femke erkannte sie sofort wieder. Es war die Tochter des Mannes, dessen Geldbeutel Bimo und sie auf dem Markt zu stehlen versucht hatten. Im Gesicht der Frau war kein Anzeichen zu erkennen, dass diese sie ebenfalls wiedererkannte. Es überraschte Femke nicht. Sie war heute so zurechtgemacht und herausstaffiert, dass sie sich beinahe selbst im Spiegel nicht wiedererkannte.

»Hallo«, grüßte sie die Unbekannte auf Holländisch, aber ihr deutscher Akzent war nicht zu überhören. »Bist du auch auf der Flucht vor den langweiligen Gesprächen auf diesem Empfang?«

Femke konnte sich ein breites Grinsen nicht verkneifen.

»Merkt man mir das etwa so genau an?«, fragte sie halb scherzhaft.

»Ich habe ein gutes Gespür für so was. Mir geht es nicht anders. Immer werde ich zu den Terminen meines Vaters mitgeschleppt, ohne dass es jemanden interessiert, was ich möchte«, antwortete die junge Deutsche und klang dabei etwas verbittert. »Ich bin Otilie Kopperschmidt.« Sie streckte ihr die Hand entgegen.

»Freut mich Otilie. Ich bin Femke.«

»Ich weiß. Dein Name wurde hier von einigen bereits erwähnt, als du mit deinem Vater eingetroffen bist. Er ist Richter in Batavia, richtig?«

Sie nickte. »Ja, ist er. Und ich bin das missratene Balg, das immer wieder für Ärger sorgt und meinen ehrenwerten Vater in ein schlechtes Licht rückt.«

»So ähnlich wurde es mir erzählt.« Otilie sah sie amüsiert an und aß dabei einen der Käsespieße von ihrem Teller.

»Was führt dich nach Batavia, wenn ich fragen darf?«

»Die Geschäfte meines Vaters. Er besitzt Textilfabriken in Deutschland, die Anzüge und Kleider herstellen und auch Uniformen für die kaiserliche Marine.«

»Warum nimmt er dich hierher mit?«

Otilie zuckte mit den Schultern.

»Wenn ich das nur wüsste. Wahrscheinlich möchte er mir etwas von der Welt zeigen. Seiner Welt. Deswegen muss ich nun auf solchen langweiligen Abenden mit dabei sein.«

Femke konnte im Gesicht der Deutschen dieselbe Wut und Verzweiflung erkennen, die sie von sich selbst kannte. Otilie Kopperschmidt hatte viel mit ihr gemeinsam. Auch sie war in einem ähnlichen goldenen Käfig gefangen, von einem Vater, der ihr weiteres Leben schon verplant hatte.

»Wir sollten uns einen Genever holen, damit schmeckt das Essen einfach besser«, meinte Femke, nachdem sie einen Augenblick schweigend nebeneinandergestanden hatten.

Otilie stimmte zu. Es blieb nicht bei einem Genever und schon bald standen sie beide kichernd Seite an Seite.

»Der da vorne, der Mann, der aussieht, als ob er eine Kuh verschluckt hätte, vor dem musst du dich vorsehen«, wisperte Femke ihrer neuen Freundin zu. »Claas Veenstra. Er ist einer der schlimmsten Schürzenjäger in ganz Batavia, ach, was sage ich, in ganz Niederländisch-Indien.« Sie vollführte eine ausladende Geste mit ihrer rechten Hand. »Ihm gehört eine Fabrik in der Stadt und er ist mit fast dreißig immer noch Junggeselle. Das versucht er mit aller Macht zu ändern, aber alle ledigen Damen machen einen großen Bogen um ihn, weil er Manieren hat, schlimmer als der übelste Hafenarbeiter.«

»Hat er es schon bei dir versucht?«, fragte Otilie, schon leicht beschwipst.

»Oh ja, das hat er. Am 19. Februar dieses Jahres erst. Es war die Geburtstagsfeier von König Willem III., die feine Gesellschaft Batavias war zusammengekommen, ähnlich wie heute Abend. Aber ich habe ihn geradeheraus und unverblümt gesagt, dass ich wenig Interesse verspüre, mich von einem menschlichen Walross begatten zu lassen.«

Die Deutsche neben ihr brach lauthals in schallendes Gelächter aus und hielt sich erst die Hand vor den Mund, als einige der Gäste ihnen naserümpfend Blicke zuwarfen.

»Entschuldige, ich konnte mich nicht beherrschen. Der Gedanke daran war zu komisch.«

»Schon gut, bei mir musst du dich nicht entschuldigen.«

Otilie bekam plötzlich ein besorgtes Gesicht.

»Oh oh, da kommt mein Vater.«

Femke sah den dicken Deutschen mit verärgertem Blick auf sie zustapfen.

»Was treibst du hier? Möchtest du mich zum Gespött der Leute machen?«, fuhr er seine Tochter erbost an.

»Nein, ich …«

»Hast du Alkohol getrunken?«

»Nur ein Glas Genever.«

»Das ist doch wohl …«

»Seien Sie nicht erzürnt auf Ihre Tochter, Mijnheer«, ging Femke dazwischen. »Ich habe Otilie den Genever angeboten. Aus Höflichkeit hat sie mit mir zusammen getrunken. Es gibt keinen Anlass, deswegen harsche Worte zu sprechen.«

Kopperschmidt sah sie überrascht an. Einen Augenblick stutzte er, als ob er ihr Gesicht wiedererkennen würde. Aber genau wie seine Tochter wusste auch er nicht, wen er hier vor sich hatte.

»Sie haben recht, Mevrouw. Ich habe wohl ein wenig überreagiert.«

Hinter Georg Kopperschmidt kam ein weiterer Mann auf sie zu. Femke erkannte ihn sofort. Johan van Leeuwen, der reichste Mann Batavias und somit faktisch ganz Niederländisch-Indiens. Der Geschäftsmann hatte in der Vergangenheit schon einige Dispute mit ihrem Vater ausgefochten.

»Alles in Ordnung hier?«

Der Deutsche drehte sich zu van Leeuwen um. »Ja, aber ich denke Otilie und ich sollten lieber gleich aufbrechen. Das stört dich hoffentlich nicht?«

Johan van Leeuwen schüttelte den Kopf. »Geh ruhig.«

»Aber ich will noch nicht gehen!«

»Keine Widerrede!«

Otilie vermied eine weitere Diskussion mit ihrem Vater und wandte sich ihr zu.

»Es hat mich sehr gefreut, dich kennenzulernen, Femke. Hoffentlich sehen wir uns bald wieder.«

»Es hat mich ebenfalls gefreut. Komm gut nach Hause.«

Als die beiden Deutschen sich zum Ausgang aufmachten, trat van Leeuwen näher an sie heran.

»Wie schön, Sie endlich einmal wiederzusehen, Mevrouw de Wit. Sie sind eine richtige Schönheit geworden«, raunte er ihr zu. Sein Atem roch nach Rum. Auf seiner Nase traten feine rote Linien hervor. »Wo ist denn Ihr geschätzter Herr Vater? Ach, Sie brauchen es mir nicht zu sagen. Bestimmt kungelt er wieder mit unserem Gouverneur herum.« Der Geschäftsmann lachte gehässig und rückte noch ein Stück näher an sie heran. Unangenehm nah. »Ich muss sagen, Sie sind wirklich eine Schönheit geworden«, wiederholte er sich.

»Und Sie sind mir entschieden zu aufdringlich, Mijnheer«, erwiderte Femke und machte einen Schritt zurück.

Johan van Leeuwen stierte sie mit gierigem Blick an, wie ein Wolf, der kurz davorstand, seine Beute zu reißen. Er fuhr sich mit der Zungenspitze über seine schwammigen Lippen.

»Ich habe gehört, Sie haben kürzlich wieder für Aufregung gesorgt, als Sie auf dem Markt beim Hafen bei einem Diebstahlversuch erwischt worden sind. Und wenn ich mich nicht irre, war es mein deutscher Freund, den Sie bestehlen wollten, nicht wahr?«

Femke riss die Augen überrascht auf.

»Ich habe recht, nicht wahr? Aber er hat Sie nicht wiedererkannt«, lachte van Leeuwen dreckig. »Sie waren sicherlich nicht in so einem hübschen Kleid auf Diebestour.«

»Ich weiß nicht, wovon Sie sprechen.« Femke drehte sich von ihm weg und wollte gehen, aber die rechte Hand van Leeuwens packte sie blitzschnell am Arm.

»Sie gehen nirgendwo hin, ehe ich es Ihnen nicht gestatte!«

»Johan, wie schön, Sie zu sehen«, erklang die Stimme des Gouverneurs. Mit einem breiten Grinsen trat Frederik s'Jacob neben den Geschäftsmann, der Femke noch einen bösen Blick zuwarf und sie dann losließ. Aber sie konnte immer noch nicht gehen, denn mit dem Gouverneur war auch ihr Vater gekommen, der sie misstrauisch anblickte, seinen Blick aber schnell auf van Leeuwen richtete. »Ich möchte mich noch einmal ganz herzlich bei Ihnen bedanken, das Fleisch, das Sie geliefert haben, ist von ganz ausgezeichneter Qualität. Wie haben Sie das nur geschafft, an solche Delikatessen zu gelangen?«

»Berufsgeheimnis, Mijnheer Gouverneur«, grinste van Leeuwen und wandte sich dann an Femkes Vater. »Ah, Rutger. Beaufsichtigen Sie Ihre Tochter? Normalerweise meiden Sie doch solche Zusammenkünfte.« Der Geschäftsmann lachte unverschämt.

»Jetzt, wo ich Sie treffe, weiß ich auch wieso«, gab ihr Vater frostig zurück. Das Lachen van Leeuwens erstarb augenblicklich. Die beiden Männer starrten einander grimmig an und rangen mit ihren Blicken darum, die Oberhand zu gewinnen. Die rotgeäderten Nasenflügel von Johan van Leeuwen begannen zu zittern und er schnaubte wie ein Ackergaul, der die Nüstern aufblähte.

»Meine Herren, bleiben wir doch alle gnädig miteinander«, sagte Frederik s'Jacob mit seiner freundlichen Art im diplomatischen Tonfall eines Politikers und legte jedem der beiden Kontrahenten eine Hand auf die Schulter. »Ich weiß, Sie haben gewisse Differenzen in der Vergangenheit gehabt, aber das sollte uns doch nicht diesen schönen Abend verderben.«

»Natürlich nicht, Mijnheer Gouverneur. Machen Sie

sich keine Sorgen. Rutger und ich sind manchmal wie Feuer und Wasser, aber wir haben gelernt, ganz manierlich miteinander umzugehen.« Johan van Leeuwen sah den Richter mit einem dünnen Lächeln an.

»Sehr schön.«

»Aber könnte ich Sie trotzdem einmal unter vier Augen sprechen, Mijnheer Gouverneur? Ich hätte da ein privates Anliegen.«

»Natürlich. Nach diesen Köstlichkeiten, die Sie für den Empfang geliefert haben, kann ich Ihnen nur schwerlich etwas abschlagen«, s'Jacob wandte sich an Femke und ihren Vater. »Sie entschuldigen uns kurz?«

Nachdem die beiden Männer gegangen waren, atmete ihr Vater tief durch.

»Warum tust du das, Femke? Du weißt, wie sehr ich van Leeuwen verachte.«

»Ich kann nichts dafür. Er ist zu mir gekommen und hat mich bedrängt, obwohl ich ihn gebeten habe, zu gehen!« Sie zitterte leicht vor Wut.

Ihr Vater musterte sie streng und schien abzuwägen, ob er ihrer Aussage Glauben schenken konnte. Schließlich entspannten sich seine Züge.

»Ich glaube dir. Es tut mir leid. Wenn ich könnte, wie ich wollte, würde ich diesen Kerl in ein Arbeitslager nach Borneo schicken.«

Femke nickte. Sie wusste, dass ihr Vater Johan van Leeuwen schon länger im Visier hatte, weil dieser in Verdacht stand, die Arbeiter – natürlich ausschließlich Einheimische – auf seinen vielen Plantagen ausbeuterisch zu behandeln. Es gab vereinzelt Gerüchte, dass es Misshandlungen und sogar Tote gegeben haben sollte, doch so sehr ihr Vater auch nachforschte, gab es keinen einzigen Beweis für diese Ondits. Aber Johan van Leeuwen blieb es natürlich nicht verborgen, dass der Oberste Richter Batavias seine Fühler nach ihm ausstreckte. Es war der Beginn einer ganz besonderen Feindschaft zwischen den beiden mächtigen Männern, die bis zum heutigen Tage bei einem Patt verharrte.

»Wollen wir nicht wieder nach Hause fahren?«, fragte sie ihren Vater. »Du bist doch auch nicht gerne hier, man sieht es dir sofort an.«

Der Richter sah sie mit leerem Blick an.

»Wir beide haben gleich noch einen Termin.« Die Tonlage, in der er dies sagte, klang seltsam hohl. »Am besten gehen wir sofort dahin.«

»Wohin denn?«

Ohne eine Antwort zu geben, fasste ihr Vater sie bei der Hand und durchschritt mit ihr den großen Saal. Femke spürte dabei die Blicke erneut auf sich gerichtet. Sie gingen in einen Nebenraum, in dem sich bereits zwei Frauen und ein junger Mann aufhielten.

»Da wären wir«, sagte ihr Vater an die ältere der beiden Frauen gerichtet, die gerade einen Genever gierig herunterstürzte.

»Der gute Rutger, immer ein wenig vor der Zeit«, entgegnete sie mit einem kühlen Lächeln. Sie blickte Femke interessiert an. »Ist sie das? Deine renitente Tochter, über deren Eskapaden ganz Batavia hinter vorgehaltener Hand tuschelt?« Der Blick der Alten ging einmal von oben nach unten und wieder zurück. »Immerhin ist sie ein ganz ansehnliches Weibsbild. Sie kommt nach ihrer Mutter, unverkennbar.«

»Etwas zu dürr für meinen Geschmack«, sagte die andere Frau und setzte sich einen Zwicker auf die Nasenspitze.

»Aber immerhin kommt sie aus gutem Hause«, erwiderte die Alte und sah freundlich auf Rutger de Wit. »Und das ist alles, was zählt. Etwas Besseres werden wir nicht finden.«

In Femkes Ohren rauschte das Blut. Sie kam sich vor

wie auf einem Viehmarkt, nur dass sie es war, die hier beurteilt wurde, um dann verschachert zu werden. Sie warf einen Seitenblick auf den jungen Mann, der sich bisher im Hintergrund hielt und keine Anstalten machten, eine Äußerung zu tätigen. Er machte einen gelangweilten Eindruck und wirkte so, als wäre auch er nicht ganz freiwillig anwesend.

»Da stimme ich Ihnen zu, Mevrouw van Vlekke. In ganz Batavia gibt es keine hübschere und klügere ledige Frau als meine Tochter. Sie spricht drei Sprachen, ist sehr belesen und zudem auch noch sehr musikalisch.«

Femke glaubte, ihren Ohren nicht zu trauen, als ihr Vater sich so über sie äußerte. Er pries sie an wie einen Ackergaul, den man als Rennpferd verkaufen wollte.

»Nun hör sich das einer an, Elvira«, sagte die alte Frau an die jüngere neben ihr gewandt. »Rutger lässt nichts unversucht, um uns das Geschäft schmackhaft zu machen.«

Traurige Gewissheit breitete sich in Femke aus. Sie hatte es zwar schon befürchtet, aber bis zuletzt hatte ein Teil von ihr gehofft, dass es nicht so weit kommen würde. Nun war es also doch passiert, ihr Vater wollte sie verheiraten und das ausgerechnet mit jemanden aus dem berüchtigten Clan der van Vlekkes.

Die Familie van Vlekke galt als erste Familie in Batavia. Einer der Ahnherren war Gouverneur gewesen vor zweihundert Jahren, als die *Vereinigte Ostindische Companie* noch existierte. Der VOC war es zu verdanken, dass Batavia und ganz Niederländisch-Indien existierten. Auch nach dem Niedergang des mächtigen Handelsunternehmens im Jahr 1798 behielten viele der daran beteiligten Kaufleute ihre Besitztümer und verfügten nach wie vor über großen Einfluss in der Region. So wie Johan van Leeuwen, dessen Vorfahren ebenfalls an der VOC beteiligt gewesen waren oder eben die van Vlekkes. Femke wusste, wer die zwei Frauen und der Mann waren. Die Alte musste Frida van Vlekke sein, die Matriarchin des Clans. Neben ihr saß ihre Schwester Elvira und der schweigsame junge Mann war demnach Daan van Vlekke, der Enkel von Frida. Seine Eltern waren vor einigen Jahren bei einem Unfall ums Leben gekommen. Aber eines nicht allzu fernen Tages würde er das gesamte Familienimperium erben, das aus vielen Gewürzplantagen bestand, die auf Borneo, Java und Sumatra befindlich waren.

Femke wusste, was man sich über Daan van Vlekke erzählte und wenn man den Gerüchten glaubte, die auf den Straßen Batavias kursierten, wäre es ihm wohl lieber gewesen, ihr Vater hätte einen Sohn mitgebracht. Doch sie hatte keine Lust, sich dieser unwürdigen Schacherei einfach so zu ergeben.

»Was hältst du von ihr, Daan?«, wollte Elvira van Vlekke vom Bräutigam in spe wissen. »Wäre sie nicht eine ausgezeichnete Braut?«

Der hoch aufgeschossene Mann musterte Femke eingehend mit seinen grünen Augen und zeigte dabei das erste Mal seit ihrem Eintreten eine Regung.

»Sicher«, war sein einziger Kommentar.

»Hach, die Jugend und die Liebe. Wunderschön anzusehen, nicht wahr, Rutger?« In der Stimme von Frida van Vlekke lag ätzender Hohn. »Aber sei es, wie es sei, besiegeln wir die Sache nun.« Der Blick ihrer dunklen Augen legte sich mit einem erwartungsvollen Ausdruck auf Femke.

»Sicher«, sagte sie und fügte nach einer kurzen Pause hinzu: »Nicht.«

»Wie war das?«

»Ich verspüre nicht das geringste Bedürfnis, ungefragt mit irgendeinem dahergelaufenen Lümmel verheiratet zu werden.«

»Femke!« Ihr Vater sah sie wütend an. »Das entscheidest nicht du.«

»Niemand außer mir selbst entscheidet über mein Leben«, entgegnete sie bestimmt.

»Du irrst dich, Kind«, berichtigte Frida van Vlekke sie in oberlehrerhaftem Ton. »Solange du keine einundzwanzig bist, entscheidet dein Vater, was für dich am besten wäre.«

»Das mag vielleicht für Sie gegolten haben, für mich tut es das nicht. Ich habe mich außerdem längst anderweitig entschieden und mein Herz verschenkt.«

»Oh, das wird jetzt richtig interessant«, äußerte sich Daan van Vlekke mit einem Grinsen, das signalisierte, dass ihm die Situation sehr gefiel.

»Solche Geschenke kann man zurücknehmen«, reagierte die Matriarchin kühl.

»In diesem Fall denke ich, dass Mevrouw van Vlekke keinen Bedarf an der Rücknahme sehen wird«, gab Femke siegesgewiss lächelnd zurück.

»Was hast du getan?«, fragte ihr Vater mit vor Wut bebender Stimme.

»Ich habe mich mit einem Einheimischen verlobt, Vater. Entschuldige, dass ich es dir nicht schon früher erzählt habe, aber du hast mir auch einiges vorenthalten.« Aus dem Augenwinkel konnte sie sehen, wie die Gesichtszüge bei den beiden Van-Vlekke-Damen unisono entgleisten. Die Reaktion, die sie erhofft hatte. Es gab nur wenige Dinge, die in Batavia unverzeihlich waren – eine Beziehung einer Niederländerin mit einem Indonesier war eines davon. Während es bei umgekehrten Verhältnissen meist nicht der Rede wert war. Die holländischen Männer pflegten schon seit Anbeginn der Kolonialzeit Beziehungen mit den einheimischen Frauen – ob mit oder ohne deren Einverständnis. Natürlich gab es niemals eine Chance, dass daraus eine Eheschließung resultierte. Und Kinder, so es denn welche gab, die diesen amourösen Abenteuern entsprangen, wurden totgeschwiegen und wuchsen ohne jeden Anspruch auf Anerkennung weit weg von ihren Vätern auf. Diese verlogene Doppelmoral hatte Femke schon immer verachtet. Jetzt konnte sie ihren Vorteil daraus ziehen, denn dieses Gerede würde eine Familie wie die van Vlekkes nicht hören wollen.

»Du scheinst ein langes Gespräch mit deiner Tochter vor dir zu haben, Rutger«, sprach Frida van Vlekke, als sie ihre Fassung wiedergewonnen hatte. »Dabei möchten wir dich nicht aufhalten.« Der Blick, mit dem sie den Richter bedachte, machte klar, dass die angedachte Hochzeit vom Tisch war.

Femkes Vater presste seinen Kiefer zusammen, neigte den Kopf und stürmte mit langen Schritten aus dem Raum.

»Einen schönen Abend noch«, verabschiedete sich Femke mit süßlicher Stimme und ging mit Stolz erhobenen Kopf.

KAPITEL 13
SCHWARZE SONNE
FOURTH-POINT-LEUCHTTURM, 20. MAI

In der Sundastraße herrschte reger Verkehr, für einen Sonntag sogar außergewöhnlich viel. Tuah war es ganz recht, er vertrieb sich die Zeit damit, die verschiedenen Schiffstypen zu zählen, und schaute mit dem Fernrohr, welche Landesflaggen sie am Heck gehisst hatten. Die meisten Schiffe waren natürlich Holländer, wie immer. Er sah die Zeeland, ein Postschiff, das regelmäßig zwischen Batavia und Amsterdam pendelte, eine amerikanische Brigg mit Namen A. R. Thomas, einen australischen Passagierdampfer mit Namen Archer und die britische Bark Acatea. Mit einem lauten Signal meldete sich außerdem das deutsche Kriegsschiff Elisabeth, als es aus dem Hafen von Anjer ablegte und in die Fahrrinne der Sundastraße einfuhr. Relativ dicht in Küstennähe waren zudem zwei Schuten unterwegs, die Samarang und die Bintaing, die aus Batavia gekommen waren, um den Hafen von Anjer auszubaggern. Auch diese beiden Schiffe hatten holländische Flaggen. Die Kolonialherren hatten also die Übermacht in der Sundastraße, wenngleich sich Tuah sicher war, dass die Elisabeth, wenn es einen Konflikt geben sollte, aus diesem als Sieger hervorgehen würde. Aber die Deutschen machten gute Fahrt und wurden schnell immer kleiner am Horizont und Tuah war sich sicher, dass er dieses Schiff so schnell nicht mehr in der Sundastraße sehen würde. Nun befand sich die deutsche Korvette auf dem Weg nach Hause.

Er sah auf die Uhr, es war früher Nachmittag. Eigentlich zu früh für seinen Schichtbeginn, aber da Sonntag war, hatte er sich vorgenommen, die Linsen des Leuchtfeuers auf Hochglanz zu polieren. Der Hitze an diesem Tag zum Trotz. Also verließ er die Plattform und machte sich an die Arbeit. Nachdem er bereits eine gute Stunde geputzt hatte und die Fresnel-Linse aussah wie neu, hörte er plötzlich vermehrt die Signalhörner einiger Schiffe auf der Sundastraße. Verwundert stand er auf und sah nach draußen. Sein Atem stockte. Er sprang auf, rannte auf die Plattform und sah in Richtung der Insel Krakatau, von deren niedrigstem Berg eine gigantische weiße Wolke senkrecht in den Himmel stieg. Nie zuvor hatte er Derartiges gesehen. Er vermochte nicht zu sagen, wie hoch die Wolke stieg, als sie sich ganz oben schließlich ausbreitete wie eine gewaltige Blume und so binnen kurzer Zeit den blauen Himmel komplett verdeckte.

»Der Kompass spielt verrückt«, meldete der Rudergänger der ELISABETH mit besorgtem Blick. »Die Nadel wirbelt wild umher.«

Kapitän Hollmann überzeugte sich mit einem schnellen Blick davon, dass der Mann die Wahrheit sagte.

»Lassen Sie sich davon nicht verwirren, halten Sie den Kurs, so gut es geht, auf Sicht.« Dann verließ er die

Brücke und ging aufs Deck hinaus, wo seine Besatzung mit ängstlichen Mienen auf die kolossale Wolke starrte, die sich aus dem Krater des Vulkans auftürmte. Er trieb die Männer auseinander und schickte sie wieder an die Arbeit. Der Wind kam aus Südsüdost, also beinahe direkt aus Richtung von Krakatau, und brachte Schwefelgeruch mit sich. Plötzlich bemerkte er ein feines Rieseln. Asche fiel vom Himmel. Grau und klebrig legte sie sich auf die Segel, auf das Deck – und seine Sonntagsuniform.

»Kapitän Hollmann, sehen Sie das?«

Er rollte mit den Augen, als Pastor Heims auf ihn zugelaufen kam. Wie bei jedem Ereignis auf See war der Kirchenmann auch jetzt in höchster Aufregung. Wahrscheinlich würde es Tage dauern, bis der Pfaffe dieses Ereignis verarbeitet haben würde. Am liebsten hätte er den Geistlichen über Bord gestoßen, doch der verfügte über gute Verbindungen zur Führung der Reichsmarine. Sein Fehlen würde unangenehme Fragen nach sich ziehen.

»Was meinen Sie? Etwa die zehntausend Meter hohe Wolke hinter uns?«, fragte er sarkastisch.

»Sollten Sie nicht irgendwas tun?«

Hollmann biss die Zähne zusammen und zwang sich, ruhig zu bleiben.

»Gewiss. Ich werde gleich Meldung an die anderen Schiffe in der Sundastraße geben und dann können die Männer von vorne beginnen, das Deck zu putzen.«

»Aber …«

»Schönen Tag noch, Herr Pastor.« Er legte die Hand zum Gruß an seine Mütze und ging in Richtung der Brücke. Auf dem Weg dorthin gab er der Besatzung die Anweisung, die Flagge für drohende Gefahr zu hissen, obwohl sich durch die kilometerhohe Rauchwolke ein solches Signalzeichen eigentlich erübrigte. Doch

Hollmann war ein pflichtbewusster Deutscher Offizier. Die ELISABETH machte gute Fahrt und schaffte es relativ rasch, den Aschefall hinter sich zu lassen. Auch vom Pfarrer war nichts zu sehen, der sich wahrscheinlich unter Deck begeben hatte und das Geschehen sofort in einen mehrere Seiten langen Bericht fassen würde. Hollmann war es egal, er notierte nur wenige Sätze in das Logbuch, ehe er der Mannschaft den Befehl gab, das Deck zu reinigen.

Tuah richtete sein Fernrohr auf Krakatau. Die Dampfsäule kam ausschließlich aus dem Perboewatan, dem kleinsten der drei Berge auf der Insel. Das Schauspiel dauerte nun schon Stunden an und immer noch schien sich der Vulkan nicht beruhigen zu wollen.

»Du warst bestimmt auch schuld daran, dass das Meer letztens auf einmal spiegelglatt war«, sagte er an den Vulkan gerichtet, während er diesen beobachtete. Dann schob er sein Fernrohr zusammen und nahm das Logbuch zur Hand. Mit schneller Hand notierte er alles, was er beobachtet hatte. Die riesige Wolke, den Schwefelgeruch, die Asche, die sich überall verteilte.

Ein lauter Knall ertönte, der ihm so sehr durch Mark und Bein ging, dass er den Stift fallen ließ. Zuerst dachte er, das deutsche Kriegsschiff hätte eine seiner Kanonen abgefeuert. Doch die ELISABETH war bereits lange am Horizont verschwunden. Es folgten mehrere dieser Donnerschläge, immer lauter werdend, gefolgt von einem stetigen Rattern, das klang wie Maschinengewehrsalven. Tuahs Blick ging wieder zur Wolke. Ihr Stamm begann sich zu verfärben. Binnen weniger Augenblicke war alles tiefschwarz. Blitze zuckten im Inneren der Rauchsäule und es wurde schlagartig dunkel, obwohl es noch gute zwei Stunden bis zum Sonnenuntergang dauerte. Schnell stürmte er zum Leuchtfeuer und entzündete die Gasglühlampe.

Dann ließ auch er das Nebelhorn erklingen, mit dem die Leuchttürme ebenfalls ausgerüstet waren, um in Notfallsituationen zu warnen. Und dies war mit Sicherheit eine Notlage. Der Leuchtturm begann zu vibrieren und schwankte leicht. Die Donnerschläge nahmen noch an Intensität zu. Von allen Schiffen, die jetzt noch in der Sundastraße unterwegs waren, erklangen die Nebelhörner. Tuah lief wieder auf die Plattform und erschauderte angesichts des infernalischen Schauspiels. Das Meer hatte sich in einen wahren Hexenkessel verwandelt. Er konnte einige Wasserhosen sehen, die urplötzlich in die Höhe schossen. Aus dem Vulkan flogen nun zudem auch noch riesige Gesteinsbrocken und prasselten auf die Wasseroberfläche. Dann wurde es so finster, dass Tuah nichts mehr sehen konnte, was nicht von seinem Leuchtfeuer erfasst wurde. Und die unheilvollen Blitze, die im Stamm der Wolkenblume immer wieder die Schwärze zerrissen. In die Donnerschläge, die vom Vulkanausbruch herrührten, mischten sich immer wieder die tiefen Schallfrequenzen der Typhone. Das gab Tuah Hoffnung, dass die in der Sundastraße verbliebenen Schiffe es heil aus diesem Desaster herausschaffen würden. Ängstlich sah er auf den von Wolken und Dampf beinahe komplett verhüllten Berg, der gespenstisch von Blitzen erleuchtet wurde.

KAPITEL 14

DER VULKAN AM ENDE DER WELT

Das Dröhnen des Typhons ließ die Schiffswände der India erzittern und sein Trommelfell schmerzen. Oder war es der Luftdruck, der durch den Vulkanausbruch erzeugt wurde? Aber das war jetzt auch egal. Leonhard rannte mit dem Rest der Mannschaft die Treppen hinauf zum Oberdeck. Jetzt wurde jede Hand dort benötigt, also musste auch er mit anpacken. Als er das Deck betrat, wünschte er sich jedoch, er hätte gerade Dienst im Kesselraum. Seinen Augen bot sich ein albtraumhaftes Szenario dar. Obwohl es eigentlich noch helllichter Tag sein sollte, war es stockfinster. Die Dunkelheit wurde jedoch immer wieder vom blauvioletten Leuchten der Elmsfeuer durchbrochen, die hoch oben an den Mastspitzen erstrahlten und das Ganze noch unheimlicher machten, als es ohnehin schon war. Die Decksplanken, die normalerweise in einem satten rotbraunen Farbton glänzten, waren unter einer dicken schmutzig grauen Schlacke verborgen. Dieser klebrige Staub hatte sich auch auf die Takelage und die Segel gelegt, die gerade fieberhaft von der

Segelmannschaft, zu denen auch Tjark gehörte, gerefft wurden.

»Los, schnappt euch Laternen, damit ihr was seht, und dann Schaufeln, Besen und Eimer und befreit unser Schiff von dieser verdammten Asche«, bellte ein Bootsmann seinen Befehl, so laut er vermochte, um das infernalische Tosen um sie herum zu übertönen.

Leonhard warf noch einen besorgten Blick hoch in die Takelage, wo sich Tjark und die anderen mit dem Reffen abmühten, während der Seegang immer wilder wurde und die Wellen das Schiff durchschüttelten. Sein Freund war kaum zu erkennen, die Vulkanasche klebte an seiner Kleidung. Auch seine eigene Kleidung war binnen weniger Augenblicke mit dem feinen Staub bedeckt, während er mit einer Schaufel die zähe Schicht vom Deck kratzte und direkt über Bord warf. Ein lautes Grollen erscholl und ein Knall folgte, der ihm durch Mark und Bein ging. Kurz danach klatschte etwas gewaltig Großes nur wenige Meter neben der India ins Wasser. Er spähte über die Reling und sah im schwachen Schein der Elmsfeuer einen riesigen Gesteinsbrocken im Wasser treiben. Der Brocken wollte nicht untergehen und wurde kurz darauf von einer Welle gegen den Schiffsrumpf geschleudert. Leonhard verlor das Gleichgewicht und landete in der weichen Ascheschicht. Nur einen Augenaufschlag später schlug ein weiterer Gesteinsbrocken genau an der Stelle ein, wo er eben noch gestanden hatte.

»Räumt das Deck«, brüllte der Bootsmann panisch, als weitere geschossartige Steine auf die India niedergingen.

Leonhard rappelte sich auf und brachte sich in Sicherheit. Über ihm erklang ein Schrei, als einer der Männer in der Takelage von einem der Steine getroffen wurde, auf das Deck stürzte und regungslos liegen blieb.

Für einen Moment blieb sein Herz stehen, als er dachte, es wäre Tjark. Doch sein Freund kletterte gerade herab und rannte dann ebenfalls schnell unter Deck.

»Man könnte glauben, der Herrgott hat heute einen schlechten Tag und ist sauer auf uns«, scherzte Tjark und schüttelte seine mit Asche bedeckte Mütze aus.

»Über so was macht man keine Späße«, erwiderte einer der anderen Matrosen, der mit seiner linken Hand sein Kreuz, das er an einer Kette um den Hals trug, umklammert hielt.

Der Steinregen, der auf ihr Schiff niederging, hielt noch einige Minuten an. Danach scheuchte der Bootsmann sie wieder auf das Deck. Dort lag, unter einer dicken Schicht von Asche begraben, der Seemann, der aus der Takelage gestürzt war. Er war tot. Aber für Trauer war jetzt nicht die Zeit, der Leichnam wurde fortgetragen und Leonhard und die anderen machten sich wieder daran, das Schiff zu säubern. Sie schaufelten eine Stunde ohne Unterlass, um die Schlacke von Bord zu schaffen. Sie hatte ein immenses Gewicht und erhärtete sich schnell, beinahe wie Zement. Schließlich sahen sie ein helles Licht.

»Das ist der Fourth-Point-Leuchtturm«, sagte Tjark, der neben ihm am Schaufeln war. »Jetzt haben wir es gleich geschafft und lassen diese Hölle hinter uns!«

Er behielt recht. Das Schlimmste hatten sie überstanden. Leonhard atmete tief aus, als sie die Sundastraße hinter sich ließen. Es herrschte zwar immer noch tiefste Düsternis und das Grollen des Vulkans hallte ihnen hinterher, aber die See hatte sich weitestgehend beruhigt und es ließ sich jetzt leichter atmen.

»Was für ein Albtraum«, schnaufte er und stützte sich auf der Reling ab.

»Das kannst du laut sagen«, pflichtete Tjark ihm bei. »Ich fahre seit über zwanzig Jahren zur See, aber so etwas wie heute habe auch ich noch nie erlebt. Und ich hoffe, das muss ich auch nie wieder«, fügte er leise hinzu und drehte den Kopf dabei zurück zum Vulkan.

Die INDIA war relativ unbeschadet aus dem Inferno der Sundastraße entkommen. Nur der Todesfall trübte die Stimmung. Leonhard verbrachte den restlichen Teil der Reise nach Batavia an Deck und putzte den grauen Aschebelag hinfort. Noch während er und die anderen Besatzungsmitglieder mit der Reinigung beschäftigt waren, kamen auch schon die ersten Passagiere neugierig wieder aus dem Inneren des Schiffes heraus. Als Leonhard gerade einen vollen Eimer mit der Aschenschlacke über die Reling hieven und diesen ausleeren wollte, tippte ihm jemand auf die Schulter.

»Einen Augenblick bitte, junger Mann.«

Er hielt inne und drehte sich um. Vor ihm stand ein vornehm gekleideter Mann mittleren Alters, dessen Haar sich schon auf dem Rückzug befand und an den Seiten einen Kranz bildete. Er trug eine Brille mit runden Gläsern. »Dürfte ich vielleicht eine Probe haben?«

Verständnislos sah Leonhard den Mann an. Der deutete auf den Eimer in seiner Hand.

»Ich würde gerne etwas von der Asche haben.«

»Meinetwegen.« Leonhard stellte den Eimer wieder ab und der Unbekannte zog aus der Innentasche seines Jacketts ein Glasröhrchen hervor, das er bis zur Hälfte mit der Schlacke befüllte und es dann mit einem Korken verschloss.

»Haben Sie vielen Dank.«

»Was haben Sie damit vor?«, wollte er wissen.

»Oh, ich bin Geologe. Außerdem auch Bergbauingenieur. Ich bin im Reichsdienst tätig und zuständig für die Kohlengruben auf Java und Borneo. Rogier Verbeek.« Der Holländer neigte seinen Kopf leicht.

»Freut mich, Mijnheer. Aber wozu brauchen Sie diese Schlacke?« Leonhard nahm den Eimer wieder auf und kippte den Inhalt über die Reling.

»Nun, ich war vor drei Jahren auf dieser Insel, die uns dieses Naturspektakel beschert hat. Eigentlich hatte ich angenommen, die Krater von Krakatau wären allesamt erloschen. Aber jetzt ist wohl ziemlich klar, dass das ein Irrglaube gewesen ist.« Er lachte. »Auf jeden Fall würde ich gerne das Material hier untersuchen, um zu sehen, woraus genau es besteht.«

»Dann brauchen Sie doch bestimmt auch einen von diesen«, erwiderte Leonhard und bückte sich, um einen kleinen Stein aufzuheben, die zu Hunderten auf das Deck der INDIA niedergegangen waren. Er fasste sich rau an, war aber erstaunlich leicht und sah aus wie ein grauer Schwamm aus Stein.

»Vielen Dank, aber davon habe ich schon einige aufgesammelt. Behalten Sie ihn ruhig. Bims ist vielseitig einsetzbar. Sie können ihn zum Schleifen nutzen oder sich die Hornhaut von den Füßen schaben.«

»Bims?«

»Ja. So nennt man diese Lava. Es kommt direkt aus dem Schlund des Vulkans. Durch den Dampf und Schwefelgase aufgebläht und erkaltet. Er schwimmt sogar auf dem Wasser.«

Leonhard nickte. »Ja, das habe ich vorhin auch gesehen.«

»So, jetzt möchte ich Sie aber nicht länger von Ihrer Arbeit abhalten.« Verbeek zwinkerte ihm zu und ging dann wieder ins Schiffsinnere.

Komischer Kauz, dachte Leonhard und steckte sich den Bimsstein in die Hosentasche.

Als sie schließlich das Ziel ihrer Reise erreichten, war es tatsächlich schon Nacht. Aber in Batavia schien niemand zu schlafen, fast in allen Häusern brannte noch Licht und auch im Hafen war alles hell erleuchtet.

»Gratuliere, du hast das Ziel deiner Reise erreicht«, sagte Tjark und klopfte ihm auf die Schulter. Sofort bildete sich eine kleine Aschewolke. »Aber du brauchst unbedingt neue Plünnen.«

»Das wird das kleinste Problem sein. Mein Onkel wird mir da sicherlich aushelfen können und ein wenig Heuer habe ich mir auch schwer verdient.« Er sah seinen Freund an. »Was ist mit dir? Du bleibst an Bord?«

»Worauf du dich verlassen kannst! Batavia ist nichts für mich. Hier habe ich vor zehn Jahren schon schlechte Erfahrungen gemacht. Außerdem hatte ich noch niemals zuvor ein so schönes Schiff und angenehme Arbeit wie auf der India. Ich denke, ich bleibe noch eine ganze Weile auf diesem Kahn.«

»Ganz wie du meinst. Du wirst mir fehlen. Ohne dich wäre es für mich sehr hart geworden.«

Tjark lachte laut auf. »Ohne mich würdest du jetzt wahrscheinlich tot auf dem Grund des Hafens von Port Said liegen, meintest du wohl.«

»Möglicherweise auch das«, stimmte er in das Lachen mit ein.

»Hey, ihr zwei da! Haltet keine Maulaffen feil und seht zu, dass ihr noch ein wenig klar Schiff macht! Noch sind wir nicht vor Anker, also könnt ihr auch noch arbeiten!«

Ohne Widerrede fügten sie sich dem Befehl und schrubbten das Deck, wo unter dem Ascheschleier langsam wieder die Holzplanken zu sehen waren. Der Kapitän entschloss derweil, nicht mitten in der Nacht in den Hafen von Batavia einzulaufen, und legte die India in Sichtweite der Stadt auf Reede. So lagen sie nur wenige Hundert Meter vom Ziel seiner Sehnsucht entfernt. Seine restliche Zeit an Bord verbrachte

Leonhard aber immerhin nicht im Kesselraum, sondern an Deck.

Mit den ersten Strahlen der aufgehenden Sonne wurde der Anker gelichtet und die INDIA, die nun zumindest einigermaßen wieder vorzeigbar aussah, glitt langsam, von der Dampfmaschine angetrieben, in das Hafenbecken hinein.

Leonhard war unter Deck geeilt, hatte seine wenigen Habseligkeiten in den Seesack gestopft und wieder zurück an Deck, wo er nun an der Reling stand und darauf wartete, das Schiff zu verlassen. Außer ihm fieberten noch etliche andere Crewmitglieder auf den Moment, als die INDIA endlich am Kai anlegte. Während die zahlenden Passagiere das Schiff zuerst und über die Gangway verließen, musste die scheidende Mannschaft sich noch gedulden, bis der Zahlmeister zu ihnen kam, um ihnen die Heuer auszuzahlen. Danach konnten sie über das Fallreep am Heck des Schiffes von Bord.

»Also, ich wünsche dir alles Gute und dass du findest, was du dir erhoffst«, sagte Tjark zum Abschied zu ihm.

»Danke, das hoffe ich auch. Du kannst mich gerne besuchen kommen, wenn du das nächste Mal hierherkommst.« Leonhard zwinkerte seinem Freund zu.

»Wir werden sehen. Wahrscheinlich stehst du schon an der Mole, wenn die INDIA erneut nach Batavia kommt, und hoffst, wieder im Kesselraum arbeiten zu dürfen.«

»Ganz sicher nicht«, lachte er.

»Na gut. Jetzt mach, dass du von Bord kommst!« Tjark gab ihm noch einen Klaps auf die Schulter. »Pass auf dich auf, in dieser Stadt gibt es mehr Halsabschneider, als du es dir vorstellen kannst. Halte dich vor allem von dem alten Hafen Sunda Kelapa fern!

Das ist kein Ort für Europäer, zumindest nicht, wenn sie am Leben hängen.«

»Mach ich. Aber mein Onkel wird mir da sicherlich eine Hilfe sein.« Leonhard warf seinen Seesack über die Schulter und kletterte das Fallreep herunter. Auf dem Kai angekommen, blickte er ein letztes Mal zur INDIA hoch und winkte seinem Freund zu, ehe er sich gemeinsam mit der Menschenmenge der Stadt entgegentreiben ließ.

KAPITEL 15
DER ZERBROCHENE TELLER
KÖNIGLICHES MAGNETISCHES UND METEOROLOGISCHES OBSERVATORIUM VON BATAVIA

Die Zeiger und Stifte des Magnetdeklinators zuckten nur wenig. Es war alles wieder im Normalbereich. Stirnrunzelnd ging der Direktor wieder zurück in sein Büro und setzte sich an den Schreibtisch, wo ausgebreitet das Papier mit den Aufzeichnungen des Deklinators vom Vortag lag. Hier war es keineswegs normal. Ein wildes Auf und Ab, mit Ausschlägen, die beinahe die Skala sprengten. Völlig abstrus und auch absolut unüblich. Er legte die Stirn in Falten und überlegte, als ein Klopfen an seine Tür ihn aus den Gedanken riss.

»Guten Morgen, Dr. van der Stok. Es tut mir leid, wenn ich hier so hereinplatze, aber der Gouverneur ist ziemlich besorgt wegen des gestrigen Erdbebens. Er schickt mich, um Sie zu fragen, ob Sie schon Genaueres dazu sagen können.«

»Auch Ihnen einen guten Morgen, junger Mann.« Johannes Paulus van der Stok hob den Kopf und sah seinen Besucher streng an. »Viel kann ich noch nicht sagen, außer, dass es gewiss kein Erdbeben war.«

»Aber … es haben doch alle gespürt. Die Gebäude haben gezittert und …«

»Wollen Sie etwa meine Expertise infrage stellen?«

»N-nein, aber … was war es denn dann?«

Van der Stok seufzte und blickte wieder auf die Aufzeichnungen vor sich.

»Nun, es war kein Erdbeben. Das, was wir gestern gespürt haben, waren die Auswirkungen eines sich sehr rasch verändernden Luftdrucks. Gleichwohl will ich nicht völlig ausschließen, dass die Erde ein klein wenig gebebt hat, aber der Großteil der Erschütterungen, die wir alle gespürt haben, wurde über die Luft übertragen.«

Sein Besucher, ein junger Mann von geschätzt zwanzig Jahren, sah ihn verständnislos an.

»Ein Vulkanausbruch könnte für so etwas verantwortlich sein.«

»Aber keiner der Vulkane auf Java ist ausgebrochen, das hätten wir doch bemerkt.«

»Er muss weiter weg sein, wahrscheinlich nicht auf Java, aber doch nahe genug, damit wir die Auswirkungen des Ausbruchs bis hier spüren konnten.« Van der Stok stand auf und ging zu einer Landkarte von Niederländisch-Indien, die er an der Wand gegenüber seinem Schreibtisch befestigt hatte. »Es gibt hier einen ganzen Ring von Vulkanen um uns herum.« Er fuhr mit dem Zeigefinger von Batavia aus nach Westen. »Hier in der Sundastraße gibt es einen Vulkan. Ich habe Berichte gelesen, wonach der Vulkan auf dem Eiland Krakatau im Jahr 1680 ausgebrochen sein soll.«

»Diese Insel ist ziemlich weit weg von hier«, bemerkte der Bote des Gouverneurs. »Würden wir das wirklich spüren, wenn dort ein Vulkan ausbricht?«

Ehe er darauf einen Antwort geben konnte, wurde die Tür seines Büros mit Schwung aufgerissen und einer seiner ungestümen Mitarbeiter kam hereingestürmt.

»Es war ein Vulkanausbruch«, stieß der Mann hervor.

»Schuurman! Haben Sie vergessen, wie man anklopft?«

»Wir haben die Nachricht eines *Contrôleurs* aus Ketimbang auf Sumatra bekommen. Außerdem melden sämtliche Leuchtturmwärter und Küstenstädte von Westjava, dass der Krakatau gestern ausgebrochen ist«, plapperte sein Mitarbeiter weiter drauflos, ohne auf seine Zurechtweisung zu reagieren.

»Na schön, da hören Sie es«, wandte er sich an den Besucher. »Berichten Sie dies dem Gouverneur, wenn er es nicht schon längst erfahren hat.«

Der junge Mann nickte und verabschiedete sich.

»Was machen wir jetzt?«, fragte Schuurman, als sie alleine waren.

»Nun, wir werten erst einmal die Daten aus, die wir gestern über unsere Geräte sammeln konnten und dann …«

»Wollen wir denn nicht zum Krakatau fahren und uns die Sache vor Ort ansehen?«

Van der Stok lachte laut auf. »Ich für meinen Teil hänge ein wenig zu sehr am Leben, als dass ich mich zu einem feuerspeienden Berg begeben würde. Und Sie sollten diesen Ort ebenfalls meiden.«

»Aber Doktor, das ist eine einmalige Gelegenheit!«

»Mag sein. Auf jeden Fall fällt es nicht in unseren Aufgabenbereich. Zumindest solange nicht, ehe der Gouverneur etwas anderes entscheidet. Warten wir es ab. Außerdem müsste mein Freund Verbeek bald wieder in Batavia eintreffen. Er wird Ihre Begeisterung gewiss teilen.«

»Sie möchten wirklich nichts unternehmen?«

»Oh doch, ich werde etwas unternehmen«, erwiderte van der Stok schmunzelnd. Schuurman sah ihn erwartungsvoll an. »Ich muss einen neuen Delfter Teller besorgen. Durch die Erschütterung gestern fiel einer der Lieblingsteller meiner Frau aus dem Regal und ging dabei zu Bruch. Nun verlangt sie Ersatz. Und die Gute ist manchmal gefährlicher als jeder Vulkan.«

KAPITEL 16
FREMD

Ernüchtert stellte Leonhard seinen Seesack ab und wischte sich den Schweiß von der Stirn. Er lief jetzt bereits über eine Stunde durch den Hafen, in der Hoffnung seinen Onkel zu treffen, aber vergebens.

Hat mein Brief ihn etwa nicht erreicht? Ich habe ihm den Namen des Schiffes geschrieben und auch meine ungefähre Ankunft mitgeteilt.

Er stieg auf einen der großen Poller am Rand des Hafenbeckens. Ratlos sah er sich um. Es wimmelte von Menschen im Hafen, ein geradezu babylonisches Stimmgewirr war zu vernehmen, wobei die chinesische Sprache dominierte. Unzählige der Hafenarbeiter waren Chinesen. Sie trugen kegelförmige Hüte, hatten ihre langen, dunklen Haare zu Zöpfen gebunden und liefen fieberhaft von Schiff zu Schiff, um dort ihre Dienste anzubieten. Sie schleppten das schwere und sperrige Gepäck einiger wohlhabender Reisender zu den bereitstehenden Kutschen oder entluden die Frachträume. Leonhard ließ seinen Blick auf die Gebäude hinter dem Hafen schweifen. Das Gelände stieg sanft in die Höhe, sodass er beinahe die gesamte

Stadt sehen konnte. Aber eben nur beinahe. In seinen kühnsten Träumen hatte er sich nicht vorstellen können, dass Batavia so gewaltige Ausmaße hatte. Die Königin des Ostens war deutlich größer als Hamburg, das im Vergleich mit Batavia wie eine kleine beschauliche Stadt wirkte. Tjark hatte ihn zwar vorgewarnt, aber erst jetzt, da er die Stadt bei Tageslicht mit eigenen Augen sah, verstand er, was sein Freund mit dem Wort »Moloch« gemeint hatte. Man konnte die Entwicklung der Stadt gut erkennen, das Hafenviertel und die vielen kleinen barackenähnlichen Häuser, die schon einige Jahrzehnte auf dem Buckel zu haben schienen. Dagegen schienen die Gebäude, die danach auf halber Höhe der Erhebung folgten, deutlich jünger und sie waren gepflegter. Er sah auch einige Fabriken, aus deren hohen Schornsteinen dunkler Qualm stieg. Auf jeden Fall war Batavia das, was man mit Fug und Recht eine Weltstadt nennen konnte. Umso mehr beunruhigte es ihn, dass er nirgends seinen Verwandten sehen konnte. Wie sollte er Ludger Mahler in einer Stadt dieser Größe ausfindig machen?

»Hallo, mein junger Freund«, grüßte ihn plötzlich ein bekanntes Gesicht. Es war Rogier Verbeek, der Geologe, den er an Bord der INDIA getroffen hatte. »Sie sehen etwas verloren aus. Wonach halten Sie Ausschau?«

»Nach meinem Onkel. Ich hatte erwartet, dass er mich hier in Empfang nehmen würde. Aber bisher kann ich ihn nirgends sehen.«

»Nun, da kann ich leider nicht helfen. Ich drücke Ihnen die Daumen, dass er bald auftaucht. Aber nur für den Fall, dass dem nicht so sein sollte und Sie eine Unterkunft brauchen: Gleich zwei Straßen weiter finden Sie ein kleines Hotel, das *Wilhelmina*. Es wird von einem Freund von mir geleitet, Pieter de Mans. Sagen Sie ihm, dass ich Sie schicke, dann bekommen Sie bestimmt ein Zimmer.«

»Haben Sie vielen Dank, Mijnheer Verbeek.«

Der Holländer nickte ihm zu und verschwand dann in der Menge. Leonhard hielt weiter Ausschau nach seinem Onkel. Als der aber auch nach einer weiteren Stunde nirgends auszumachen war, gab er es auf. Er schnappte sich seinen Seesack und machte sich auf die Suche nach dem Hotel, das Verbeek ihm empfohlen hatte. Hoffentlich würde das wenige Geld, das er bei sich hatte, dafür reichen. Leonhard spazierte durch die Gassen von Batavia. Doch auch nach einer dreiviertelstündigen Suche konnte er das Hotel, das ihm der Holländer genannt hatte, immer noch nicht finden. Die Stadt war so viel größer, als er gedacht hatte, aber er hatte nicht vor, schon aufzugeben. Er beschloss, den Nächstbesten nach dem Weg zu fragen, der ihm auf der Straße entgegenkam. Ein gut gekleidetes Paar kam ihm entgegen, ein älterer Mann und eine Frau, beide ganz offensichtlich aus Europa.

Er setzte in Englisch an: »Entschuldigen Sie bitte, können Sie mir vielleicht …«

»Wir geben Ihnen kein Geld«, zischte die Frau ihn feindselig an.

»Nein, ich wollte doch nur …«

»Lassen Sie uns gefälligst in Ruhe!«

Das Paar ging eilig an ihm vorbei, ohne ihn eines weiteren Blicks zu würdigen, und ließ ihn mit bedröppeltem Gesicht stehen. Da spürte er, wie eine fremde Hand in seine Hosentasche rutschte.

»Hey!« Er fuhr herum, aber zu spät, der Dieb hatte bereits, was er wollte, und rannte wieselflink mit Leonhards Geldbeutel in den Händen davon.

Sofort sprang er ihm hinterher und folgte dem Einheimischen durch die verwinkelten Gassen Batavias. Die Jagd war nicht einfach, die Straßen waren voll mit Menschen. Immer wieder musste Leonhard ausweichen.

Zudem kannte er sich überhaupt nicht aus, während der Taschendieb hier zu Hause war. Eine Ecke verwandelte sich in eine andere, als sie eine Straße hinauf und eine andere hinunter rannten und über Schlammpfützen sprangen wie zwei Kaninchen, die auf einer Wiese Fangen spielten. Leonhards Körper schmerzte von all dem Gerenne, aber er musste diesen Straßenräuber fangen, bevor er mit seinem Geld davonkam. Sein Seesack schlackerte auf seinem Rücken wild hin und her und behinderte ihn bei der Verfolgung erheblich. Der Abstand zu dem ganz in blau gekleideten Räuber wuchs beständig an. Also entledigte sich Leonhard des Seesacks und warf ihn im Lauf achtlos zur Seite.

Er fühlte sich erleichtert und holte tatsächlich ein Stück auf, doch als der Dieb abermals vorwärts sprintete, verließ ihn die Zuversicht so schnell, wie sie gekommen war. Aber dann konnte er sehen, dass die Bewegungen des Kerls jetzt etwas anderes an sich hatten – seine Bewegungen wurden langsamer und schienen von Sekunde zu Sekunde ungeschickter zu werden. Dann, ein Straucheln. Noch einmal mobilisierte Leonhard alle verbliebenen Kräfte. Er bog um eine Ecke und entdeckte den Dieb unmittelbar vor sich. Leonhard sprintete mit aller Kraft und warf sich mit einem Hechtsprung auf den schmächtigen Kerl. Beide gingen zu Boden. Der gestohlene Geldbeutel flog erst hoch in die Luft und landete dann direkt vor Leonhards Nase. Sofort griff er danach und steckte ihn wieder ein, während er aufstand. Der Dieb lag noch schwer atmend auf dem Straßenpflaster. Er wirkte kränklich. Leonhard überlegte, ob er sich den Kerl schnappen und zu einem Polizisten schleifen sollte, aber immerhin hatte er sein Geld wieder. Also wollte er es auf sich beruhen lassen.

Plötzlich kamen einige Männer aus dem Gebäude, vor dem er den Dieb gestellt hatte. Es machte einen heruntergekommenen Eindruck. Der Putz blätterte von den Wänden, Risse im Mauerwerk waren zu sehen und einige der Fensterläden hingen schräg herab. Bei der Gruppe, die jetzt dort heraustrat, handelte es sich um fünf Einheimische, die ihn alle mit finsteren Mienen ansahen.

Erst jetzt gewahrte er, wo er sich befand. Die Verfolgungsjagd hatte ihn wieder zurück in den Hafen geführt, jedoch nicht an die Stelle, wo die Passagierschiffe wie die INDIA festgemacht hatte. Alles hier sah alt und halb verfallen aus. Dies musste der alte Hafen Sunda Kelapa sein, vor dem Tjark ihn gewarnt hatte. Es waren auch kaum Menschen hier unterwegs, abgesehen von einigen Einheimischen. Leonhard wich einen Schritt zurück – und stieß gegen einen weiteren Mann, der sich ihm von hinten genähert hatte. Erschrocken fuhr er zusammen.

»Ich … ich habe mir nur mein Eigentum von ihm wiedergeholt«, brachte er stammelnd auf Deutsch hervor, obwohl ihn wohl kaum jemand verstehen würde, und deutete dabei auf den Dieb, der sich jetzt langsam wieder auf die Beine stellte. Einer der Einheimischen sagte etwas zu ihm, woraufhin der schmächtige Kerl nur den Kopf schüttelte. Daraufhin sagte der Mann erneut etwas. Mehrere Hände griffen nach Leonhard und hielten ihn fest. »Hey, das könnt ihr …«

Ein Schlag traf ihn im Gesicht. Er hatte das Gefühl, als ob sein Schädel explodieren würde, und spürte etwas Warmes in seinen Mund sprudeln – Blut.

Eine Hand griff in seine Tasche und holte den Geldbeutel erneut heraus. Dann warfen ihn die Männer zu Boden und gingen zufrieden wieder in das Haus zurück. Benommen blieb Leonhard auf der Straße liegen und spuckte das Blut aus, das sich in seinem Mund angesammelt hatte.

»Alles in Ordnung?«

Verwundert drehte Leonhard den Kopf und sah zu demjenigen, der ihm diese völlig absurde Frage gestellt hatte. Es war der Straßendieb, der ihn mitleidig ansah.

»Oh natürlich! Ja, alles bestens. Ich wurde bloß bestohlen und zusammengeschlagen. Es könnte gar nicht besser sein«, antwortete er sarkastisch. Leise stöhnend stand er auf.

»Tut mir leid. Ich wollte eigentlich gar nichts stehlen, aber die Gelegenheit war so günstig, dass ich nicht widerstehen konnte. Aber du warst viel hartnäckiger und schneller, als ich gedacht hatte.« Der Straßendieb lächelte ihn an.

»Musst du mich jetzt noch verhöhnen? Reicht es nicht, dass du und deine Freunde mein Geld haben?«

»Das sind keine Freunde von mir. Das waren Harjono und seine Bande. Dein Geld ist jetzt für uns beide verloren.« Der schmächtige Einheimische zuckte mit den Schultern.

»Ich werde zur Polizei gehen und es melden, dass ich bestohlen wurde. Die werden …«

»… gar nichts tun«, vollendete der Dieb seinen Satz. »Tut mir leid, aber das ist die Wahrheit. Hierher in diesen Teil der Stadt verirrt sich selten ein Polizist und wenn, ganz sicher nicht für ein paar Münzen.«

Leonhard sah den jungen Javaner an. Er hatte schulterlanges schwarzes Haar und zwei wache Augen.

»Ach verdammt. Jetzt bin ich hier gestrandet, ohne Geld und all meine Sachen sind fort.«

»Vielleicht nicht alle«, erwiderte der Dieb und sah über Leonhards Schulter hinweg.

Verwundert drehte er sich herum und sah zwei junge einheimische Mädchen näher kommen. Sie waren höchstens acht Jahre alt und sie trugen seinen Seesack. Eines der Mädchen sagte etwas zu ihm.

»Sie fragt, ob du den verloren hast«, übersetzte der Dieb.

»Ja, das ist meiner.« Leonhard streckte die Hand aus. Das Mädchen sagte erneut etwas.

»Sie fragt, ob sie und ihre Schwester eine Belohnung bekommen könnten, dafür, dass sie ihn dir gebracht haben.«

»Aber …« Leonhard sah dem Dieb verärgert ins Gesicht. »Du weißt, dass ich nichts mehr habe.«

»Ohne Belohnung bekommst du ihn nicht.«

Leonhard überlegte. Natürlich hätte er sich den Seesack von den beiden Mädchen einfach greifen können. Aber wer wusste schon, ob dann nicht sofort erneut eine Gruppe von Einheimischen auftauchen und ihn dafür verprügeln würde?

»In Ordnung, sag ihnen, wenn sie ihn mir geben, dann gebe ich jeder von ihnen ein Stück aus dem Inhalt.«

Der Dieb sprach zu den beiden Mädchen und sie nickten. Dann bekam Leonhard seinen Seesack überreicht. Er öffnete ihn und griff hinein. Außer seiner Kleidung gab es nicht viel darin, schon gar nichts, womit achtjährige Mädchen etwas anfangen konnten.

Schließlich zog er einen alten Holzkamm und ein Buch hervor. Auf dem Einband des Buches war ein Indianer mit einem Gewehr in der Hand zu sehen. Es war eines von Leonhards Lieblingsbüchern, Winnetou von Karl May. Er hielt beides, den Kamm und das Buch, den Mädchen hin. Die sagten etwas zu ihm, schnappten sich die Gegenstände und rannten kichernd davon.

»Sie haben sich bedankt«, erklärte der Dieb. »Das Buch sah interessant aus, liest du gerne?«

Leonhard schnürte seinen Seesack wieder zu und warf ihn sich über die Schulter.

»Ja«, gab er kurz angebunden zurück, ehe er losging.

»Wo willst du denn jetzt hin?«, fragte der Dieb und folgte ihm.

»Ich suche ein Hotel für die Nacht.«

»Ohne Geld wird das in Batavia schwierig werden.«

Leonhard blieb stehen. Vielleicht sollte er wieder zur INDIA zurückgehen? Bestimmt würde der Bootsmann sich freuen, ihn wieder in den Kesselraum stecken zu können. Aber er hatte nicht vor, so schnell aufzugeben. Nicht, nachdem er es bis hierher geschafft hatte.

»Ich finde schon was, mach dir um mich keine Sorgen.«

»Ich mache mir keine Sorgen, aber ich fühle mich ein wenig schuldig an deiner Lage.«

»Ein wenig?« Leonhard drehte sich um. »Es ist ganz und gar nur deine Schuld!«

»Ja, du hast recht.« Der Dieb hob entschuldigend die Hände. »Lass es mich wiedergutmachen.«

»Oh, du möchtest mir mein Geld wiederholen?«, fragte Leonhard spitzzüngig und zeigte zurück auf das Gebäude, in dem die Diebesbande verschwunden war.

»Nun, das kann ich leider nicht. Aber ich kann dir immerhin ein Quartier für die Nacht anbieten.«

Ehe Leonhard etwas erwidern konnte, meldete sich sein leerer Magen lautstark.

»Und eine Mahlzeit kann ich dir auch anbieten«, fügte der Dieb mit einem schelmischen Grinsen hinzu.

Die Sonne stand schon tief über den Dächern von Batavia, also blieb ihm nichts anderes übrig, als das Angebot des Straßenräubers anzunehmen.

»Na gut, du hast recht. Das ist das Mindeste, was du für mich tun kannst.«

»Komm, mir nach.«

»Wie heißt du überhaupt?«

»Bimo. Und wie lautet dein Name?«

»Leonhard.«

»Freut mich, dich kennenzulernen, Leonhard.«

»Mich freut es leider überhaupt nicht, deine Bekanntschaft gemacht zu haben, Bimo. Wie kommt es, dass du so gut Deutsch sprichst?«

»Sprachen sind wichtig, gerade in einer Stadt wie Batavia. Außer Deutsch spreche ich natürlich auch noch Niederländisch, Portugiesisch und ein paar Fetzen Chinesisch. Habe ich mir alles selbst beigebracht«, fügte der Dieb stolz hinzu.

Bimo führte ihn aus der Stadt heraus, an den Strand, wo sich einige strohgedeckte Hütten befanden. In einer dieser Kampongs lebte Bimo mit seinen Eltern, die sich beide sehr überrascht zeigten, als ihr Sohn in Begleitung eines Europäers nach Hause kam. Doch nach kurzer Erklärung, die Leonhard freilich nicht verstand, empfingen sie ihn herzlich und teilten ihr Abendessen mit ihm. Eine Fischsuppe, deren Schärfe ihm den Schweiß auf die Stirn trieb. Der Fisch, den es gab, hatte Bimos Vater selbst gefangen. Nach dem Essen bedankte er sich, stand auf und ging zu seinem Schlafplatz. Dort legte er sich auf eine strohgefüllte Matratze und schloss die Augen.

KAPITEL 17
NACHBEBEN

Im Haus war es ungewöhnlich ruhig. Das gestrige Erdbeben hatte deutlich seine Spuren hinterlassen. Vasen waren umgestürzt und zersplittert, Bilder von den Wänden gefallen und ihre Rahmen waren gebrochen. Darunter auch ein Porträt von Femkes Mutter. Traurig blickte sie auf das Ölgemälde, dessen Leinwand nun auch einen durchgehenden Riss hatte. Genauso tief wie der Riss zwischen ihr und ihrem Vater.

Seit der Rückkehr von dem Empfang hatten sie keine Worte mehr miteinander gewechselt. Mittlerweile waren drei Tage vergangen und sie hatte den Richter seitdem nicht mal mehr gesehen. Auch Marianne gab sich ihr gegenüber distanziert und vermied sogar den Augenkontakt. Femke fühlte sich, als ob sie eine Aussätzige wäre. Dennoch bereute sie nicht, was sie gesagt hatte. Das Leben als Ausgestoßene war immer noch besser, als sich einfach verheiraten zu lassen und die nächsten fünfzig Jahre nur als Anhängsel eines Mannes zu verbringen. Gleichwohl war ihr klar, dass sie in Batavia keine Zukunft mehr haben würde. Aber das schreckte sie nicht. Sobald sie ihren einundzwanzigsten

Geburtstag erreichte, würde sie ihren Anteil des Erbes ihrer Mutter bekommen und hätte damit genügend Geld, um nach Europa zu fahren und dort ein neues Leben zu beginnen. Zumindest hoffte sie, dass sie diesen Plan so würde umsetzen können, ohne Einmischungen ihres Vaters.

Sie ging weiter durch die verwaisten Räume der großen Stadtvilla. Niemand außer ihr schien hier zu sein. Bei ihrem Vater wunderte sie das nicht, er verbrachte sowieso die meiste Zeit im Stadthuis oder im Gerichtssaal. Aber dass auch Marianne oder all die anderen Angestellten nicht anwesend waren, mutete ziemlich seltsam an.

»Hallo?« Sie rief noch mehrmals, während sie durch alle Räume streifte, aber nirgends war jemand zu entdecken, noch gab es eine Rückmeldung. Als sie selbst in der Küche niemanden vorfand, wusste sie, dass etwas nicht stimmte. Schnell eilte sie zur Haustür, als diese im selben Moment aufschwang und Marianne mit einem gefüllten Korb voller Obst hereinkam. Zuerst sagte sie kein Wort und sah sie nur erstaunt an.

»Wo möchte Mevrouw denn hin?«, fragte die Hausdame mit scharfer Stimme.

»Was ist hier los? Wo sind denn alle hin?«

»Euer Vater ist bei seiner Arbeit, wie immer.« Marianne schloss die Tür hinter sich und stellte den Korb auf dem Boden ab.

»Warum warst du Obst kaufen?«, fragte Femke mit Blick auf den Korb. »Normalerweise sind doch dafür die Küchenhilfen zuständig.«

»Die sind alle nicht da, wie Mevrouw schon richtig festgestellt hat«, gab die Hausdame bissig zurück, nahm ihre Einkäufe auf und trug sie an ihr vorbei in die Küche. »Niemand von denen ist heute zur Arbeit erschienen. Auch in der Stadt ist alles in Aufruhr –

zumindest unter den feigen Einheimischen. Sie hocken alle in ihren Hütten und faseln irgendwas von einem Zorn der Götter, der über uns hereinbrechen wird.« Die alte Holländerin lachte belustigt auf.

»Nur wegen des Erdbebens gestern?«

»Wenn man den Gerüchten, die auf den Straßen die Runde machen, Glauben schenken kann, war die Ursache für das Beben gestern ein Vulkanausbruch.«

»Ein Vulkan? Das ist doch sogar noch schlimmer als ein Erdbeben.«

»Ach was. Der Vulkan, der gestern ausgebrochen sein soll, liegt weit über hundert Kilometer von hier entfernt, eine kleine Insel inmitten der Sundastraße. Wir haben überhaupt nichts zu befürchten.« Unbekümmert räumte Marianne den Korb leer. »Aber die ganzen nichtsnutzigen Burschen und Mädchen, die uns heute allesamt in Stich gelassen haben, werden schon noch sehen, was sie davon haben. Der Richter mag keine unzuverlässigen …«

Femke hörte dem Gezeter der Hausdame nicht länger zu. Sie schlich sich unbemerkt davon und rannte aus dem Haus auf die Straße. Von der Villa war es nicht weit bis zum zentralen Platz, den sie mit schnellen Schritten ansteuerte. Tatsächlich war es einerseits ungewöhnlich leer auf den Straßen, weil kaum Einheimische zu sehen waren, aber andererseits liefen mehr Europäer als gewohnt über den Platz, auf dem in allen vier Himmelsrichtungen die Zeitungsjungen des *Bataver Boden* standen und die aktuelle Ausgabe anpriesen. Femke besorgte sich eine Zeitung, auf deren Titelseite das gestrige Beben die Hauptnachricht war. Hier stand noch nichts von einem Vulkanausbruch. Sie blätterte hastig weiter, bis sie in der Mitte den Gesellschaftsteil fand. Es gab einen sehr knapp gehaltenen Bericht vom Gouverneursempfang in

Buitenzorg. Zu ihrer Erleichterung stand dort nichts Kompromittierendes über sie, was ihren Vater in Bedrängnis bringen konnte. Sie hatte auch nicht wirklich damit gerechnet, aber immerhin waren die van Vlekkes äußerst nachtragende Menschen, denen sie es durchaus zutraute, sich auf diesem Wege an ihrem Vater und ihr zu rächen. Ihr fiel eine schwere Last von der Seele und sie faltete die Zeitung zusammen.

»Ah, Mevrouw de Wit«, sagte eine freundliche Stimme hinter ihr. Sie drehte sich um und sah ein älteres holländisches Ehepaar. Sie kannte die beiden von gelegentlichen Begegnungen beim Spazierengehen, aber die Namen wollten ihr partout nicht einfallen.

»Guten Tag.«

Die Frau, die sie gerade angesprochen hatte, blickte sie mit traurigen Augen an, während der Mann sie mit gerümpfter Nase ansah.

»Was ist bloß in Sie gefahren, dass Sie sich so herabwürdigen mussten?«, fragte die Holländerin. »Haben Sie denn überhaupt kein Schamgefühl?«

»Wie bitte?«

»Wir haben gehört, dass Sie eine Ehe mit Daan van Vlekke ausgeschlagen haben, weil Sie sich … ich kann es noch nicht einmal aussprechen.« Die Frau schüttelte sich, als ob sie sich stark ekelte.

»Komm, lass uns weitergehen«, sagte der Mann und zog seine Frau an der Hand mit sich, während diese Femke noch einen letzten konsternierten Blick zuwarf.

Sie sah den beiden noch eine Weile hinterher und bemerkte dabei, wie auch viele andere Holländer, die auf dem Marktplatz unterwegs waren, sie mit schiefen Blicken bedachten. Aufgewühlt schleuderte sie die Zeitung in einen Abfallbehälter. Sie hatte unterschätzt, wie schnell sich das Gift der üblen Nachrede von Mund zu Mund übertragen ließ. Der Empfang war letzten

Freitag gewesen, nun war es Montag. Die gesellschaftliche Oberschicht Batavias und Buitenzorgs hatte also das ganze Wochenende Zeit gehabt, sich das Maul über sie zu zerreißen. Ihr Blick ging sorgenvoll in Richtung des Stadthuis, wo ihr Vater sein Büro hatte. Sie nahm all ihren Mut zusammen und ging langsam auf das Gebäude zu.

KAPITEL 18
FAMILIENZUSAMMENFÜHRUNG

Als Leonhard am nächsten Morgen erwachte, war das Erste, was er sah, wie Bimo in seinem Seesack herumwühlte.

»Hast du mich nur mitgenommen, um mich am Ende doch noch zu bestehlen?«, fragte er mit müder Stimme und einer leicht tauben Zunge – immer noch eine Nachwirkung der scharfen Fischsuppe vom Vorabend. Auch sein Wangenknochen schmerzte noch etwas von dem Schlag, den er hatte einstecken müssen.

»Guten Morgen«, erwiderte der Javaner mit fröhlicher Stimme. »Keine Angst, ich will nichts stehlen. Ich wollte nur schauen, ob du nur noch mehr Bücher dabei hast und wollte dich deswegen nicht extra wecken.«

»Es sind nur noch zwei Bücher übrig.«

»Eins habe ich gefunden«, rief sein Gastgeber erfreut und zog ein Buch aus dem Seesack hervor. Mit großen Augen betrachtete er den Einband. »Das sieht toll aus. Ein Segelschiff, ein Vulkan und … was ist das?« Er tippte mit dem Finger auf ein Objekt am rechten Bildrand des Buchdeckels.

»Eine Montgolfiere, ein Ballon, der mit heißer Luft gefüllt ist und Menschen transportieren kann.«

»Muss ein spannendes Buch sein. Zwanzigtausend Meilen unterm Meer«, las er den Titel laut vor.

»Ja, das ist es.«

»Worum geht es da genau?«

»Um einen Professor, der herausfinden will, ob ein Seeungeheuer für Schiffsunglücke verantwortlich ist. Dabei stößt er auf ein Unterseeboot und fährt mit diesem unter der Meeresoberfläche weiter und erlebt dort die unglaublichsten Abenteuer.«

»Kannst du es mir ausleihen?«, fragte Bimo mit glänzenden Augen, als ob er sich die Geschichte bereits in seinem Kopf vorstellte. »Ich lese sehr schnell.«

Leonhard zuckte mit den Schultern.

»Meinetwegen. Das spielt jetzt alles sowieso keine Rolle mehr.« Er stand auf und griff sich den Seesack, um sich frische Kleidung herauszusuchen.

»Vielen Dank. Du bekommst es bald wieder, wenn …«

»Nein, schon gut. Behalt es ruhig. Ich habe es bereits gelesen. Du kannst es haben, als Dank für das Abendessen und dafür, dass ich hier übernachten durfte. Aber ich muss jetzt los.«

»Wo willst du denn hin?«

»Ich suche meinen Onkel. Er lebt hier in Batavia. Eigentlich hatte ich erwartet, dass er mich gestern im Hafen in Empfang nehmen würde.«

»Wenn du jemanden suchst, könntest du im *Stadthuis* nachfragen. Die haben dort die Namen von allen Bewohnern Batavias.«

»Wie komme ich dahin?«, fragte Leonhard, als er sich eine saubere weiße Bluse überstreifte.

»Ich bringe dich gerne dorthin, ich arbeite zufällig ganz in der Nähe.«

»Sag es mir einfach, ich finde den Weg schon alleine.«

»Nein, ich bestehe darauf, dich hinzubringen. Freunde tun so etwas füreinander.«

»Aber wir sind keine Freunde!« Leonhard sah Bimo grimmig an. »Du hast mich bestohlen. Deinetwegen ist mein ganzes Geld weg!«

»Das tut mir sehr leid. Deswegen möchte ich dir jetzt gerne helfen, um das wiedergutzumachen. Und du kannst doch sicher einen Freund hier in Batavia brauchen, du kennst doch sonst niemanden.«

»Wer Freunde wie dich hat, braucht keine Feinde«, lachte Leonhard kopfschüttelnd. Doch so sehr er es auch versuchte, er konnte dem Javaner nicht mehr böse sein, zu aufopferungsvoll versuchte dieser, seine Tat wiedergutzumachen. »Also gut, bring mich zum *Stadthuis*.«

»In Ordnung. Ich ziehe nur noch meine Arbeitskleidung an, dann können wir los.«

Bimo kehrte in einer viel zu großen Kluft zu ihm zurück. Eine blaue Hose und ein ebenfalls blaues Hemd, die ihn noch schmächtiger aussehen ließen, als er es ohnehin schon war. Er hielt zwei Schalen mit der restlichen Fischsuppe vom Abend zuvor in den Händen. »Meine Mutter besteht darauf, dass du noch etwas isst, bevor du unser Heim verlässt.«

Leonhard wären Brot und Butter lieber gewesen, aber er sagte nichts und aß die Schüssel leer. Wieder brannte sein Mundraum von der Schärfe. Dennoch war ihm ein voller Magen lieber als ein leerer. Beim Hinausgehen bedankte er sich noch bei Bimos Mutter, die ihn freundlich anlächelte. Als sie vor die Hütte traten, konnte er im Licht des Tages erstmals sehen, wie traumhaft schön die Landschaft war. Nach Nordosten erstreckte sich das Meer hinter einem breiten

Sandstrand. Einige kleine Fischerboote tanzten munter auf den Wellen umher.

»Ist dein Vater jetzt wieder am Fischen?«

»Ja, er macht den ganzen Tag nichts anderes. Nur sehr selten einmal«, fügte Bimo hinzu. »Das Fischen ist sein Ein und Alles.«

»Dich scheint es nicht so sehr zu begeistern.«

»Mit Fisch verdient man kein Geld und man wird nie die Gelegenheit bekommen, von hier fortzugehen.«

»Möchtest du das denn? Es ist doch wie im Paradies hier.«

»Ach wirklich? Hast du vergessen, wo wir gestern waren, als dein Geld gestohlen wurde? Fandest du es da auch paradiesisch?« Bimo schüttelte den Kopf. »Nein, alles ist hier nicht so schön wie unser Strand. Und von Schönheit allein kann man nicht leben und sie macht auch nicht satt. Das schafft nur Geld.«

Leonhard sah nachdenklich zum Meer, wo sich die Fischer abmühten, ihre Netze an Bord zu ziehen. Mit einem Mal empfand er die Szene nicht mehr als ganz so idyllisch.

»Wahrscheinlich hast du recht. Das Paradies sieht für jeden anders aus und ist von vielen verschiedenen Faktoren abhängig. Manche Orte können Himmel und Hölle zugleich sein. Es sind Kleinigkeiten, die den Unterschied ausmachen.« Er dachte zurück an seine Fahrt auf der INDIA, wo er im Bauch des Schiffes schuftete, während die reichen Passagiere es sich auf dem Oberdeck mit kühlen Getränken gut gehen ließen.

Bimo sagte: »Komm, ich bringe dich zum *Stadthuis*.«

Sie marschierten eine knappe halbe Stunde durch Batavia. Gerne wäre Leonhard mit einer der Straßenbahnen gefahren, die zahlreich auf den Straßen der Metropole verkehrten, doch dazu fehlte ihm das Geld und Bimo erklärte ihm, dass Einheimische und

Europäer nicht zusammen in einem Waggon fahren durften, sofern die Einheimischen überhaupt mitfahren durften. Aber nach einer Weile wusste Leonhard es zu schätzen, dass er seine neue Heimat zu Fuß erkundete. So konnte er sich die Dinge viel besser einprägen. Das Erste, was er feststellte, war die Veränderung im Stadtbild, je weiter sie sich vom Hafen entfernten und ins Zentrum vordrangen. Bimo erzählte ihm nebenher auch einiges über die Stadt, was sich mit seinen Beobachtungen deckte. Er erfuhr, dass der Bereich des Hafens, durch den sie zuerst gingen, *benedenstad* genannt wurde, was Unterstadt bedeutete. Die Gebäude waren alle alt, die Bausubstanz war marode und überall waren Dreck und Unrat auf den Straßen zu sehen. Hier lebten fast ausschließlich die Einheimischen, aber auch beinahe alle der circa vierzigtausend Chinesen, die in Batavia sei nunmehr fast zweihundert Jahren beheimatet waren. Bimo sprach sehr abfällig über die Asiaten und erwähnte beiläufig ein Massaker, das im Jahr 1740 stattfand und bei dem mindestens zehntausend Chinesen dahingemetzelt worden waren. Nach einer Weile wandelte sich das Stadtbild, es wurde sauberer, die Gebäude wurden plötzlich mehrstöckig und wirkten gut gepflegt.

»Diese Straße, auf der wir gerade gehen«, erzählte Bimo, »war früher ein breiter Kanal. Es gab sehr viele Kanäle in Batavia, doch fast alle wurden im Laufe der Zeit zugeschüttet.«

Sie gingen an einer großen Grünfläche entlang, an deren Rand einige prächtige Villen aneinandergereiht standen. Zwischen einigen der Häuser standen Masten, die mit einem Draht verbunden waren. Leonhard hatte Ähnliches schon einmal in Hamburg gesehen. Es musste sich um ein Telefonnetz handeln.

»Wer wohnt hier?«

»Holländer. Und einige Engländer«, antwortete Bimo. »Natürlich nur einige der ganz Wohlhabenden.«

Unter ihren Füße knirschte es, als sie einen breiten Kiesweg betraten, der von großen Bäumen gesäumt war und direkt durch die parkähnliche Anlage entlang führte. Schließlich gelangten sie zu einem weitläufigen, gepflasterten Platz, der von großen Gebäuden umschlossen dalag. Leonhard erkannte rauchende Fabrikschlote zu seiner Linken und direkt vor sich, auf der anderen Seite des Platzes, sah er ein Bauwerk, das sicherlich gute hundert Jahre auf dem Buckel hatte.

»Das ist das *Stadthuis*, nehme ich an?«

»Ja, das ist es. Wenn du dort nachfragst, wird man dir bestimmt helfen können.«

»Das hoffe ich sehr. Andernfalls werde ich sehr lange suchen müssen, um in dieser Stadt meinen Onkel zu finden.«

»Falls du danach Lust hast, kannst du mich bei meiner Arbeit besuchen kommen«, sagte Bimo.

»Nichts für ungut, aber ich denke, es ist besser, wenn wir uns jetzt Ade sagen.«

Hinter Bimos Stirn arbeitete es, das war gut zu erkennen.

»Das bedeutet, dass du mich nicht wiedersehen willst?«

»Ja. Du magst ein netter Kerl sein, aber bist eben auch derjenige, der mich bestohlen hat. Aber ich danke dir für deine Gastfreundschaft und dafür, dass du mich hierher geführt hast.«

»Na gut, wie du meinst. Falls du es dir doch überlegen solltest, halte einfach nach dem Schild Mahler Export Ausschau, das ist die Firma …«

»Was hast du gerade gesagt?« Leonhard sah den Javaner mit aufgerissenen Augen an.

»Falls du es dir …«

»Nicht das! Der Name der Firma!«
»Mahler Export.«
»Dein Chef heißt nicht zufällig Ludger Mahler?«
»Doch, das ist sein Name. Woher …«
»Das ist mein Onkel!«

Ludger saß an seinem Schreibtisch und überlegte, wie lange er wohl noch warten musste, bis sich Johan van Leeuwen endlich wieder bei ihm melden würde. Aber nach dem Beben vorgestern musste er sich wohl noch etwas mehr in Geduld üben. In ganz Batavia sprach man momentan über nichts anderes mehr. Durch die offen stehende Tür betrat Bimo das Büro. Er grinste von einem Ohr zum anderen.

»So gute Laune am frühen Morgen? Hast du eine Goldmünze gefunden oder was ist der Grund?«

»Ich habe Besuch mitgebracht«, erwiderte der Javaner und machte einen Schritt zur Seite. Hinter ihm kam ein blondhaariger Mann das Büro.

»Guten Morgen.«

»Leonhard?« Ludger stand auf und umrundete den Schreibtisch. »Was für eine Freude, dich wiederzusehen. Wie lange ist das jetzt her? Zehn Jahre?« Er musterte seinen Neffen. Es war unheimlich, wie sehr er seinem Bruder glich. Das markante Kinn, die Nasenpartie, die grünen Augen – alles genau wie bei Leopold.

»Zwölf, um genau zu sein. Ich bin gestern angekommen, mit der INDIA. Wie ich es in meinem Brief an dich angekündigt habe.« Der vorwurfsvolle Unterton war nicht zu überhören.

»Oh, das tut mir sehr leid. In der ganzen Aufregung wegen des Vulkanausbruchs ist mir das völlig entfallen.

Aber du hast hergefunden. Ich hoffe, du hattest keine größeren Unannehmlichkeiten.«

»Nun, ich wurde geschlagen und ausgeraubt. Mein gesamtes Geld, die Heuer – die ich mir schwer verdient habe – ist weg.«

Ludger trat dicht an seinen Neffen heran und legte ihm lachend eine Hand auf die Schulter.

»Ach, nimm es nicht so schwer. Was meinst du, wie es mir damals ergangen ist, als ich das erste Mal meinen Fuß auf fremdländischen Boden gesetzt habe?« Er zeigte seine Zähne, sodass Leonhard seinen goldenen Schneidezahn gut sehen konnte. »Das ist mir in Singapur passiert, ich war noch keinen Tag dort und bin ebenfalls unter die Räuber geraten. Nur hat es mich auch noch einen Zahn gekostet. Es hat lange gedauert, bis ich ihn ersetzen konnte.« Er zwinkerte Leonhard zu. »Jetzt erzähl doch erst mal, wie geht es deiner Mutter?«

»Sie ist tot. Sie starb vor vier Monaten. Ich habe sie neben Vaters Grab beerdigen lassen.«

»Das ist schrecklich«, stieß Bimo bestürzt aus.

»Hast du nichts Besseres zu tun, als hier herumzustehen?«, herrschte Ludger den Javaner an.

»Nein«, kam als Antwort zurück.

»Dann geh ein Stück spazieren, während ich mich mit meinem Neffen über Familienangelegenheiten unterhalte!« Mit beleidigtem Gesicht verließ Bimo das Büro wortlos. »Es ist keine schöne Nachricht, die du mir da bringst. Warum hast du davon nichts in deinem Brief erwähnt?«

»Weil ich es dir persönlich sagen wollte.«

Ludger nickte. »Jetzt verstehe ich zumindest, warum du unbedingt aus Hamburg fort wolltest.«

»Ich wäre auch gegangen, wenn Mutter noch am Leben wäre. Es gab dort nichts, was Anlass zum Bleiben gegeben hätte. Und ich wollte keinesfalls so enden wie mein Vater.«

»Wie meinst du das?« Ludger sah Leonhard stirnrunzelnd an.

»Er wirkte stets trübsinnig, besonders immer dann, wenn ein neuer Brief von dir uns erreichte, in dem du berichtet hast, was du alles erlebt hast und wie schön es überall auf der Welt war. Ich glaube, am liebsten wäre er dir gefolgt, aber er wollte Mutter und mich nicht allein lassen. Vielleicht hätte er es gemacht, wenn ich älter gewesen wäre.«

»Das wusste ich nicht. Ich hatte immer angenommen, Leopold wäre glücklich mit seinem Leben in Hamburg gewesen. In den Briefen, die er mir schrieb, klang es zumindest so.«

»Du bist nie zurückgekehrt, um mit ihm zu sprechen. Dann hättest du einen anderen Eindruck von ihm gewonnen.«

Da war er wieder, dieser vorwurfsvolle Tonfall. Diesmal hatte er fast den Eindruck, sein verstorbener Bruder stünde direkt vor ihm.

»Auf jeden Fall bist du deinem Vater sehr ähnlich. Aber jetzt lass uns das Thema wechseln und nicht mehr über so was Bedrückendes sprechen.« Ludger wandte sich um und ging zum Schreibtisch zurück. »Du hättest dir keinen besseren Zeitpunkt aussuchen können, um nach Batavia zu kommen. Ich stehe kurz davor, ein großes Geschäft abzuschließen, und deine Hilfe wäre mir mehr als willkommen.« Er deutete auf einen freien Stuhl. »Ich nehme an, das dürfte doch genau das sein, was du hören wolltest, nicht wahr?«

Leonhard ließ seinen Seesack zu Boden gleiten und setzte sich auf den Stuhl ihm direkt gegenüber.

»Ich habe wochenlang Kohlen in einen Kessel geschaufelt, um hierher zu gelangen, nur, um mir am ersten Tag mein gesamtes Geld stehlen zu lassen. Also ja, ich wäre dir sehr dankbar, wenn du eine Verwendung für mich hättest. Außerdem brauche ich auch eine Unterkunft. Die gestrige Nacht habe ich bei Bimo verbracht.«

»Ich kann dir eine Bleibe im Hotel organisieren. Bei mir kann ich dich leider nicht unterbringen, aber es wird allemal besser sein, als in einer armseligen Hütte zu hausen. Wo hast du Bimo überhaupt getroffen?«

»Er hat mir meinen Seesack wiedergebracht, nachdem mir das Geld gestohlen wurde. Wir kamen ins Gespräch und er hat mir angeboten, bei ihm zu übernachten. Heute Morgen hat er mich dann hierher geführt, weil ich im Stadthuis nach dir fragen wollte. Dabei erwähnte er beiläufig, dass er für eine Firma namens Mahler Export arbeitet.«

Ludger kratzte sich am Kinn. Er war sich sicher, dass sein Neffe nicht völlig aufrichtig zu ihm war, das spürte er. Beim Lügen stellte Leonhard sich ebenso ungeschickt an wie sein verstorbener Vater. Aber letztlich war es auch egal.

»Auf jeden Fall eine glückliche Wendung, dass du den Burschen getroffen hast«, sagte er. »Ab jetzt wird es für dich aufwärtsgehen, das kannst du mir glauben.«

»Was genau soll ich denn für dich tun?« Leonhard sah sich in dem kargen Büro um.

»Nun, ich biete meinen Kunden Dienstleistungen an, damit diese ihre Waren nach Europa verschiffen können.«

»Besitzt du ein eigenes Schiff?«

»So ähnlich. Noch chartere ich welche. Aber wenn das Geschäft erst richtig ins Laufen kommt, wird sicherlich ein eigenes Schiff gekauft.«

»In deinen Briefen schriebst du aber …«

»Das Geschäft hier ist schnelllebig«, unterbrach

Ludger ihn schnell. »Man darf keine Sekunde unachtsam bleiben, wie du im Hafen schon selbst feststellen musstet. Die Dinge sind ständig im Fluss und jede Nachlässigkeit wird bestraft. Ich hatte einige Probleme, davon schreibt man natürlich nicht so gern, schließlich möchte man nicht, dass sich die Verwandtschaft Sorgen macht.« Er ließ seinen Goldzahn aufblitzen. »Aber jetzt bin ich wieder im Aufwind. Und du wirst ebenfalls davon profitieren. Vorausgesetzt, du möchtest noch für mich arbeiten.«

»Doch, natürlich möchte ich das. Ich habe bloß keine Erfahrung mit dieser Art von Arbeit.«

»Ach was, in deinen Adern fließt dasselbe Blut wie in meinen. Du wirst schnell lernen, was es braucht, um in diesem Geschäft erfolgreich zu sein. Viel wichtiger als Fachwissen sind dein Auftreten und Wille, etwas zu erreichen.«

Leonhard nickt ihm zustimmend zu.

»Ich habe diesen Willen.«

»Daran habe ich keinen Zweifel. Aber jetzt besorge ich dir erst mal eine Unterkunft und vor allem, etwas Repräsentativeres zum Anziehen. Du siehst beinahe so zerlumpt aus wie dieser kleine Bastard Bimo.« Ludger klopfte mit der flachen Hand auf die Schreibtischplatte. »Komm, lass uns losgehen. Erst bringe ich dich in dein neues Zuhause und danach suchen wir einen Schneider auf.«

Vor der Tür hielt er noch kurz Ausschau nach Bimo und entdeckte ihn einige Meter weiter auf einer Bank im Schatten eines Baumes sitzend. Er beorderte den Javaner zum Stellunghalten ins Büro, während er mit seinem frisch zurückgekehrten Neffen durch Batavia ging.

KAPITEL 19
VERSTOSSEN

Im Büro des Obersten Richters von Batavia war schlagartig die Eiszeit ausgebrochen. Ihr Vater bedachte sie mit frostigem Blick, als sie eintrat.

»Was willst du hier?«

»Mit dir reden.«

»Wir beide haben uns nichts mehr zu sagen.« Er senkte den Kopf und sah wieder auf die Akte, die er vor sich aufgeschlagen liegen hatte.

»Bitte, lass es mich erklären.«

»Nein. Ich möchte deine Erklärung nicht hören. Es ist unnötig. Es ändert nichts mehr. Du hast dich für deinen Weg entschieden, also geh ihn auch – aber alleine und mit allen Konsequenzen!«

»Ist das alles? Möchtest du nicht wissen, warum ich so gehandelt habe?«

Sie bekam keine Antwort mehr. Rutger de Wit rückte seine Lesebrille zurecht und widmete sich wieder dem Aktenstudium.

»Dann eben nicht!« Ihre Unterlippe bebte. Ohne es weiter zu versuchen, mit ihrem Vater zu sprechen, machte sie auf dem Absatz kehrt und stürmte aus dem Büro hinaus. Sie rannte über die Flure zum Ausgang. Als sie das Gebäude verlassen wollte, hielt sie plötzlich einer der beiden Männer, die als Wache vor der Tür postiert waren, am Arm fest.

»Wen haben wir denn hier? Die liebliche Mevrouw de Wit.«

»Lassen Sie mich los!«

»Oh, ich bin Ihnen wohl nicht gut genug. Wahrscheinlich bin ich Ihnen zu weiß, wie? Wie man hört, haben Sie es lieber, sich von schmutzigen dunkelhäutigen Bastarden betatschen zu lassen.«

Die zweite Wache lachte hämisch auf.

Wütend holte Femke aus und schlug dem Kerl, der sie gepackt hielt, mit voller Wucht ins Gesicht. Mit einem Aufschrei ließ der sie los. Das Lachen des zweiten Mannes verstummte augenblicklich.

»Blödes Miststück!« Der Schlag mit der flachen Hand traf sie direkt auf die Wange und ließ sie zurücktaumeln. Wutschnaubend kam der Wächter mit geballter Faust auf sie zu, aber ehe er sie ein weiteres Mal schlagen konnte, hielt ihn sein Kamerad zurück.

»Bist du verrückt? Sie ist die Tochter des Richters!«

»Das war sie vielleicht mal. Jetzt ist sie nur noch eine Hure!« Er sah sie hasserfüllt an. »Mevrouw kann zu Ihrem Liebhaber laufen und ihn auf mich hetzen, wenn er sich traut.«

Femke hielt sich die Wange, die mit einem brennenden Schmerz pulsierte. Dann drehte sie sich um und lief davon. Das Gelächter der beiden Männer hallte in ihren Ohren.

Auf dem Markt vor dem Stadthuis war es besonders voll. Sie bahnte sich einen Weg durch die Menge und kümmerte sich nicht darum, wenn sie jemanden anrempelte. Mehrere Menschen riefen ihr empört etwas hinterher, aber es interessierte sie nicht. Sie lief immer schneller, wollte nur noch nach Hause. Doch dann stieß sie so heftig gegen einen blonden Mann, dass dieser von der Wucht des Aufpralls von den Beinen geholt und zu Boden geworfen wurde. Alle Köpfe wandten sich ihr zu.

»Oh, entschuldigen Sie bitte. Ich … tut mir leid«, sagte sie zu dem verdutzt dreinblickenden Mann, der auf seinem Hosenboden saß und zu ihr hochschaute. Ihm schien nichts passiert zu sein, also rannte sie, ohne noch ein Wort an ihn zu richten, weiter. Sie ließ den Marktplatz hinter sich, rannte durch den Park bis zum Haus ihrer Familie. Als sie die Haustür hinter sich verschlossen hatte, sank sie von Weinkrämpfen geschüttelt zu Boden. Aber schnell gelang es ihr, die Fassung wiederzuerlangen. Sie wischte die Tränen mit den Ärmeln ihres Kleides fort.

»Mevrouw de Wit, seid Ihr das?« Marianne kam in den Flur geeilt und erschrak, als sie sie dort auf dem Boden kauernd vorfand. Sie lief auf sie zu und wollte ihr aufhelfen. »Ist alles in Ordnung mit Ihnen?«

»Ja, alles ist gut«, erwiderte sie tonlos und stand wieder auf, ohne die ausgestreckte Hand der Hausdame zu ergreifen.

»Was ist mit Eurem Gesicht …«

»Gar nichts ist damit«, zischte sie wütend zurück. Danach stampfte sie an Marianne vorbei und begab sich auf ihr Zimmer. Als sie sich in ihrem großen Spiegel betrachtete, sah sie die rötlichen Striemen auf ihrer rechten Wange, wo sie der Schlag des Wächters getroffen hatte. Ihre Augen glitzerten wieder leicht, aber sie ließ keine weiteren Tränen zu. Sie sah sich noch eine ganze Weile an, ehe sie sich die Puderdose griff, die auf dem Schränkchen unter dem Spiegel lag.

»Ist sie auf ihrem Zimmer?«, fragte Rutger die Hausdame, die ihn bei seiner Rückkehr am Abend in Empfang nahm.

»Ja, ich habe sie nicht mehr gesehen, seit sie vorhin zurückgekommen ist, Mijnheer.«

»Eigentlich sollte sie das Haus überhaupt nicht verlassen.«

»Ich weiß. Aber keiner der Hausangestellten ist heute zum Dienst erschienen. Diese abergläubischen Gemüter sitzen alle in ihren Kampongs und trauen sich nicht hinaus.«

Rutger nickte. Auch im Stadthuis war nur ein Bruchteil der dort beschäftigten Einheimischen erschienen. Insgeheim war er froh darüber, denn so musste er sich nicht den Kopf darüber zerbrechen, mit welchem Javaner seiner Tochter ein Verhältnis unterhielt. Dass es jemand aus dem Stadthuis sein musste, dessen war er sich sicher. Immerhin waren dort diejenigen in Lohn und Brot, die zumindest gebildet waren, mehrere Sprachen beherrschten und auch Wert auf ein angemessenes Auftreten legten.

»Sollen sie ruhig alle dort sitzen und darauf warten, dass ihr angeblicher Vulkangott uns alle bestraft. Aber spätestens der Hunger wird sie wieder hinaus treiben. Solange werden Sie doch auch ohne Hilfe zurechtkommen?«

Marianne machte sich gerade und hob stolz ihren Kopf. Die ältliche Jungfer stand nunmehr seit fast fünfzehn Jahren in seinen Diensten.

»Ich bin sicher, Mijnheer kennt die Antwort darauf«, sagte sie mit souveräner Stimme.

»Ich habe nichts anderes von Ihnen erwartet, meine Liebe.«

Trotzdem registrierte er beim Abendessen, dass Marianne doch schon ein wenig aus der Übung war, zumindest was das Kochen betraf. Der Reis war zu matschig geraten, das bedauernswerte Stück Fleisch auf seinem Teller war beinahe bis auf den letzten Tropfen ausgetrocknet und auch mit dem Würzen schien es die Hausdame zu gut gemeint zu haben. Dennoch sprach er keinen dieser Schnitzer an, sondern vertilgte die komplette Portion. Als er den Fraß mit einem Glas Genever hinunterspülte, fiel sein Blick auf den leeren Stuhl ihm gegenüber. Von Femke war nichts zu sehen. Er blickte zu Marianne, die sofort verstand.

»Mevrouw hat sich auf mein Klopfen hin nicht gemeldet.«

»Ist sie überhaupt in ihrem Zimmer?«

»Wo sollte sie sonst sein? Ihre Tür ist von innen verriegelt und sie wird wohl kaum aus dem Fenster geklettert sein.«

Ein unbehagliches Gefühl beschlich Rutger. Langsam erhob er sich von seinem Stuhl und ging hinauf in den ersten Stock, wo das Zimmer seiner Tochter sich befand. Bevor er anklopfte, lauschte er angestrengt, ob er etwas hören konnte, aber durch die massive Tür aus bestem Teakholz war kein Geräusch zu vernehmen. Er hämmerte kräftig dagegen.

»Femke, wir müssen reden!«

Als er keine Antwort bekam, schlug er noch kräftiger auf das Türblatt ein. Seine Hand schmerzte.

»Mijnheer«, vernahm er die Stimme von Marianne hinter sich und drehte sich herum. »Ich fürchte, ich habe schlechte Nachrichten. Ich bin nach draußen gegangen und um das Haus herum, direkt unter das Fenster von Mevrouw … es steht offen.«

»Das darf doch nicht wahr sein«, fluchte er und hieb abermals wütend auf die Tür ein.

Femke schloss die Augen und atmete tief durch, als der Wind vom Meer her sanft über den Strand blies. Feine Sandkörner kitzelten sie im Gesicht. Hier war sie fernab vom Trubel, der in der Stadt herrschte, und was noch wichtiger war, hier erkannte sie niemand. Keiner der europäischen Bewohner Batavias verirrte sich hierher. Sie sah noch eine Weile dabei zu, wie ihr Schatten immer länger wurde, als die Sonne langsam hinter den Bergen in ihrem Rücken tiefer sank, dann marschierte sie aufs Geratewohl auf die Ansammlung des Kampongs zu. Sie kannte Bimo seit fast zwei Jahren, aber trotzdem wusste sie nicht, wo genau er lebte. Nur, dass er mit seinen Eltern in einer dieser armseligen Hütten dieser Siedlung wohnte. Sie konnte gut verstehen, dass er sich von hier wegwünschte.

Aber auch in einer feinen Stadtvilla ist das Leben nicht unbedingt glücklicher oder einfacher, dachte sie, während sie die erste strohgedeckte Hütte erreichte. Das windschiefe Bauwerk war aus allen möglichen Holzsorten zusammengezimmert worden und wirkte so, als ob es bei stärkerem Pochen in sich zusammenfallen würde. Aber Femke traute sich nicht zu klopfen. Zwischen den Häusern des Kampongs war eine breite Gasse, die sie jetzt langsam entlangschritt. Sie hoffte, sie würde intuitiv erkennen, in welcher Hütte Bimo lebte. Doch dem war nicht so, je weiter sie ging, desto unwohler fühlte sich dabei, auch, weil sie von immer mehr Menschen gesehen wurde. Einige alte Frauen saßen vor den Hütten, flickten die Fischernetze ihrer Männer oder Söhne und sahen sie misstrauisch an, während sie an ihnen vorüberging. Natürlich trug Femke wieder ein Kopftuch und auch ihre Kleidung hatte sie mit Bedacht gewählt, ein schlichtes graublaues Kleid, das schon an vielen Stellen genäht worden war. Aber sie war Europäerin, was in einem Kampong schon ungewöhnlich genug war. Sollte sie jetzt noch jemanden nach Bimo fragen, würde sie wohl weiteren Ärger verursachen. Doch welche andere Wahl blieb ihr? Gerade, als sie sich vorgenommen hatte, die nächstbeste Einwohnerin anzusprechen, öffnete sich bei einer der Hütten die Tür und Bimo trat ins Freie. Seine Augen weiteten sich, als er sie sah. Erst vor Freude, doch der Ausdruck in seinem Gesicht wandelte sich in Sorge, wie Femke bemerkte.

»Was tust du denn hier?«, fragte er hastig und sah sich um.

»Ich muss mit dir sprechen.«

Er machte einen Schritt auf sie zu, fasste sie bei der Hand und zog sie mit sich in Richtung Strand, an seiner Hütte vorbei. Dort hielt er auf ein Fischerboot zu, das auf zwei Baumstämme abgesetzt worden war.

»Du überraschst mich immer wieder«, sagte er, als sie das Boot erreicht hatten und sich auf einen der Stämme setzten. »Weißt du eigentlich, wie gefährlich das ist, was du tust? Für uns alle?«

»Jetzt übertreib nicht, ich kann gut auf mich selbst aufpassen, das weißt du doch.«

»Du hast keine Ahnung, wie das Leben hier wirklich ist«, entgegnete er ernst. »In unserem Kampong leben fast nur Fischer oder einige Hafenarbeiter, aber trotzdem könnten einige auf dumme Ideen kommen, wenn sie eine Europäerin hier sehen. Allein. Du weißt doch, wie die meisten meiner Landsleute über die Kolonisatoren denken.«

»Legst du es jetzt darauf an, mir Angst zu machen?«, lachte sie und fühlte sich dabei trotzdem etwas unsicher. »Die werden mich schon nicht lynchen.«

Bimo schüttelte seufzend den Kopf.

»Warum willst du mit mir sprechen? Hast du dich

beim letzten Mal nicht genügend über mich lustig gemacht?«

»Das tut mir leid, ich habe es überhaupt nicht so gemeint, wie du es aufgenommen hast. Aber es war dumm von mir, so was zu sagen. Du kannst eine ganze Menge. Das meine ich ehrlich.« Sie machte eine Pause. »Ich muss fort aus Batavia, am liebsten sofort.«

»Ist was passiert?«

Femke sah in Bimos dunkle Augen, die von den letzten Sonnenstrahlen zum Leuchten gebracht wurden. Sie zögerte noch einen Augenblick, dann erzählte sie ihm, was auf dem Empfang des Gouverneurs geschehen war. Als sie geendet hatte, starrte sie ihr Freund mit offen stehendem Mund an.

»Bist du jetzt völlig verrückt geworden? Warum hast du das getan? Das wirst du dein Leben lang bereuen!«

»Ach ja? Und du meinst, diese erzwungene Ehe hätte ich nicht mein ganzes Leben lang bereut?«

»Vielleicht, aber jetzt bleibt dir hier doch gar keine Zukunft mehr.«

»Umso besser, das will ich auch gar nicht! Meine Zukunft liegt woanders: in Europa. Wenn ich erst das Erbe meiner Mutter bekomme, verlasse ich Batavia und komme niemals wieder zurück.«

Ihr Freund sah sie entgeistert an.

»Ist das dein Ernst? Nie mehr?«

»Warum schockiert dich das so? Du selbst willst doch auch hier fort, du hast mir schon so oft erzählt, wie gerne du nach Europa möchtest.«

»Schon, aber doch nicht für alle Zeit.«

Femke hielt einen Moment lang inne, sah Bimo prüfend an und überlegte. Schließlich sagte sie: »Dann bleib eben hier. Ich gehe auch ohne dich!« Sie drehte sich zum Gehen um.

»Halt, bitte warte!« Bimos Hand packte sie am Arm.

»Wie meinst du das? Wolltest du etwa, dass ich dich nach Europa begleite?«

»Natürlich. Aber wenn du zu viel Angst hast, dein Zuhause zu verlassen, sollten wir das lieber vergessen.«

»Aber … das habe ich doch gar nicht. Ich meinte doch nur, dass ich nicht für alle Zeiten in Europa bleiben möchte, trotzdem würde ich sehr gerne einmal dorthin reisen.«

»Auch wenn ich nie wieder zurückkehren werde?« Sie ergriff Bimos Hand, der nun plötzlich zu verstehen schien.

»Du möchtest, dass ich bei dir bleibe? Ein Leben lang?«

»Ein Leben lang«, bekräftigte sie.

Bimo sah ihr in die Augen, dann zog er seine Hand aus ihrem Griff.

»Das kann ich nicht.«

»Wie bitte? Hast du nicht zugehört, was ich dir gerade gesagt habe? Ich möchte mit dir zusammen nach Europa gehen.«

»Doch, das habe ich verstanden. Und glaub mir, ich würde nichts lieber tun, aber …«

»Aber was?«, fuhr sie ihn an, als er zögerte, weiterzusprechen.

»Wir können nicht zusammensein. Es wäre anders, wenn ich die Frau und du der Mann wärst. Solche Beziehungen werden geduldet. Aber ein Javaner und eine Holländerin? Deine Landsleute würden mich binnen Stunden lynchen und falls nicht das, würde dein Vater mich für den Rest meines Lebens in ein Arbeitslager schicken.«

»Hier vielleicht, aber nicht in Europa! Dort können wir beide frei sein und tun, was immer wir auch wollen!« Sie lächelte ihn an und strich ihm über die Wange. »Komm schon, du wolltest doch immer nach Europa.«

»Ist es dir wirklich ernst mit dem, was du sagst?«

»Mir war niemals zuvor etwas so ernst wie das«, hauchte sie und berührte behutsam seine Lippen mit ihren.

KAPITEL 20
ROSIGE PERSPEKTIVEN

Mit den neuen Kleidern, die er soeben auf den Leib geschneidert bekommen hatte, fühlte er sich schlagartig wie ein neuer Mensch. Er war jetzt wirklich in seinem neuen Leben angekommen. Zuerst war er noch skeptisch gewesen, als er seinen Onkel in dem kleinen, etwas schäbig wirkenden Büro zum ersten Mal seit zwölf Jahren wiedergesehen hatte. Aber diese Bedenken hatten sich schnell zerstreut, als Ludger Mahler ihn in seine neue Unterkunft geführt hatte. Es war ein Zimmer in einem vornehmen Hotel – laut Aussage seines Onkels das beste in der Stadt – dem *Hôtel des Indes*. Leonhard hatte Bedenken, als er seinem Verwandten, der ihm ein wenig fremd vorkam, in das prächtige Gebäude folgte, er kam sich fehl am Platz vor, zwischen all den vermögenden Gästen, von denen einige ohne Zweifel mit demselben Schiff wie er nach Java gelangt waren – nur freilich ein paar Decks weiter oben. Und jetzt sollte er mit diesen Leuten gemeinsam unter einem Dach wohnen. Aber Ludger Mahler bestand darauf, dass er dort einziehen sollte, auch wenn

Leonhard keine Ahnung hatte, wie er das bezahlen sollte.

»Lass das meine Sorge sein«, antwortete sein Onkel mit einem kryptischen Lächeln. Danach verschwand er mit einem der Hotelangestellten, nur um kurz darauf mit einem triumphierenden Blick und einem Schlüssel in der Hand zurückzukehren.

Das Zimmer war im ersten Stock des Hotels befindlich, sehr klein, aber ordentlich und verfügte über einen eigenen Waschtisch. Doch das Wichtigste war das Bett. Seit seinem Aufbruch aus Hamburg hatte Leonhard nicht mehr auf einer richtigen Matratze geschlafen. Doch sein Onkel ließ ihm keine Zeit, es sofort auszuprobieren, sondern schleppte ihn sofort weiter zum Schneider. Hier bekam er gleich mehrere Hemden, Hosen und Jacken verpasst. Auch hier regelte Ludger Mahler alles, sodass er sich um das Bezahlen keine Sorgen machen musste.

»Ich weiß gar nicht, wie ich dir das alles jemals zurückzahlen soll«, meinte Leonhard, als sie vom Schneider weiter zu einem Schuhmacher spazierten.

»Ach was. Wir sind doch eine Familie, da spielen solche Kleinigkeiten keine Rolle.« Lachend winkte sein Onkel ab. »Aber mach dir keine Illusionen, du wirst auch noch hart für dein Geld arbeiten müssen.«

»Damit habe ich kein Problem. Nichts kann so schlimm sein wie das Kohlenschaufeln im Kesselraum eines Dampfschiffes.«

»Oh, sag das nicht zu laut. Wenn erst die richtig heißen Monate beginnen, herrscht hier andauernd so eine Hitze wie neben einem voll befeuerten Kohlenkessel – nur eben viel feuchter und drückender. Jetzt lass uns zurück ins Büro, da erzähle ich dir ein wenig über meinen nächsten Kunden.«

Den Weg dorthin legten sie nicht zu Fuß zurück,

sondern nutzten den Komfort der Straßenbahn. Diese wurde sogar von einer kleinen Dampflokomotive gezogen, so was hatte Leonhard noch nicht einmal in Hamburg erlebt. So gelangten sie schnell zurück zu dem zentralen Platz, wo das Büro von Mahler Export seinen Sitz hatte. Als Leonhard in seiner neuen Garderobe dort eintrat, erkannte ihn Bimo erst nicht und sprang überrascht auf.

»Sehen die neuen Sachen so schlimm aus?«, lachte Leonhard.

»Oh, du bist es. Ich dachte …«

»So, jetzt kümmern wir uns erst mal ums Geschäft«, sagte Ludger Mahler, der hinter ihm eingetreten war und Bimo überhaupt keine Beachtung schenkte. Er setzte sich an den Schreibtisch, auf dem ein überdimensionierter Kasten stand, ein Telefon. »Zuerst, was weißt du über die wichtigsten Handelsgüter von Niederländisch-Indien?«

»Nun, das sind hauptsächlich Gewürze wie Pfeffer, Zimt und Muskatnuss. Und natürlich Kaffee und Tee.«

»Richtig. Aber Tabak wird auch immer wichtiger, ebenso wie der Textilienhandel.« Sein Onkel sah ihn mit glänzenden Augen an. »Und ich habe einen Kunden in Aussicht, der all diese Güter nach Europa verschifft und noch einiges mehr.«

»Klingt nach rosigen Perspektiven.«

»Oh ja, das tut es. Ich habe erst kürzlich eine Probelieferung von Singapur nach Batavia erfolgreich für ihn erledigt. Jetzt kann es jeden Moment losgehen, dass er mir auch eine andere Lieferung anvertraut, diesmal nach Europa, in die Alte Welt. Das bedeutet, ab diesem Zeitpunkt wird Mahler Export im ganz großen Geschäft mitmischen.«

»Aber du weißt nicht, was er transportieren will und vor allem wann?«, fragte Leonhard.

»Es spielt keine Rolle. Es ist Fracht und wird mit einem Schiff auf die Reise nach Europa gehen. Und du wirst diese Fahrt begleiten!«

»Wie bitte? Ich bin gerade erst hier angekommen und soll gleich wieder zurück nach Europa?«

»Es wird die erste Lieferung sein, da muss einfach alles glattgehen. Deswegen brauche ich dich an Bord des Schiffes und bei der Ankunft im Hafen, um die Abwicklung vor Ort zu machen. Noch habe ich keine Agentur, mit der ich zusammenarbeite. Und du kommst auch wieder mit zurück.«

Leonhard verzog das Gesicht bei dem Gedanken daran, wieder mehrere Wochen auf See zu verbringen.

»Wenn er nicht möchte, könnte ich doch an seiner Stelle mitfahren«, brachte sich Bimo mit begeisterter Stimme ins Spiel.

»Du?« Ludger brach in schallendes Gelächter aus. »Die Mannschaft würde dich kielholen, sobald das Schiff außer Sichtweite des Hafens ist. Und selbst wenn nicht, glaubst du, irgendjemand in Europa wird auf das hören, was ein javanischer Bengel sagt? Nein, schlag dir diesen abstrusen Gedanken schnell wieder aus dem Kopf. Für dich habe ich nur hier in Batavia Verwendung.«

Die Enttäuschung war Bimo am ganzen Körper anzusehen. Er sackte förmlich in sich zusammen, als ob gerade ein großer Traum zerplatzt wäre. Leonhard gab ihm einen aufmunternden Klaps auf den Rücken.

»Kopf hoch. Vielleicht beim nächsten Mal.«

»Sicher nicht«, sagte Ludger Mahler mit entschiedener Stimme. »Es soll auch nicht die Regel sein, dass wir die Ware nach Europa begleiten. Nur bei der ersten Fahrt werden wir das so handhaben.«

»Kann ich für heute gehen?«, fragte Bimo desillusioniert.

»Ja, ausnahmsweise.«

Nachdem der Javaner aus dem Büro geschlurft war, wandte sich Leonhard an seinen Onkel.

»Meinst du nicht, du warst ein wenig zu hart mit ihm? Er könnte mich doch auch begleiten.«

»Bist du von Sinnen? Auf gar keinen Fall. Damit würde ich mich zum Gespött der Leute machen, wenn dieser Bastard in meinem Namen nach Europa fährt, um die Geschäfte zu überwachen. Jetzt vergiss ihn, ich erzähle dir erst mal alles, was du über Johan van Leeuwen wissen musst.«

»Wer soll dieser Herr sein?«

»Mein zukünftiger Auftraggeber und vermutlich einer der reichsten Männer in diesem Teil der Welt. Also spitz die Ohren und pass gut auf.«

Die nächsten zwei Stunden erzählte sein Onkel ihm quasi die gesamte Biografie des holländischen Geschäftsmannes und dies in aller Ausführlichkeit. Danach hatte Leonhard das Gefühl, diesen van Leeuwen besser zu kennen als seinen eigenen Onkel, der gerade vor ihm saß. Zumindest verstand er nun, warum Ludger so darauf erpicht war, mit diesem Mann ins Geschäft zu kommen. Das Imperium van Leeuwens umfasste wirklich jeden erdenklichen Geschäftszweig, es gab nichts, woraus dieser Kerl keinen Profit zu schlagen wusste. Mit ihm zusammenzuarbeiten, bedeutete also nichts weniger als volle Auftragsbücher und finanzielle Absicherung.

»Und du glaubst, die erste Lieferung nach Europa werden diese Zigarren sein?«, fragte Leonhard, nachdem er stundenlang nur zugehört hatte.

»Ich vermute es stark. Tabak wird immer wichtiger, der Anteil am Geschäft nimmt rapide zu. Außerdem hat sich van Leeuwen dafür das königliche Signet gesichert, was in den Niederlanden ziemlich sicher zu einem Ansturm auf die Zigarren führen dürfte.«

»Also halten wir uns für den Fall bereit, dass der Auftrag für den Transport kommt?«

»Genau das. Ich denke, er wird nicht mehr lange auf sich warten lassen. Bis dahin kannst du dich hier in Batavia ein wenig heimisch machen. Für heute sind wir erst mal durch.«

Leonhard sah seinen Onkel gespannt an.

»Das heißt, wir machen jetzt was?«

»Du kannst erstmal gehen. Spazier ein wenig durch die Stadt oder geh in dein Hotel, ruh dich aus.«

»Oh, ich hatte gedacht, wir würden noch gemeinsam etwas essen gehen.«

»Da muss ich dich enttäuschen. Auf mich wartet noch ein Termin. Aber du findest bestimmt auch ohne mich, etwas zu essen.«

»Das vielleicht, aber mir mangelt es an Geld. Du erinnerst dich, ich bin beraubt worden.«

Ludger Mahler kniff die Augen zusammen, als ob er in seinem Kopf eine Rechnung aufmachen würde. Dann holte er seinen Geldbeutel hervor, schüttete den Inhalt in seine Handfläche und suchte ein paar Münzen heraus.

»Hier, das wird wohl für die nächsten Tage reichen. Aber sei sparsam.«

»Keine Sorge, das bin ich gewohnt.«

»Gut, dann wünsche ich dir noch einen schönen Abend. Wir sehen uns morgen früh wieder.«

Er nickte seinem Onkel zu und verließ das kleine Büro. Auf dem Marktplatz wimmelte es von Leuten, zumeist alles weiße Europäer, wie er einer war. Die wenigen Einheimischen befanden sich hinter einigen der Marktstände. Sein Magen meldete sich wieder, denn seit der Fischsuppe zum Frühstück hatte er nichts mehr gegessen. Also ging er auf dem Markt auf die Suche nach etwas Essbarem. Er war noch nicht sehr weit gekommen, als plötzlich mit voller Wucht eine junge Frau in ihn hineinrannte und zu Boden warf.

»Oh, entschuldigen Sie bitte. Ich … tut mir leid.« Die blonde Holländerin lief eilig weiter, ohne ihn eines weiteren Blickes zu würdigen. Leonhard sah ihr hinterher, wie sie sich einen Weg durch die Menge bahnte und in einem angrenzenden Park verschwand.

◆

Ludger atmete tief durch, als er endlich wieder alleine war. Er hatte einige Gefallen eintreiben müssen, um für Leonhards Unterkunft und seine neuen Klamotten zu sorgen. Aber auch das würde sich auszahlen. Es war einfach perfekt, wie ein Wink des Schicksals, dass sein Neffe jetzt aufgetaucht war. Auch die Skrupel, die er anfangs bei dem Gedanken noch gehabt hatte, waren jetzt verschwunden. Sicherlich trug Leonhards Ähnlichkeit mit seinem Vater dazu das ihrige bei. Ludger hatte seinen älteren Bruder zeitlebens gehasst. Leopold war der Grund dafür gewesen, dass er damals aus Hamburg geflüchtet war. Als sein Bruder starb, verspürte er deshalb auch keine Trauer, es war eher Ärger – darüber, dass er sich nicht mehr an ihm rächen konnte für das, was er ihm angetan hatte. Daher war es jetzt nur recht und billig, dies an dessen Sohn auszulassen.

KAPITEL 21

FAHRT ZUM FEUERBERG

SUNDASTRASSE, KURZ VOR KRAKATAU, AN BORD DER QUEEN ANNE, 27. MAI

Graham McTavish schüttelte den Kopf. Er konnte es nicht glauben, dass er sich auf so was Verrücktes eingelassen hatte. Vor sich sah er das halb verbrannte Eiland Krakatau. Von den einst dichten tropischen Wäldern war nichts mehr übrig geblieben. Alles war zu Asche verbrannt, nur an wenigen Stellen ragten noch verkohlte Baumstümpfe aus der dunkelgrauen Ascheschicht hindurch. Die kahlen Berghänge ließen die einstmals idyllisch wirkende Insel nun wie einen Vorhof zur Hölle erscheinen. Dieser Eindruck wurde noch verstärkt durch die zahllosen Rauchfahnen, die direkt aus Rissen aus dem Boden stiegen und Krakatau in einen gespenstischen Nebel hüllten. Und über allem quoll eine tiefschwarze Rauchfahne aus dem kleinsten Berg der Insel bedrohlich in den Himmel auf. Bei seinen Passagieren zeigten sich aber die genau gegenteiligen Gefühle. Er hörte begeisterte Rufe.

Holländer, allesamt verrückt.

Einer dieser Wahnsinnsknaben kam zu ihm auf die Brücke.

»Wissen Sie schon, wo Sie anlegen wollen?«

Graham sah den jungen Mann an, als ob der ihn gerade gefragt hätte, ob sie zusammen seine Großmutter verspeisen wollten.

»Anlegen? Sind Sie des Wahnsinns? Auf gar keinen Fall setze ich mein Schiff dieser Gefahr aus.«

»Aber ich muss auf diese Insel – unbedingt«, fügte der Niederländer hinzu. »Immerhin bezahlen wir Sie gut dafür.«

»Ich habe von Anfang an gesagt, dass ich erst vor Ort entscheiden werde, ob ich es verantworten kann, Krakatau anzusteuern. Damit waren Sie einverstanden. Und wir sind jetzt schon zu dicht dran. Riechen Sie nicht diesen beißenden Schwefelgeruch?«

»Und wie. Aber ich muss mir unbedingt ein Bild von der Zerstörung auf der Insel machen. Mein Bericht geht direkt an den Gouverneur, wissen Sie? Ich könnte lobend erwähnen, dass es ein tapferer englischer Kapitän war, der mich an Land gebracht hat.«

»Ich bin Schotte«, brummte Graham. Aber er überlegte. Diese verrückte Tour bedeutete seinen größten Verdienst in den letzten Monaten, abgesehen von der Fahrt mit Mahler nach Singapur, aber bei dieser hatte er eigentlich sogar draufgezahlt und der Deutsche hatte bisher weder etwas von sich hören lassen noch sein ausstehendes Geld gezahlt. Aber aktuell war ihm das egal, denn sein Schiff hatte sage und schreibe sechsundachtzig Passagiere aufgenommen. Alle anderen Kapitäne hatten es vermieden, diese Fahrt zu unternehmen. Immerhin war der Ausbruch des Vulkans gerade mal eine Woche her. Doch während die Einheimischen den Ausbruch als ein böses Omen einer ihrer Götter deuteten und teilweise panisch reagierten, wenn der Name des Vulkans genannt wurde, überwog bei den Holländern die Neugier auf dieses einmalige

Naturschauspiel. In den Tageszeitungen Batavias gab es kein anderes Thema mehr. Schließlich kamen die Ersten auf die Idee, der Insel mit ihrem feurigen Berg einen Besuch abzustatten. Der junge Kerl, der jetzt bei Graham auf der Brücke stand, war ein Bergbauingenieur und arbeitete für das Königliche Magnetische und Meteorologische Institut, das auch für einen Großteil der Kosten aufkam. Womöglich würden noch viele weitere Fahrten folgen. Was eine Menge Geld bedeutete. Und am Ende würde auch der Bannstrahl, mit dem Richter de Wit ihn bedacht hatte, sicherlich keine Rolle mehr spielen und er würde wieder Aufträge bekommen, auch ohne die Hilfe von Ludger Mahler. Also nickte er und sagte: »Viel dichter kann ich nicht heranfahren, ohne in Gefahr zu laufen, dass wir gegen ein unterirdisches Riff stoßen. Es gab hier früher schon tückische Stellen, wer weiß, was nach dem Ausbruch unter der Oberfläche alles passiert ist? Aber ich kann Ihnen eines meiner Beiboote zur Verfügung stellen, Schuurman.«

»Perfekt. Das wird reichen!« Freudestrahlend lief der Holländer zu den anderen Passagieren und verkündete die frohe Botschaft. Da in dem Beiboot nur Platz für zehn Personen war, entbrannten teilweise hitzige Streitgespräche darüber, wer alles mit auf die Insel durfte. Graham verfolgte dies alles mit ungläubigem Blick. Ihn hätten keine zehn Pferde auf diese Hölleninsel gebracht. Aber Schuurman brach schließlich mit neun anderen Männern auf und sie ruderten direkt auf den Strandabschnitt unterhalb des aktiven Berges der Insel zu. Die an Bord Zurückgebliebenen sahen den Wagemutigen hinterher, einer baute sogar einen riesigen Fotoapparat auf.

Graham griff sich sein Fernrohr und beobachtete das Geschehen angespannt. Schuurman war der Erste unter den Tollkühnen, der aus dem Boot sprang und durch das flache Wasser zum Strand watete. Dieser war übersät mit Bimsstein und Schlacke. Es kostete die Neugierigen große Mühe, das Beiboot an den Strand zu ziehen. Nachdem dies geschafft war, versanken sie dort knöcheltief in der Asche. Aber unbeirrt zog Schuurman mit drei weiteren Männern weiter an Land, während die anderen am Strand zurückblieben und Mund und Nase mit Tüchern bedeckten. Der Schwefelgeruch musste schier unerträglich sein, mutmaßte Graham. Trotzdem kannten Schuurman und die anderen keine Furcht. Graham spürte, wie sein Mund trocken wurde, als er sah, wie die Männer mit Todesverachtung zum Gipfel des Kraters emporstiegen.

»Die sind doch komplett wahnsinnig«, murmelte er.

Schuurman schaffte es bis ganz an den Rand, beugte sich hinüber und starrte in den Schlund des Vulkans. Dann umrundete er den Krater, bis er hinter dichtem Rauch verschwand und Graham ihn nicht mehr sehen konnte.

Es dauerte Stunden, bis die Männer sich endlich zurück zum Beiboot begaben. Ungeduldig ließ Graham das Horn der Queen Anne ertönen. Als schließlich alle wieder sicher an Bord waren, setzte er den Kurs zurück nach Batavia. Schuurman kam hustend und mit feiner Asche bedeckt zu ihm auf die Brücke und strahlte über das ganze Gesicht.

»Vielen Dank, Herr Kapitän, dass Sie das möglich gemacht haben.«

»Sind Sie zufrieden mit dem, was Sie gesehen haben?«

»Und ob. Es war Sagenhaft! Eine Schönheit und ein unvergesslicher Eindruck, der sich mir für immer eingeprägt hat.«

»Eine seltsame Auffassung von Schönheit haben

Sie«, prustete Graham vergnügt los. Er sah hinunter auf die Füße von Schuurman. Die Schuhe, die der Holländer trug, hatten sich beinahe komplett aufgelöst. »Und Sie müssen sich wohl ein neues Paar Schuhe kaufen.«

»Ja, damit haben Sie recht. Es war teilweise noch zu heiß. Die Sohlen sind mir regelrecht unter den Füßen weggeschmort«, erwiderte Schuurman schulterzuckend. »Aber das war es wert.« Er warf noch einen verklärten Blick in Richtung von Krakatau, das in der schnell hereinbrechenden Dunkelheit der tropischen Nacht nun von einem rötlichen Feuerschein umhüllt war.

Lithografie eines Orginalbildes vom Krakatau, aufgenommen am 27. Mai 1883 von einem Schiffspassagier

KAPITEL 22
DER AUFTRAG
2. JUNI

Mit glänzenden Augen beobachtete Ludger, wie sich der Stift in der Hand von Johan van Leeuwen schnell bewegte, als dieser damit den Vertrag unterschrieb. Nachdem der Holländer fertig mit Unterzeichnen war, nahm sich Georg Kopperschmidt den Griffel und setzte ebenfalls seine Unterschrift unter einen Vertrag. Dies interessierte Ludger aber nicht sonderlich, ihm kam es nur auf den Auftrag von van Leeuwen an. Alles andere war zweitrangig oder bestenfalls Beifang.

»Damit ist unsere Partnerschaft endlich auch schriftlich besiegelt«, sagte der Holländer. Auch er machte einen sehr zufriedenen Eindruck. »Nun bin ich gespannt, ob Sie diese Lieferung ebenso schnell ausführen können wie die Fleischlieferung.«

»Oh, keine Sorge. Das werde ich. Um sicherzugehen, dass alles nach Plan verläuft, wird mein Neffe die Fracht bis zum Bestimmungsort begleiten.« Er deutete auf Leonhard, der neben ihm im Büro stand. »Außerdem kann er dort vor Ort auch gleich die nächste Lieferung übernehmen.«

»Ausgezeichnet«, sagte van Leeuwen und nickte zustimmend. »Es immer gut, wenn man jemanden in seiner Familie hat, auf den man sich verlassen kann.«

»Dem kann ich nur beipflichten. Dann sind meine Stoffballen auch in besten Händen«, lachte Georg Kopperschmidt.

»Ich schlage vor, zur Feier des Tages könnten wir doch gemeinsam zu Mittag essen. Was meinen die Herren?«, fragte Ludger. »Natürlich lade ich Sie beide ein.«

»Zu einem guten Mahl sollte man nie Nein sagen«, antwortete Kopperschmidt sofort.

Warum überrascht mich das nicht, du Fettwanst, dachte Ludger, während er seinen Landsmann freundlich anlächelte und nickte.

Der Holländer zog eine goldene Taschenuhr hervor und ließ den Deckel aufspringen.

»Nun, ich habe nicht mehr als zwei Stunden Zeit bis zu meinem nächsten Termin.«

»Das wird reichen. Es gibt ein gutes Restaurant, nur zwei Blocks entfernt von hier. Und falls vorher jemand nach Euch fragt, wird mein Angestellter uns unterrichten.« Er deutete auf Bimo, der still an der Wand stand.

»Ich hoffe doch keine einheimische Küche?«, fragte van Leeuwen skeptisch nach.

»Es gehört einem Portugiesen, wenn ich richtig informiert bin.«

»Auch so ein elendiges Pack, aber immerhin verstehen sie sich auf gutes Essen.«

»Das sehe ich auch so.«

Ludger führte seine Geschäftspartner hinaus und bedeutete auch Leonhard, sie zu begleiten. Im Restaurant beschränkte sich ihr Gespräch bei Tisch nur auf belanglose Oberflächlichkeiten.

Von Kopperschmidt war außer beständigem Schmatzen fast nichts zu hören.

»Ich hoffe, Ihr Kapitän ist ein erfahrener Mann«, sagte der Holländer, als er seinen Genever nach dem Mahl zu sich nahm. »In der Sundastraße ist es zurzeit wohl etwas unruhig, nachdem dieser Vulkan sich geregt hat.«

»Keine Sorge, der Mann hat praktisch Salzwasser in den Adern und ist nicht zu erschüttern. Er wird die Straße sicher passieren.«

»Was ist mit Ihnen, mein Junge?« Van Leeuwen sah Leonhard aufmerksam an. »Sind Sie auch mit unerschütterlicher Ruhe gesegnet?«

»So könnte man sagen, Mijnheer«, erwiderte Leonhard. »Ich bin am Tag des Vulkanausbruchs durch die Sundastraße gefahren. Nach dieser Erfahrung kann mich nun nichts mehr erschüttern.«

»Das höre ich gerne. Nur so kann man es hier zu etwas bringen. Sehen Sie mich an, ich bin das beste Beispiel dafür.« Ein stolzes Grinsen zeigte sich im Gesicht des Holländers. »Natürlich war meine Familie schon vermögend, als ich damals hier eintraf, vor fünfunddreißig Jahren. Aber ich habe mit Willen, Mut und Ausdauer ein wahres Imperium aus dem Boden gestampft, das seinesgleichen auf der Welt sucht. Heute erzittern alle vor mir, mehr noch als vor diesem Vulkan.« Er ließ ein dröhnendes Lachen ertönen und schlug mit der Hand so hart auf den Tisch, dass die Gläser darauf tatsächlich zu zittern begannen.

»Darauf sollten wir anstoßen«, sagte Ludger und schenkte noch etwas Genever nach. Er hob sein Glas. »Auf alle starken Männer hier am Tisch.«

Als die Gläser beim Anstoßen klirrten, kam plötzlich ein Unbekannter an ihren Tisch geeilt und stellte sich ohne ein Wort des Grußes neben Johan van Leeuwen, der den Neuankömmling überrascht ansah.

»Ich mag es nicht, beim Essen gestört zu werden«, sagte der mit scharfer Stimme. Der Mann beugte sich zu ihm herunter und flüsterte etwas in das Ohr des Holländers. »Ich verstehe.« Mit ernstem Blick stellte er sein Glas auf dem Tisch ab. »Leider muss ich schon aufbrechen. Das Geschäft hat eben immer Vorrang, das verstehen Sie doch sicher?«

»Selbstverständlich«, gab Ludger zurück und stand ebenfalls auf. Als er Leonhard anstieß, damit dieser es ihm gleichtat, bemerkte er, wie sein Neffe auf den Mann neben van Leeuwen starrte. Schließlich erhob er sich aber von seinem Stuhl. Nun blickte auch der Kerl neben dem Holländer irritiert zu Leonhard, wandte den Blick aber schnell wieder ab. Georg Kopperschmidt verabschiedete sich zu seiner Erleichterung ebenfalls und folgte van Leeuwen hinaus. Als er mit Leonhard alleine war, sah er seinen Neffen fragend an.

»Und?«

»Was meinst du?«

»Du kanntest den Kerl, der eben hereingestürmt kam, nicht wahr? Ich habe es an deinem Blick gesehen.«

»Ich bin mir nicht sicher. Er sah jemandem ähnlich, dem ich während der Fahrt hierher begegnet bin.«

»Scheint keine schöne Begegnung gewesen zu sein, deinem Blick nach zu urteilen«, meinte Ludger und trank seinen Genever aus.

»Nein, das war es in der Tat nicht«, brummte Leonhard. »Als wir in Port Said Kohle aufgenommen haben, hatte ich danach noch Landgang. Auf dem Markt habe ich dann einem Deutschen geholfen, der von zwei Männern angegriffen worden ist. Einem Holländer und einem Deutschen.«

»Und du glaubst, dieser Kerl eben war einer von ihnen?« Ludger schüttelte lachend den Kopf. »Port Said ist weit entfernt. Das wäre schon ein ziemlicher Zufall, wenn ihr euch ausgerechnet in Batavia wiedertreffen würdet.«

»Ja, das wäre es wohl. Ich habe mich bestimmt geirrt.« Leonhard griff nach seinem Glas und trank es aus.

Aber Ludger entging nicht, wie es hinter der Stirn seines Neffen noch arbeitete. Und hatte der Unbekannte nicht ebenfalls den Anschein erweckt, als hätte er Leonhard schon einmal gesehen? Er bezahlte die stattliche Rechnung und sie verließen das Restaurant.

»Morgen wirst du dich schon auf den Weg nach Amsterdam machen, um die Ware abzuliefern. Egal, wer dieser Kerl war, dort wirst du ihn bestimmt nicht noch einmal treffen.«

»Damit hast du sicherlich recht. Bestimmt habe ich mich getäuscht, was diesen Mann betrifft.«

»Ganz sicher hast du das. Komm, wir müssen noch einiges besprechen, damit du gut vorbereitet auf die Reise gehen kannst.«

◆

Als Leonhard am frühen Abend das Büro wieder verließ, begleitete ihn Bimo auf dem Weg zu seinem Hotel. In seinen Gedanken hing er immer noch bei dem Gesicht des Mannes fest, der im Restaurant aufgetaucht war. Besonders die Augen verfolgten ihn. Derselbe kalte Blick, wie der des Holländers aus Port Said. Doch dann riss ihn Bimo aus seinem Nachgrübeln.

»Und du fährst morgen schon los?«

»Ja. Ich bin noch nicht mal zwei Wochen hier und muss schon wieder zurück nach Europa.«

»Du Glücklicher. Ich würde alles dafür geben, an deiner Stelle dorthin fahren zu dürfen.«

»Ach was, es ist nicht so toll, wie du es dir vorstellst. Die Seefahrt ist meist eintönig und langweilig – wenn nicht gerade ein Vulkan ausbricht.«

»Für mich wäre es was Besonderes. Habe ich dir schon erzählt, dass ich es hauptsächlich mit europäischen Märchen geschafft habe, die Sprachen zu lernen? Also hauptsächlich Niederländisch und Deutsch. Ich habe immer davon geträumt, eines Tages nach Europa zu fahren und mir die Schlösser und Burgen anzusehen, von denen in den Märchen immer die Rede ist.«

Leonhard konnte sich ein Schmunzeln nicht verkneifen.

»Nun, das ist heutzutage vermutlich ein klein wenig anders, als du es dir vorstellst. Es gibt wenig Märchenhaftes in Europa. Aber wenn du wirklich dorthin willst, wirst du es auch schaffen. Du bist doch noch jung. Wer weiß, wenn wir jetzt öfter Frachten für van Leeuwen durchführen, kannst du vielleicht doch irgendwann einmal mitfahren.«

»Dein Onkel wird mich niemals mitfahren lassen.«

»Ich könnte ein gutes Wort für dich einlegen. Obwohl – du bist ein Dieb. Glaub nicht, dass ich das vergessen habe!« Er zwinkerte Bimo zu.

»Es tut mir leid! Außerdem habe ich mich doch nun wirklich schon mehrfach entschuldigt.«

»Schon gut, ich wollte dich nur aufziehen«, lachte Leonhard.

»Aufziehen?«

»Einen Spaß erlauben.«

»Das heißt, du bist mir nicht mehr böse?«

»Nein. Es ist passiert, aber wenn ich dich nicht getroffen hätte, hätte ich meinen Onkel wahrscheinlich auch nicht so schnell gefunden. Vergessen wir die

Umstände unseres Kennenlernens am besten, Bimo.« Leonhard runzelte die Stirn. »Weißt du, was mir gerade auffällt? Jetzt kennen wir uns schon über eine Woche und ich weiß immer noch nicht deinen Nachnamen.«

»Meinen was?«

»Na, den Familiennamen, so wie meiner. Mahler. Wie lautet der Name deiner Familie?«

»Wir haben keinen«, erwiderte Bimo mit einem Schulterzucken. »Niemand hier auf Java hat so was.«

»Jetzt ziehst du mich aber auf.«

»Nein, es ist die Wahrheit. Es gibt einige, die zwei oder mehr Namen tragen, das ist aber nicht vergleichbar mit euren … Nachnamen. Welchen Sinn sollen die überhaupt haben?«

»Nun, sie sind … na ja, sie machen eben klar, welche Personen zu einer Familie gehören.«

»Also sind diese Nachnamen etwas Einmaliges? Wie ein Stammesname?«

»Nein, das nicht. Einige kommen häufiger vor als andere …« Leonhard stutzte und kratzte sich am Kopf. Er dachte an seinen Onkel. Obwohl sie sich denselben Nachnamen teilten, waren sie weniger eine Familie als vielmehr eine Zweckgemeinschaft. »Wahrscheinlich hast du recht. Sie sind nicht notwendig.«

Bimo lachte herzlich.

»Dürfte ich dich um einen Gefallen bitten?«

»Nur zu.«

»Wenn du wieder in Europa bist … würdest du mir ein Buch mitbringen?«

Leonhard nickte. »Das sollte sich einrichten lassen, denke ich. Hast du einen bestimmten Wunsch?«

»Das Buch, das du mir geliehen hast, war fantastisch. Falls es von diesem Jules Verne noch mehr Bücher gibt, würde ich mich über eines von diesen ganz besonders freuen.«

»Die gibt es. Ganz bestimmt werde ich in Amsterdam fündig. Ich weiß sogar schon, welches Buch von ihm ich dir mitbringen werde.« Leonhard lächelte Bimo an. »Du wirst es mögen.«

Sie erreichten das *Hôtel des Indes* und verabschiedeten sich voneinander. Leonhard ging auf sein Zimmer und sein Blick fiel als Erstes auf das Bett. Der Gedanke daran, dass es für die nächsten Wochen das letzte Mal sein würde, dass er darauf schlafen konnte, verbesserte seine Laune nicht. Aber er wusste, dass ihm keine Wahl blieb, als die Fahrt zurück über das Meer nach Europa anzutreten.

KAPITEL 23

ERGEBNISSE UND SCHLUSSFOLGERUNGEN

KÖNIGLICHES MAGNETISCHES UND METEOROLOGISCHES OBSERVATORIUM VON BATAVIA

Zu dritt saßen sie am großen Arbeitstisch des Observatoriums und studierten die Aufzeichnungen, die sie vom Ausbruch des Krakatau am 20. Mai hatten. Dazu kamen noch die Proben, die Verbeek schon kurz nach dem Ausbruch auf dem Schiff genommen hatte, mit dem er nach Batavia zurückgekehrt war. Das Wichtigste war aber der Bericht, den Schuurman ihnen angefertigt hatte, schließlich war der junge Bergbauingenieur so verrückt gewesen, nur eine Woche nach dem verheerenden Ausbruch persönlich auf die Insel zu reisen, um sich ein Bild vor Ort zu machen. Eine Aufgabe, die Verbeek sofort abgelehnt hatte, als der Gouverneur ihn darauf angesprochen hatte. Daraufhin hatte er Schuurman vorgeschlagen, denn abgesehen von seinem Enthusiasmus und seiner Neugier, war der junge Mann vor allem eins: entbehrlich.

»Es war einfach sagenhaft dort. Diese Urgewalt, diese Kraft … man konnte es am ganzen Körper spüren. Wenn Sie die Gelegenheit haben, sollten Sie unbedingt auch einmal nach Krakatau fahren, Dr. van der Stok«, schwärmte Schuurman ihnen von seinem Besuch auf der Vulkaninsel vor. »Es war, als würde man direkt in die Hölle blicken können.«

»Ich kann mir mit Sicherheit Erquicklicheres vorstellen als so einen Anblick.« Er schüttelte den Kopf und sah seinen Freund Rogier Verbeek an, der ganz in die Lektüre des Berichtes vertieft war. »Was glaubst du? Werden wir noch einen weiteren Ausbruch erleben oder gibt der Berg jetzt Ruhe?«

»Deine Fragestellung impliziert, dass ich aus meiner Erfahrung schöpfen könnte, um sie zu beantworten.« Verbeek hob den Blick und runzelte die Stirn. »Aber ich habe keine Antwort. Niemand hat eine.«

»Ich schon und ich sage Nein«, mischte sich Schuurman ein und fuhr selbstbewusst fort: »Ich war schließlich ganz oben auf dem Krater und habe hineingeblickt. Da war nicht mehr viel zu sehen. Wie sagt man so schön? Der hat sein Pulver verschossen oder in dem Fall, das Magma.« Er lachte amüsiert.

»Ihren Augenzeugenbericht in allen Ehren, mein junger Freund«, setzte Rogier gelassen an, »aber ich fürchte, darauf alleine können wir uns nicht verlassen.«

»Aber wahrscheinlich mehr als auf die aufgelöste Schlacke, die sie mitgebracht haben«, erwiderte Schuurman beinahe trotzig und deutete auf die Glasröhrchen, die vor Verbeek auf dem Tisch standen und in denen eine schmutzig-dunkelgraue Masse gefüllt war.

Der ging jedoch nicht weiter darauf ein, sondern fragte: »Was ist mit den anderen beiden Kratern auf der Insel? Haben Sie die auch besichtigt?«

»Ich … nein, dafür war keine Zeit. Der Kapitän war nicht gerade in Stimmung, noch länger dort zu verweilen. Aber aktiv war nur der kleine Krater, der Perboewatan.« Schuurman tippte auf die Landkarte, die in der Mitte des Tisches ausgerollt war und auf der Krakatau und die umliegenden Inseln perfekt kartografiert waren.

»Befürchtest du, dass die anderen beiden auch anfangen könnten, Feuer zu spucken?«, fragte van der Stok.

»Nun, das ist nicht ganz auszuschließen. Es ist drei Jahre her, seit ich zuletzt auf Krakatau gewesen bin, und da war auch noch alles ruhig. Aber die Frage, die ich mir auch schon damals gestellt habe, ist folgende: Handelt es sich bei den drei Kratern auf Krakatau um drei getrennte Vulkane oder sind es einfach nur drei Schlote einer einzigen Magmakammer?«

»Das ist nicht möglich«, entfuhr es Schuurman.

Johannes warf einen besorgten Blick auf die Karte, ehe er antwortete. Der aktive Krater auf Krakatau war der Perboewatan, mit gerade einmal einhundertzwanzig Metern Höhe auch der kleinste, wie Schuurman schon gesagt hatte. In der Mitte erhob sich der vierhundertfünfzig Meter hohe Danan, ehe am südlichen Ende der Insel der spitze Kegel des Rakata sich über achthundert Meter in den Himmel erhob.

»Falls es eine zentrale Magmakammer gibt, wäre es logisch, wenn sich diese auf kürzestem Wege entleert.«

»Also wie geschehen über den Perboewatan.«

»Aber was, wenn der Druck nur nicht ausgereicht hat, um die anderen beiden Krater zu sprengen?«, gab Verbeek zu bedenken.

»Dann wird es auch beim nächsten Mal nicht viel schlimmer werden. Es wird wieder nur der kleine Krater ausbrechen. Egal, ob nun eine gemeinsame Magmakammer oder drei getrennte«, meinte Schuurman selbstsicher. »Aber ich glaube nicht, dass wir einen weiteren Ausbruch von dieser Stärke noch einmal erleben werden. Aber Sie dürfen gerne beide nach

Krakatau segeln, um sich selbst ein Bild von der Situation vor Ort zu machen.«

Verbeek lehnte sich zurück und fuhr sich mit der Hand über den fast kahlen Kopf.

»Ich denke, das wird nicht nötig sein«, brummte er schließlich. »Es ist wohl tatsächlich nahezu ausgeschlossen, dass es einen weiteren Ausbruch gibt, noch dazu einer aus den anderen beiden Kratern der Insel.«

»Soll das der abschließende Kommentar sein, den wir dem Gouverneur mitteilen?«, fragte Johannes.

»Ich würde dazu tendieren, ja. Wir weisen selbstverständlich darauf hin, dass dies nur eine Einschätzung ist, die nicht auf Erfahrungen beruht. Wie auch, niemand von uns hat so etwas je zuvor erlebt. Aber selbst wenn Krakatau noch einmal ausbrechen sollte, was soll schon passieren? Die Insel liegt mindestens dreißig oder vierzig Kilometer von jeder Küste entfernt. Wir geben eine Empfehlung für die Schifffahrt, bei vulkanischer Aktivität einen Abstand von mindestens zehn Seemeilen zu Krakatau zu halten. Das sollte Sicherheit genug sein. In der Zwischenzeit werde ich versuchen, ob es mir anhand dieser Proben gelingt, eine Art Voraussage zu berechnen.«

KAPITEL 24
CARGO

Der Wind meinte es gut mit ihnen und blähte die Segel prall auf, während die QUEEN ANNE aus dem Hafen Batavias auf das offene Meer glitt. Leonhards Stimmung war entspannter als am Abend zuvor. Der Kapitän, ein bärbeißig wirkender Schotte namens Graham McTavish, hatte ihm eine eigene Kabine zugeteilt, sodass die Zeit auf See dieses Mal weitaus angenehmer vonstattengehen sollte als auf seiner Hinfahrt mit der INDIA. Vor der Abfahrt hatte sich Leonhard gemeinsam mit seinem Onkel vergewissert, dass jede einzelne Kiste der Fracht von Johan van Leeuwen in einwandfreiem Zustand an Bord gelangt war, ebenso wie die großen Stoffballen des Textilfabrikanten Kopperschmidt. Ludger Mahler hatte ihm sogar eine Vollmacht erteilt, sodass Leonhard nun berechtigt war, jedes Dokument im Namen von Mahler Export zu unterzeichnen. Das würde vor allem die Abwicklung in Amsterdam erleichtern. Um sicherzugehen, dass es reibungslos laufen würde, hatte er auch bereits alle Übernahmeunterlagen unterschrieben. Als er jetzt über das Deck schritt und den Matrosen bei der Arbeit zusah, fühlte er sich zum ersten Mal wie ein richtiger Geschäftsmann.

»Der Wind ist uns gewogen, das ist ein gutes Zeichen«, sagte der Kapitän, der vom Bug her zu ihm kam. »Vor allem aber spart es uns Kohle.«

»Das ist gut«, erwiderte Leonhard und dachte an die armen Männer, die im Kesselraum schuften mussten.

»Ich muss gestehen, ich habe nicht dran geglaubt, dass es Ludger tatsächlich schaffen würde, dem alten van Leeuwen einen Auftrag aus dem Kreuz zu leiern. Aber er hat es wahrhaftig vollbracht.« McTavish wirkte nun plötzlich gar nicht mehr so bärbeißig, eher aufgekratzt und fröhlich. »Das wird meine erste Fahrt zurück nach Europa in diesem Jahr. Ich hatte seit Monaten keine Aufträge mehr für Fernfrachten. Ich habe es deinem Onkel erst nicht geglaubt, als er sagte, er könnte einen Auftrag von van Leeuwen bekommen. Und noch weniger habe ich ihm geglaubt, dass er mich dann wirklich daran teilhaben lassen würde. Aber …«, der Kapitän holte aus seiner Jackentasche einen silbernen Flachmann heraus, »manchmal geschehen noch Wunder.« Er nahm einen Schluck und hielt Leonhard die Taschenflasche hin.

»Vielen Dank, ich trinke nicht.«

»Gute Entscheidung«, sagte McTavish und schraubte den Verschluss wieder drauf. »Ich gehe dann mal auf die Brücke. Noch viel Spaß.«

»Herr Kapitän«, rief Leonhard ihm hinterher. »Eine Frage …«

»Halt, bevor du weiterredest: Nenn mich um Himmels willen nicht *Herr Kapitän.* Mein Name ist Graham.«

»Oh, in Ordnung, Herr … Graham. Ich wollte fragen, ob es hier etwas gibt, was ich während der Fahrt tun kann? Ich komme mir ein wenig … komisch vor, wenn ich als Einziger an Bord keine Aufgabe habe.«

McTavish kratzte sich den Bart und musterte ihn aus seinen tief liegenden Augen.

»Ludger hatte so was angedeutet. Er hat mir auch erzählt, dass du dich als Heizer auf deiner Überfahrt nach Batavia verdingt hast. Du möchtest doch aber sicher nicht im Kesselraum arbeiten, oder?«

»Nicht, wenn es sich vermeiden lässt«, erwiderte Leonhard mit einem schiefen Grinsen.

»Dachte ich mir. Nun, Arbeit würde sich sicherlich finden lassen, aber es wäre nicht gut, wenn ich dich einfach als Teil der Mannschaft mitlaufen lassen würde. Immerhin bist du quasi der Auftraggeber. Was hältst du davon, wenn du mir stattdessen auf der Brücke behilflich bist? Kannst du Seekarten lesen?«

»Kein bisschen«, antwortete Leonhard kopfschüttelnd.

»Gut. Dann bringe ich es dir bei.«

Sie gingen gemeinsam auf die Brücke der QUEEN ANNE, die weiterhin gute Fahrt machte und nach wenigen Stunden schon in die Sundastraße einbog. Jetzt hatte Leonhard das erste Mal Gelegenheit, die Meerenge zwischen Sumatra und Java genau in Augenschein zu nehmen, bei Tageslicht und ruhiger See. Er sah die zahlreichen Orte, die sich entlang der javanischen Küste befanden. Zu seiner Verwunderung steuerte McTavish sein Schiff auf die Hafenstadt Anjer zu.

»Ich habe noch eine Extrafracht angenommen, weil noch Platz frei war«, erklärte der Kapitän ihm. »Wäre doch schade, wenn ich darauf verzichten müsste, nach all der Zeit.«

Bei der zusätzlichen Lieferung handelte es sich nur um vier quadratische Holzkisten mittlerer Größe, die auf einem Pferdefuhrwerk bereits auf dem Anleger auf sie warteten. McTavish ging an Land und redete mit einem grauhaarigen Javaner. Dann schüttelten die beiden sich die Hände und der Schotte gab seiner Besatzung den Befehl, die Kisten an Bord zu bringen.

»Das war Radja«, erklärte der Kapitän ihm, als er zurück auf die Brücke kam. »Er war früher Sultan und herrschte über diesen ganzen Landstrich. Aber die Holländer haben sich Stück für Stück unter den Nagel gerissen und heute besitzt er nur noch ein kleines Stück Land mit einem Haus. Aber er ist einer der wenigen Einheimischen, die eine eigene Gewürz-Plantage betreiben. In den Kisten befindet sich seine Ware, Pfeffer und etwas Tee. Er hat keine Chance, sie hier auf Java oder auf Sumatra zu verkaufen, die Kolonialherren genehmigen ihm zwar den Anbau, aber vom Verkauf hat nie jemand etwas gesagt.« Der Schotte lachte bitter. »Daher bringe ich sie für ihn nach Europa und verkaufe sie dort für ihn.«

»Das ist sehr … honorig von dir«, meinte Leonhard.

»Ich mache es nicht aus reiner Nächstenliebe«, brummte McTavish, als ob es ihm unangenehm wäre, als Menschenfreund dazustehen. »Immerhin verdiene ich auch ganz gut daran. Im Übrigen freue ich mich immer, wenn ich den Holländern eins auswischen kann. Diese eingebildeten Popanze.«

Die Queen Anne legte kurz darauf schon wieder ab. Der alte Javaner winkte ihnen noch hinterher. Beim Ausfahren aus dem Hafen ließ der Kapitän das Typhon des Schiffes erklingen und richtete den Blick auf den Leuchtturm, der sich unweit der Stadt an der Küste befand. Leonhard konnte auf der Plattform des Leuchtturms einen Mann sehen, der ihnen mit seiner Mütze in der Hand zuwinkte.

»Das ist Tuah, er ist der einzige einheimische Leuchtturmwärter auf Java. Ein feiner Kerl, ich habe ihn schon manches Mal im Hafen von Anjer getroffen.«

Sie ließen Leuchtturm und die Küste schnell hinter sich und sahen dann eine weiße Dampfsäule vor sich in den Himmel steigen.

»Krakatau.« Leonhard spürte ein beklemmendes Gefühl in der Magengegend, als er die Vulkaninsel erblickte.

»Ja. Aber keine Sorge, das sind nur noch die letzten Nachwirkungen des Ausbruchs. Ich war vor einer Woche dort mit ein paar verrückten Holländern. Einige von denen sind sogar auf die Insel gerudert und sind bis zum Rand des Kraters geklettert.« McTavish schüttelte den Kopf. »Auf jeden Fall meinte einer von ihnen zu mir, es würde keine weitere Gefahr von Krakatau ausgehen. Er war Bergbauingenieur, also muss er wohl wissen, wovon er redet.«

»Hoffentlich«, murmelte Leonhard. »Ich bin direkt am Tag des Ausbruchs hier entlanggefahren. Es war schrecklich. Die Asche, die Steine … ein Matrose unseres Schiffes wurde an diesem Tag getötet.«

»Jetzt hat dieser Feuerberg sein Pulver hoffentlich verschossen. Aber ich werde auch froh sein, wenn wir ihn hinter uns gelassen haben.«

So kam es auch. Sie passierten das Eiland ohne Probleme in einem weiträumigen Abstand.

Die nächsten Wochen lernte Leonhard Tag für Tag mehr über die Navigation eines Schiffes. Graham McTavish war ein geduldiger und guter Lehrer. So verging die Fahrt bis nach Amsterdam deutlich angenehmer, als es auf der Hinreise mit der India der Fall gewesen war – trotz der Gesellschaft seines Freundes Tjark.

Sie erreichten ihren Zielort Amsterdam beinahe vier Wochen nach der Abfahrt aus Batavia und ohne irgendwelche Probleme. Leonhard genoss die Seefahrt in vollen Zügen und war sehr froh darüber, dass sein Onkel ihn auf diese Fahrt geschickt hatte. Vielleicht könnte er auch bei zukünftigen Frachtlieferungen mit dabei sein.

Im Amsterdamer Hafen wurden sie bereits erwartet, längst hatte Johan van Leeuwen sein Unternehmen in den Niederlanden über die anstehende Lieferung seiner Ware mit der QUEEN ANNE über die weltweite Telegrafenverbindung informiert. Die ganze Entladungsaktion war innerhalb einer Stunde erledigt. Leonhard musste einige Frachtbriefe aushändigen, unterschreiben und gegenzeichnen lassen, dann war der formelle Teil erledigt. Die erste Lieferung von Mahler Export nach Europa war erfolgreich abgeschlossen worden. Die Männer von van Leeuwen verabschiedeten sich und kündigten an, die Fracht, die für Batavia bestimmt war, am nächsten Morgen anzuliefern. Auch die Stoffballen von Georg Kopperschmidt wurden kurz danach abgeholt.

»Wir werden morgen früh wieder auslaufen mit Kurs auf Batavia«, sagte McTavish, als er neben ihn an die Reling trat, von der Leonhard den Blick über das Hafengelände schweifen ließ. »Ich werde meine Männer gleich von der Leine lassen, die Kerle werden es heute Abend in Amsterdam richtig krachen lassen, vermute ich.«

»Kann ich ihnen nicht verdenken.«

»Was hast du vor?«

»Ich werde gleich ins Telegrafenbüro gehen und eine Nachricht an meinen Onkel schicken, damit er informiert ist, das alles geklappt hat. Danach werde ich in die Stadt gehen, einen Buchladen aufsuchen.«

Der Kapitän zog eine Augenbraue in die Höhe, während er sich eine Zigarette anzündete.

»Das klingt ganz nach dem Gegenteil von krachen lassen«, lachte er.

»Ja, das ist es wohl auch«, grinste Leonhard. »Aber ich brauche morgen früh einen klaren Kopf, wenn wir die nächste Lieferung von van Leeuwen an Bord nehmen.«

»Gute Einstellung. Ich werde mich jetzt darum kümmern, die Waren von meinem Freund Radja unter die Leute zu bringen.« McTavish legte zwei Finger an den Schirm seiner Kapitänsmütze und verschwand unter Deck.

Wenig später verließ die Besatzung unter lautem Gejohle das Schiff und machte sich auf, für einige unvergessliche Stunden in Amsterdam zu sorgen. Leonhard spazierte derweil gelassen in das Telegrafenbüro, das sich an zentraler Stelle im Hafen befand, und ließ die Nachricht nach Batavia übermitteln. Er hatte den Text bereits an Bord verfasst und reichte dem Diensttuenden am Morsegerät den Zettel, der die Information blitzschnell über sein Gerät übermittelte. Über die unterseeischen Leitungen, die sich über den Grund aller Ozeane erstreckten, würde das Telegramm schon in Kürze am anderen Ende der Welt ankommen. Nach dem Abschicken der Nachricht begab er sich in die Amsterdamer Innenstadt, wo ihn einiges an Batavia erinnerte, aber nicht so viel, wie er es erwartet hätte. Die Kolonialisten hatten im Laufe der Jahrhunderte wohl doch mehr von den Einheimischen übernommen, als sie sich dessen selber bewusst waren. Er musste nicht lange suchen, bis er einen Buchladen fand. Bereits im Schaufenster entdeckte er ein Buch von Jules Verne, was ihn zuversichtlich stimmte, den Titel, den er für Bimo im Kopf hatte, hier auch erstehen zu können.

Der Buchhändler war ein netter älterer Herr, der ihm nur zu gerne half, den gewünschten Roman zu finden.

»Möchten Sie vielleicht noch weitere Bücher haben, Mijnheer?«, fragte ihn der Alte.

»Nein, dieses hier reicht. Zumal ich Holländisch besser spreche, als ich es lesen kann.« Als er den irritierten Blick des Händlers bemerkte, fügte er hinzu: »Das Buch ist ein Geschenk.«

Nachdem er bezahlt hatte, schlenderte er noch ein wenig durch die Gassen der Stadt, ehe er sich bei einsetzender Dunkelheit wieder zurück in den Hafen begab. An Bord der QUEEN ANNE waren außer ihm nur noch zwei Matrosen, die sprichwörtlich den Kürzeren gezogen hatten, als es beim Auslosen darum ging, wer die Hafenwache übernehmen musste. Sie grüßten ihn etwas missmutig, was er nicht weiter beachtete und sofort auf seine Kabine ging.

KAPITEL 25
ZAHLTAG

BATAVIA, 29. JUNI

Mit großer Zufriedenheit las er das Telegramm, das Leonhard ihm aus Amsterdam geschickt hatte. Alles hatte also bestens geklappt. Er zerknüllte das Papier und warf es achtlos auf den Boden, dann ging sein Blick auf den Kalender, den er an der ansonsten kahlen Wand seines Büros hängen hatte. Es würde Ende Juli werden, bis die QUEEN ANNE zurück in Batavia sein würde. Also frühestens im August konnte die nächste Lieferung auf Reisen gehen. Die entscheidende Lieferung, die ihn reich machen würde. Er nahm sich einen Zettel und einen Stift und schrieb einige Zeilen. Danach lehnte er sich genüsslich zurück und lächelte, als er plötzlich durch das Öffnen der Tür aus seinen Gedanken gerissen wurde.

»Hallo, gibt es schon Nachricht von Leonhard?«, fragte Bimo, der mit einer Papiertüte voller *Tempeh* zurück vom Markt kam. »Ich habe einen Mann in der Uniform des Telegrafenamtes hier weggehen sehen.«

»Seit wann bin ich dir Rechenschaft schuldig?«, fuhr Ludger den Javaner an. »Aber ja, er hat ein Telegramm aus Amsterdam geschickt. Die Fracht ist abgeliefert und morgen machen sie sich auf den Rückweg. Und jetzt gib mir endlich ein *Tempeh*.«

Bimo machte ein verdrießliches Gesicht, als er ihm die Tüte reichte.

»Seit wann bist du so schnell beleidigt?« Ludger nahm die Nachricht, die er gerade geschrieben hatte, und reichte dem Javaner den Zettel. »Hier, geh damit zum Telegrafenamt und sag ihnen, sie sollen diese Nachricht nach Amsterdam schicken.«

Nachdem Bimo gegangen war, nahm sich Ludger einen Kalender und rechnete aus, wann er die nächste Lieferung für van Leeuwen einplanen konnte. Er brach sich ein Stück von dem *Tempeh* ab und kaute nachdenklich.

Mit den Händen tief in den Taschen marschierte Bimo mit gesenktem Kopf durch die Straßen. Femke hatte er nun seit drei Wochen nicht mehr gesehen. Sie hatten entschieden, dass es das Beste wäre, sich so selten wie möglich zu treffen, damit nicht noch mehr getratscht wurde als ohnehin schon. Außerdem war die Gefahr, dass er, wenn er in ihrer Begleitung gesehen wurde, sofort ins Visier ihres Vaters geriet. Das galt es in jedem Fall zu vermeiden, denn der Richter versuchte immer noch, herauszubekommen, wer der einheimische Mann war, der eine Beziehung mit seiner Tochter führte.

Vielleicht war es doch ein Fehler, ihr zu sagen, dass ich mit nach Europa komme.

Ein Stoß gegen die Schulter riss ihn aus seinen Gedanken.

»Pass doch auf, wo du hinläufst, du verdammter Muselmane«, schimpfte ein Mann in einem hellbeigen Anzug.

»Wie haben Sie mich genannt?« Bimo sah den Europäer – vermutlich ein Deutscher – grimmig an.

»Willst du jetzt auch noch frech werden, Bursche? Entschuldige dich bei mir und dann scher dich fort!« Empört sah der Grauhaarige ihn an.

»Erst entschuldigen Sie sich bei mir.« Er hielt dem entrüsteten Blick des Mannes ohne Probleme stand.

»Da hört doch alles auf. Nicht nur, dass ich hier angerempelt werde, nein, jetzt muss ich mich von so einer farbigen Kröte auch noch belehren lassen!« Der Mann drehte den Kopf hilfesuchend, aber alle anderen Menschen, die auf der Straße unterwegs waren, vermieden es tunlichst, sich einzumischen oder etwas zu sagen, und eilten schnell an ihnen vorbei. »Geh mir aus dem Weg«, zischte ihn der Europäer schließlich an, als er merkte, dass er keine Unterstützung erhalten würde, und ging mit großen Schritten weiter.

Bimo rief ihm spöttisch hinterher: »Einen schönen Tag noch, Mijnheer!«, ehe er auch weiterging, und wenig später das Telegrafenbüro Reuters Telegraphic Comp. Incorporated erreichte. Dort gab er die Nachricht an Leonhard auf und sah fasziniert dabei zu, wie der Telegrafist den Text las und dabei mit dem Zeigefinger der rechten Hand einen kleinen Metallhebel blitzschnell antippte. Nur wenige Sekunden später lächelte ihn der Mann namens Brewer an.

»Erledigt. Deine Nachricht ist auf dem Weg nach Amsterdam.«

»Das war es schon?«, staunte Bimo. »Sie haben doch nur ein wenig mit dem Hebel dort geklackert.«

Der Mann hinter dem Tresen lachte herzlich.

»Das Geklacker nennt sich Morsezeichen. Jeder Buchstabe aus dem Alphabet hat ein eigenes. Dieses Gerät transkribiert normale Schrift in Signale und schickt diese über die Unterseekabel Richtung Europa, dort gelangen sie an so eine Maschine.« Er klopfte auf einen großen klobigen Kasten, der neben dem Metalltaster stand. Daran konnte Bimo eine große Walze erkennen und einen dünnen Papierstreifen, der darauf aufgewickelt war. Der Streifen war in einer Halterung eingespannt, über dem an einem schmalen Stab ein Stift befestigt war. »Das ist das Empfangsgerät. In Amsterdam steht genau derselbe Apparat und wird die Nachricht mit dem Stift auf das Papier aufzeichnen.«

»Und das funktioniert?«

»Sehr gut sogar, das … oh, jetzt kommt gerade eine Nachricht herein.« Mit einem leisen Surren sprang die Maschine an und die Papierwalze begann sich zu drehen. Der kleine Stift senkte sich immer wieder auf den Papierstreifen hinab und zeichnete kurze und lange Striche auf das Papier. Als das Gerät fertig war, riss der Mann den Streifen ab und hielt ihn Bimo grinsend hin. »So sieht die Nachricht aus, wenn sie beim Empfänger ankommt.«

»Das sind doch nur kurze und lange Striche. Wie kann man das lesen?«

»Wie ich schon sagte, dies sind Morsezeichen, benannt nach ihrem Erfinder, Samuel Morse. Ein schlauer Mann, das muss man sagen. Sieh her, es gibt zwei Arten von Zeichen, Punkte – also die kurzen Striche, wie du sagtest – und Striche. Manchmal sind größere Abstände dazwischen, daran erkennt man, wann ein Wort zu Ende ist und ein neues beginnt.«

»Sieht wahnsinnig kompliziert aus«, meinte Bimo.

»Ach was, mit ein wenig Übung kann das jeder lernen. Wie lautet dein Name?«

»Bimo.«

Der Mann nahm sich einen Zettel und einen Stift und zeichnete in Windeseile ein paar Punkte und Striche auf.

»So sieht dein Name in Morsezeichen aus.«

Stirnrunzelnd sah Bimo auf den Zettel und sah sich die Zeichen an: › -... .. -- --- ‹.

»Das B sind der Strich und die drei Punkte. Dann das I, das nur aus zwei Punkten besteht, das M aus zwei Strichen und zum Schluss das O mit drei.«

»Ja, jetzt erkenne ich es auch. Aber das dauert doch lange, eine ganze Nachricht so zu übertragen?«

»Kam es dir lange vor, als ich … *geklackert* habe?«, griente der Mann fröhlich.

»Nein, Sie waren sehr schnell.«

»Jahrelange Übung. Wenn es wichtige Nachrichten zu übermitteln gilt, kommt es manchmal auf jede Sekunde an.«

»Vielen Dank für Ihre Erklärung.«

»Gern geschehen. Ich bin immer froh über etwas Abwechslung.«

Bimo zahlte für das Telegramm und verließ das Büro von Reuters mit besserer Laune, als er es betreten hatte. Doch als er kurz danach wieder bei Ludger Mahler ankam, war es damit auch schnell wieder vorbei.

»Wo ist das ganze *Tempeh* hin?«

»Ich hab's bezahlt, also kann ich auch alles aufessen«, erwiderte der Deutsche gelassen.

»Aber, Sie haben gesagt, ich soll für uns beide *Tempeh* holen.«

»Du hättest halt nicht so trödeln sollen, dann hättest du auch noch etwas abbekommen. Lass dir das eine Lehre sein, dafür, dass man seine Aufgaben besser schnell erledigen sollte.« Mahler lachte.

Bimo wollte noch etwas erwidern, aber just in diesem Moment betrat ein Fremder das Büro.

»Guten Tag, Herr Mahler«, sagte der Chinese langsam und bemühte sich, das R richtig betont auszusprechen. Bimo sah den Asiaten missmutig an. Er hatte noch nie viel für diese Leute übrig gehabt.

»Oh, Liao Zheng, was verschafft mir die unerwartete Ehre?«, gab Mahler zurück und stand auf. Bimo bemerkte seine Nervosität sofort. Sie war auch mehr als nachvollziehbar, denn dem Asiaten namens Liao Zheng eilte sein Ruf voraus. Auch Bimo hatte schon öfter von ihm gehört. Zheng betrieb ein Geldverleiherbüro im Sunda Kelapa und umgab sich mit allerlei zwielichtigem Gesindel.

»Es ist Juli.« Der Chinese sah den Deutschen mit dem undefinierbaren Blick seiner zu Schlitzen verengten Augen an.

»Ich weiß, ich weiß«, antwortete Mahler hastig.

»Dann wissen Sie auch, weshalb ich hier bin.« Liao Zheng lächelte sanft, aber Bimo spürte, dass es nur Fassade war.

»Natürlich weiß ich das. Nehmen Sie doch bitte Platz und lassen Sie uns reden.« Mahler deutete auf einen der Stühle vor dem Schreibtisch. »Bimo, du kannst jetzt gehen.«

»Nein, er bleibt«, sagte der Chinese mit Entschiedenheit. Dann setzte er sich auf den angebotenen Stuhl und sein langer Zopf berührte beinahe den Fußboden. »Sie schulden mir viel Geld, Herr Mahler. Ich habe schon viel Geduld mit Ihnen bewiesen, aber nun neigt diese sich dem Ende entgegen.«

»Hören Sie, Liao Zheng, ich weiß Ihre Geduld sehr zu schätzen. Wir beide kennen uns doch schon lange und Sie wissen, dass ich mein Wort immer halte.«

Ein leichtes Nicken kam als Antwort.

»Aber in diesem speziellen Fall muss ich Sie noch um ein wenig mehr Geduld bitten. Das Frachtgeschäft lässt sich zu meinem Bedauern nicht immer auf den Tag oder die Woche genau planen. Es kommt immer wieder zu unvorhergesehenen Zwischenfällen. Denken Sie nur an den Vulkanausbruch letztens.«

»Von meinen Geschäftspartnern erwarte ich, dass sie zu mir kommen, wenn sie Probleme haben und mir diese offen mitteilen, Herr Mahler. Sie haben nichts dergleichen getan.« Liao Zheng hob seinen rechten Arm und augenblicklich traten zwei weitere Chinesen in das Büro. Beide waren kräftig gebaut, trugen schwarze Kleidung und hatten einige Narben im Gesicht. Einem fehlte sogar ein Auge. Zumindest vermutete Bimo das wegen der Augenklappe, die er trug.

»Sie bekommen Ihr Geld. Ich zahle meine Schulden immer.« Ludger Mahler rutschte unruhig auf seinem Stuhl hin und her.

»Wie wäre es mit einer Anzahlung als Zeichen, dass ich mich auch wirklich darauf verlassen kann?«

»Nun, mein ganzes Geld steckt in einer Frachtlieferung nach Amsterdam. Erst wenn das Schiff zurückkehrt, habe ich genug Geld, um meine Schulden bei Ihnen zu bezahlen, Liao Zheng.«

»Wenn dieses Schiff sinken sollte, bekommen Sie also kein Geld?«

»Nun … Nein. Aber es wird nicht sinken.«

»Woher wissen Sie das so genau? Eben sagten Sie noch, es kann immer wieder zu unvorhergesehenen Zwischenfällen kommen«, sprach der Chinese mit leisen Worten.

»Damit meinte ich natürlich keine Schiffshavarie«, lachte Ludger. »Ich verspreche Ihnen …«

»Schluss damit!« Urplötzlich schlug Liao Zheng mit beiden Händen auf den Schreibtisch. Der Deutsche zuckte erschrocken zusammen, ebenso wie Bimo, der noch ein anderes Problem bekam. Einer der beiden

Chinesen packte seinen Arm und drehte ihn ihm auf den Rücken.

»Au, lass mich los!«

»Wenn Sie nicht zahlen können, Herr Mahlel, bin ich gezwungen, ein Exempel zu statuielen.« Der Chinese war wütend, man merkte es sofort an seiner Aussprache. Er stand auf und verpasste seinem Stuhl einen Tritt mit der Sohle. Das Sitzmöbel rutschte nach hinten auf Bimo zu. Der Mann, der ihn gepackt hielt, drückte ihn herunter, bis er mit dem Oberkörper auf der Sitzfläche lag. Bimo erstarrte, als er plötzlich kaltes Metall an seinem Hals spürte. »Ich nehme mir erst mal den Kopf des Burschen hier und Sie haben noch einen weiteren Tag, um mir mein Geld zu besorgen, Herr Mahler.«

»Nein, warten Sie«, rief der Deutsche. Bimo hörte, wie etwas geöffnet oder aufgezogen wurde. »Hier sind zehn Goldgulden. Das ist doch eine gute Anzahlung.«

»In der Tat. Warum denn nicht gleich so? Geben Sie sie mir«, forderte Liao Zheng.

»Erst wenn Ihr Mann das Schwert wegsteckt.«

Der Chinese lachte, aber kurz darauf entfernte sich der Stahl von Bimos Hals und er wurde wieder in die Höhe gerissen. Ludger Mahler überreichte Liao Zheng die Goldmünzen.

»Damit sind Sie mir nur noch fünfundzwanzig weitere schuldig, Herr Mahler.«

»Sie meinen zwanzig.«

»Nein. Sehen Sie es als Strafgebühr an, verursacht durch Ihre eigene Starrköpfigkeit.«

Bimo konnte sehen, wie es im Deutschen brodelte. Doch er beherrschte sich.

»In Ordnung. Fünfundzwanzig. Aber dafür bekomme ich Aufschub bis zum August!«

Der Chinese blickte auf die Goldgulden in seiner Handfläche.

»Abgemacht. Wir sehen uns dann im August – und ich würde es sehr begrüßen, wenn Sie mich dann zuerst aufsuchen, Herr Mahler.«

Mit einem milden Lächeln drehte sich Liao Zheng um und verließ das Büro mit seinen beiden Schergen wieder.

»Verfluchte Chinesen«, wetterte Bimo und rieb sich seinen Arm.

Der Deutsche ließ sich mit einem erleichterten Stoßseufzer auf seinen Stuhl fallen. »Es ging noch mal alles glimpflich ab. Du hast deinen Kopf noch auf den Schultern und mir haben sie auch keine lebenswichtigen Körperteile abgetrennt.«

»Warum machen Sie überhaupt mit solchen Leuten Geschäfte? Das sind alles Verbrecher!«

»Mir blieb keine Wahl, ich brauchte immerhin eine Menge Geld, unter anderem für dieses Büro, für das Schiff, Leonhard und selbst für dich.« Ludger Mahler nahm sich einen Stift und notierte etwas auf einen Zettel. »Aber keine Sorge, jetzt haben wir Ruhe vor Liao Zheng.«

»Und wenn Leonhard mit dem Schiff zu spät zurückkommt, was dann?«

»Keine Sorge, das wird schon nicht passieren. Außerdem hast du jetzt erst einmal frei. Denn ich habe kein Geld mehr, um dich zu bezahlen.«

»Aber …«

»Kein aber. Es geht einfach nicht. Sobald Leonhard aus Amsterdam zurück ist, kannst auch du wiederkommen. Bis dahin stelle ich dich frei.«

KAPITEL 26
GELIEFERT
1. AUGUST

Wieder einmal hielt Leonhard im Hafen von Batavia vergebens nach seinem Onkel Ausschau. Diesmal sogar unter Zuhilfenahme des Fernrohrs des Kapitäns. Doch von Ludger Mahler war nirgends etwas zu sehen. Er schob das Fernrohr in sich zusammen und gab es Graham zurück.

»Überrascht mich nicht«, sagte der Schotte. »Immerhin könnte es Arbeit bedeuten, wenn er hier selbst auftaucht. Die lässt er lieber dich erledigen.« Freundschaftlich klopfte ihm der Seemann auf den Rücken.

»Es scheint so.« Leonhard zuckte stoisch mit den Schultern und ging hinunter auf das Deck, um die Hafenarbeiter von Johan van Leeuwen in Empfang zu nehmen, die bereits am Kai warteten, um die Lieferung, die sie aus Amsterdam mitgebracht hatten, abzuladen. Er übergab dem Vorarbeiter die Frachtdokumente zum Gegenzeichnen und sah danach zu, wie die Kisten eine nach der anderen von Bord getragen wurden. Als die Ladung vollständig gelöscht war, ging er zu Graham zurück, um sich zu verabschieden.

»Hat mir Spaß gemacht, dich an Bord zu haben, Leonhard. Du bist jederzeit wieder herzlich willkommen.«

»Danke dir, mir hat die Fahrt auf deinem Schiff auch sehr gefallen. Ich komme gerne zurück, wenn sich die Gelegenheit ergibt.« Er schüttelte dem Kapitän die Hand.

»Wenn du Ludger siehst, verpass ihm einen Tritt in den Hintern und sag ihm, ich brauche mein Geld in den nächsten drei Tagen.«

»Mach ich nur zu gerne. Ich werde dafür sorgen, dass du schnellstmöglich deine Restzahlung erhältst.«

Er verließ die QUEEN ANNE und machte sich auf den Weg zum Büro, wo er seinen Onkel vermutete, es war gerade einmal kurz nach Mittag. Auf dem Weg zur nächsten Straßenbahn glaubte er, einen Elefanten trompeten zu hören, und sah sich verwirrt um. Aber da war nirgends ein grauer Dickhäuter zu sehen.

Wohl nur Einbildung, dachte er und stieg in den Waggon der gerade abfahrenden Bahn ein.

Als er auf dem Marktplatz ausstieg und zum Büro hinüberging, fand er die Tür verschlossen vor. Unschlüssig kratzte er sich am Kopf und überlegte, wo er seinen Onkel finden konnte. Erst jetzt wurde ihm klar, dass er nicht einmal wusste, wo Ludger Mahler lebte. Sie hatten sich immer nur hier getroffen. Jetzt fühlte Leonhard sich ähnlich verloren wie am Tag seiner ersten Ankunft in Batavia. Er suchte sich eine Bank im Schatten eines Tamarindenbaumes und beschloss, zu warten, in Ermangelung besserer Ideen.

Aber auch nach einer Stunde war weit und breit nichts zu sehen von seinem Onkel, dafür erblickte er ein anderes bekanntes Gesicht in der Menschenmenge, die sich über den Marktplatz schob. Er sprang auf und bahnte sich einen Weg.

»Bimo!«

Der junge Javaner drehte sich überrascht zu ihm um. Erst jetzt gewahrte Leonhard, dass er nicht alleine unterwegs war, sondern in Begleitung einer bildschönen blonden Frau.

»Leonhard, du bist endlich zurück«, begrüßte Bimo ihn freudestrahlend. »Das wurde aber auch höchste Zeit!«

»Das finde ich auch. Kannst du mir sagen, wo ich meinen Onkel finde?«

»Oh, der wäre jetzt wohl gerne bei Kapitän Nemo auf der Nautilus«, antwortete Bimo scherzhaft.

»Wie darf ich das denn verstehen?«

»Ich erkläre es dir gleich, wenn …«

»Ihr werter Herr Onkel ist abgetaucht«, sagte die Frau, die bisher nur stumm neben Bimo gestanden und ihn aufmerksam gemustert hatte. »Ein chinesischer Geldverleiher ist hinter ihm her.« Sie lächelte Leonhard merkwürdig an. »Vielleicht halten die sich jetzt an Sie, wer weiß?«

»Aber …« Er wusste nicht, was er darauf erwidern sollte, und sah die blonde Unbekannte einfach nur perplex an.

»Ich habe euch beide noch gar nicht miteinander bekannt gemacht«, erwähnte Bimo während seines Zögerns. »Das ist Femke de Wit, eine gute Freundin von mir.«

»Freut mich«, murmelte Leonhard und war sich nicht sicher, ob er wirklich meinte, was er aussprach. Die Holländerin nickte ihm bloß zu.

»Auf jeden Fall hat Femke recht mit dem, was sie sagt. Aber jetzt, wo du zurück bist, wird dein Onkel sein Geld von van Leeuwen erhalten und seine Schulden begleichen können. Das Büro ist auch erst seit gestern geschlossen. Aber heute ist der 1. August und das war der abgemachte Zahlungstermin.«

Leonhard sah Bimo ernst an. »Ich fürchte, du musst mir die ganze Geschichte von Anfang an erzählen.«

»Das mache ich, aber nicht hier auf dem Markt.«

»Gut, dann lass uns woanders hingehen, wo es ruhiger zugeht.«

Bimo wandte sich an Femke.

»Ist es in Ordnung für dich, wenn ich Leonhard erst einmal informiere, was sich hier zugetragen hat während seiner Abwesenheit?«

»Mach ruhig, ich wollte sowieso nach Hause.« Sie warf Leonhard noch einen missfälligen Blick zu und ging dann auf den Park zu, der an der Ostseite an den Marktplatz grenzte. Eigentlich hätte er gerne mehr über sie erfahren, aber Bimo stieß ihn an und signalisierte, dass er ihm folgen sollte. Sie verließen den Platz ebenfalls und gingen zu der Bank, auf der er bis vor Kurzem noch gesessen und gewartet hatte. Leonhard hörte teilweise mit offenem Mund zu, was Bimo ihm berichtete. Der Besuch eines chinesischen Geldverleihers bei seinem Onkel, die folgende Freistellung Bimos und die Tatsache, dass sein Onkel sein ganzes Geschäft ohne eigenes Kapital aufgebaut hatte.

»Wieso hat er davon nie ein Wort erwähnt?«, fragte Leonhard mehr sich selbst und schüttelte fassungslos den Kopf.

»Vermutlich hat er gehofft, dass sich die Geschäfte mit van Leeuwen schneller umsetzen lassen. Dann hätte er schneller die Mittel gehabt, um Liao Zheng sein Geld zurückzuzahlen.«

»Er hätte es trotzdem sagen müssen. Außerdem hat er die ersten Tage nach meiner Ankunft so getan, als gehörte ihm halb Batavia. Er hat mir neue Kleidung beim Schneider anfertigen lassen, mir ein Zimmer im besten Hotel der Stadt besorgt …« Er stockte und sah Bimo an.

»Was ist?«

»Mein Zimmer. Im Hotel. Ich muss dorthin und nachsehen, ob ich es überhaupt noch habe. Ansonsten bin ich wieder obdachlos.« Blitzschnell sprang er von der Bank auf und schnappte sich seinen Seesack.

»Warte, ich begleite dich.«

Als sie den Marktplatz verlassen hatte, drehte Femke sich noch einmal um und sah Bimo und dem Deutschen hinterher. Obwohl Bimo ihr von Leonhard stets nur Gutes erzählte, traute sie ihm nicht – immerhin war er ein Verwandter von Ludger Mahler. Sie hoffte, dass ihr Freund sein Vertrauen nicht irgendwann bereuen würde. Zumindest war sie froh, dass sie Bimo endlich einmal wiedergesehen hatte, denn sie beide achteten schon seit Wochen darauf, sich so selten wie möglich zu treffen, um kein Risiko einzugehen. Das zufällige Treffen auf dem Marktplatz war daher ein Lichtblick für sie, auch wenn es nur von kurzer Dauer war. Aber bald würden keine Heimlichkeiten mehr nötig sein, wenn sie Batavia erst verlassen hätten.

»Femke, wie schön dich zu sehen«, rief ihr plötzlich eine junge Frau zu, die mit einem strahlenden Lächeln im Gesicht aus dem Park auf sie zukam. Sie erkannte Otilie Kopperschmidt, die sie seit dem Empfang beim Gouverneur nicht mehr gesehen hatte.

»Oh, Hallo.«

Die junge Deutsche blieb vor ihr stehen und sah sie interessiert an.

»Wie geht es dir? Ich habe einiges über dich gehört, vieles davon war … nicht nett.«

Femke zuckte mit den Schultern. »Die Leute reden halt gern. Aber mir geht es prächtig, wie du siehst.«

»Das freut mich sehr und sei versichert, dass ich nichts auf das gebe, worüber sich die Menschen das Maul zerreißen. Im Gegenteil, ich finde es geradezu inspirierend, dass du einfach deinem Herzen folgst und das tust, was du für richtig erachtest.«

»Das solltest du auch tun«, meinte Femke.

»Ja, vielleicht. Aber leider bin ich nicht so mutig wie du«, antwortete die Deutsche mit schamhaftem Lächeln. »Doch wer weiß, vielleicht finde ich meinen Mut, wenn ich erst einmal wieder zurück in Deutschland bin …« Otilie stockte. »Egal. Ich freue mich auf jeden Fall, dass ich dich vor meiner Rückfahrt noch einmal treffe.«

»Wann verlässt du Batavia?«

»Morgen bereits. Der Aufenthalt hier war zwar schön, aber ich freue mich, endlich wieder in die Heimat zu kommen.«

»Ich wünsche dir eine gute Reise, Otilie. Und wer weiß, vielleicht treffen wir uns eines Tages in Europa wieder.«

»Das würde mich wirklich sehr freuen, Femke.« Die Deutsche lächelte sie an. »Auf ein Wiedersehen also.«

»Auf Wiedersehen«, gab sie zurück.

Danach gingen sie ihrer Wege.

Zusammen eilten Leonhard und Bimo durch die Straßen Batavias zum *Hôtel des Indes.* Als sie dort ankamen, war ein regelrechter Tumult vor den Türen des angesehenen Hotelbetriebes im Gange. Dutzende schreiende Kinder, noch mehr Erwachsene und dazwischen lauthals rufende Reporter des *Bataver Boden*. Und als ob das Ganze nicht schon erstaunlich genug gewesen wäre, traten aus den

Eingangstüren des Hotels plötzlich drei bunt kostümierte, weiß geschminkte Männer heraus. Applaus brandete auf und die Kinder kreischten fröhlich, als die Clowns einen spontanen Auftritt hinlegten.

Leonhard sah Bimo an, dessen Augen ebenfalls zu leuchten angefangen hatten und der genau hinsah, was für Faxen die Possenreißer veranstalteten.

»Warte hier, ich bin gleich wieder da«, sagte er und drängte sich zwischen den Menschen zum Eingang und schlüpfte ins Innere des Hotels. In der Lobby setzte sich das Spektakel fort. Bunt gekleidete Menschen in Fantasieuniformen bevölkerten die Empfangshalle. Es dauerte einen Moment, bis Leonhard realisierte, dass es sich hierbei um einen kompletten Zirkus handeln musste. Schließlich kämpfte er sich bis zur Rezeption durch, wo der Concierge gerade mit einer Frau diskutierte, die mit einem breiten schottischen Akzent – wie Leonhard ihn von Graham McTavish nur zu gut kannte – auf ihn einredete.

»Das geht zu weit, Madame Wilson«, sagte der Rezeptionist, ein Franzose, beinahe verzweifelt. »Bitte bringen Sie Ihre Mitarbeiter zur Räson. Wir beherbergen auch andere Gäste, die ein gewisses Maß an Ruhe von uns erwarten.«

»Ich erwarte von Ihnen ebenfalls etwas und das ist guter Service! Immerhin zahle ich Ihnen und Ihrem Chef ein Vermögen für die Bude hier und dafür können ich und meine Angestellten doch wohl anständiges Essen verlangen!«

»Es gab eine breite Auswahl an Speisen und dazu auch einige unserer besten Weine«, verteidigte sich der Concierge.

»Vielleicht als Vorspeise, aber was ist mit dem Hauptgang?« Die Zirkusdirektorin hob drohend den Zeigefinger. »Wollen Sie etwa, dass ich diese Meute hungrig ins Bett schicken muss? Was glauben Sie, was die dann auf ihren Zimmern veranstalten werden?«

Die Schultern des Franzosen sackten ein.

»Jawohl Madame Wilson, ich werde unserem Küchenchef ausrichten, dass er einen weiteren Gang servieren lassen soll.«

»Warum denn nicht gleich so, Jean-Pierre«, gab die resolute Frau Wilson zufrieden zurück und drehte sich um.

»Mein Name ist nicht …« Der Mann hinter dem Tresen seufzte und hätte wohl am liebsten eine weiße Fahne geschwenkt.

Leonhard ergriff die Gelegenheit und trat schnell zu ihm.

»Guten Tag, Mahler ist mein Name. Ich habe ein Zimmer hier und würde gerne meinen Schlüssel haben.«

Die eben noch niedergeschlagene Miene des Mannes hellte sich auf.

»Ah, Herr Mahler. Wie schön, Sie endlich wiederzusehen. Ich muss Sie berichtigen. Sie haben kein Zimmer mehr in unserem Haus. Aber dafür Schulden. Wie nett, dass Sie gekommen sind, um diese zu begleichen.«

»Schulden? Nein, das kann nicht sein. Mein Onkel hat sich um alle gekümm…« die Worte blieben ihm im Hals stecken, als ihm schlagartig klar wurde, dass sich Ludger Mahler mitnichten darum gekümmert hatte.

»Nein, niemand hat sich der Außenstände angenommen. Hier ist notiert, dass ein Leonhard Mahler für die Kosten aufkommen würde«, las der Concierge aus dem Gästebuch vor und hob danach den Blick. »Heißen Sie Leonhard Mahler?«

Er spürte einen Kloß im Hals. Doch dann schallten plötzlich laute Rufe durch die Lobby.

»Anna! Wo bleibt das Essen, verdammt noch mal?

Wenn nicht bald was kommt, werde ich rausgehen und die Pferde von Hadji schlachten!« Lautes Gelächter folgte dieser Drohung.

»Wenn du meine Tiere auch nur ansiehst, schneide ich dich in kleine Stücke, du Sohn einer dänischen Hure«, brüllte ein Mann mit arabischem Akzent zurück.

»Ach ja? Du und welche Armee?«

Es folgten weitere Schmähungen und Gejohle zwischen den Artisten und immer mehr Zirkusangehörige mischten sich dabei ein. Leonhard nutzte die Gelegenheit und ging mit schnellen Schritten einfach vom Tresen fort.

»Halt, stehen bleiben«, rief ihm der Concierge hinterher, doch er beschleunigte und wand sich zwischen den streitenden Zirkusleuten hinaus ins Freie. Die Clowns waren vor der Tür immer noch damit beschäftigt, die Menge vor dem Hotel zu unterhalten.

Leonhards Augen suchten Bimo und fanden ihn freudig in die Hände klatschend in der ersten Reihe der Umstehenden. Sofort ging er zu ihm, packte ihn an der Schulter und zog ihn mit sich.

»Hey, die Clowns sind doch noch nicht fertig«, protestierte der Javaner.

»Ich muss hier schnell fort.«

»Oh, lass mich raten, was passiert ist.« Bimo grinste breit.

»Wie konnte er mir das nur antun?«, fluchte Leonhard vor sich hin, während sie vom Hotel fortgingen. »Ich habe das Gefühl, ich bin jetzt noch schlimmer dran als beim ersten Mal, als du mich bestohlen hast.«

»Das lässt sich doch bestimmt alles regeln«, meinte Bimo und blieb plötzlich stehen und starrte auf eine Hauswand. »Da muss ich hin!« Er zeigte auf das Plakat, das dort angebracht war.

Leonhard sah es ebenfalls, es war Werbung für den Zirkus, den er eben aus nächster Nähe erleben durfte.

»Wilson's großer Welt-Zirkus«, las Bimo vor. »Die größte Sensation, die Sie jemals in Java sehen werden! Seiltänzer, Feuerschlucker, Zauberkünstler und Akrobaten aus aller Herren Länder. Darunter der berühmte Hadji Amo mit seinen arabischen Wunderpferden! Weiterhin der kleinste Elefant der Welt und natürlich unsere weltbekannten Clowns!« Er sah ihm in die Augen. »Klingt das nicht wundervoll?«

»Hast du mir gerade nicht zugehört? Ich habe kein Zimmer mehr, dafür Schulden im Hotel, die ich nicht bezahlen kann, und mein Onkel ist wie vom Erdboden verschluckt.«

Bimo stockte kurz und fing dann zu lachen an. Erst leise, dann immer lauter werdend.

»Ach, du findest das auch noch komisch?«

»Nein, aber es scheint, als hätte die Erde deinen Onkel wieder ausgespuckt«, prustete Bimo. »Dreh dich mal um.«

Er tat wie ihm geheißen und dann erblickte er Ludger Mahler, der mit einem zufriedenen Gesicht auf ihn zukam.

»Leonhard, mein Goldjunge! Ich habe geahnt, dass ich dich hier antreffe!« Sein Onkel legte ihm beide Hände auf die Schultern und rüttelte ihn leicht durch. »Ich bin stolz auf dich! Die Lieferung hat perfekt geklappt. Ich war gerade im Hafen und habe mich mit Johan van Leeuwen in seinem Lagerhaus getroffen. Er ist ebenfalls hoch zufrieden und wir werden schon bald den nächsten Auftrag erhalten. Ist das nicht herrlich?«

Leonhard kniff die Augen zusammen.

»Ich komme gerade aus dem Hotel«, antwortete er schmallippig.

»Oh, das … ich wollte das regeln, bevor du da wieder hingehst. Hattest du Probleme?«

»Kann man so sagen. Der Concierge sagte mir, ich schulde denen die Summe für die Unterkunft.«

»Kein Problem. Ich kläre das. Auf der Stelle.« Ludger lächelte siegesgewiss und klopfte sich auf die Hosentasche, in der es leise klimperte. »Van Leeuwen hat mich eben im Hafen komplett ausgezahlt. Jetzt brechen goldenen Zeiten für uns an, mein Junge.«

»Ach wirklich? Was ist mit dem Chinesen?«

»Hast du es ihm erzählt?«, fragte sein Onkel und fasste Bimo ins Auge.

»Er hatte keine Wahl. Ich wollte wissen, woran ich bin, nachdem ich heute zurückgekommen bin, du nicht im Hafen warst und ich dann auch noch feststellen musste, dass das Büro geschlossen ist.«

»Eine reine Vorsichtsmaßnahme«, wiegelte Ludger ab. »Meine chinesischen Freunde können manchmal etwas ungeduldig sein, daher war es das Beste, heute etwas unsichtbar zu sein. Aber das ist jetzt alles Geschichte. Liao Zheng hat sein Geld bereits zurück, kein Grund mehr zur Besorgnis. Und jetzt gehen wir die Schulden im Hotel begleichen.«

Leonhard sah Bimo unsicher an, der daraufhin nur mit den Schultern zuckte. Ludger Mahler ging unbeirrt voran in Richtung des *Hôtel des Indes* vor dem, als sie dort ankamen, die Clowns mittlerweile ihren Spontanauftritt beendet hatten und die Menschenmasse vor der Tür sich langsam auflöste. Mit einem mulmigen Gefühl im Bauch folgte Leonhard seinem Onkel in die Lobby, die nun beinahe menschenleer war. Die Zirkustruppe schien jetzt also endlich was zu essen bekommen zu haben. Der Concierge erkannte ihn augenblicklich wieder.

»Ich möchte die Rechnung für meinen Neffen

bezahlen«, sagte Ludger Mahler mit selbstbewusster Stimme, als er an den Tresen trat.

»Mit dem größten Vergnügen, der Herr«, flötete der Rezeptionist förmlich und holte die Kladde hervor und legte sie vor Ludger ab.

»Nicht bei Ihnen, guter Mann. Holen Sie bitte Ihren Vorgesetzten.«

»Wieso, ich verstehe nicht ganz?«

»Tun Sie es einfach.«

Der Franzose nickte und verschwand nach hinten, um kurz danach in Begleitung eines älteren Mannes zurückzukehren.

»Ludger.«

»Jacques. Ich bin hier, um die Schulden meines Neffen zu begleichen.«

»Verstehe, komm bitte in das Büro«, bat der Mann namens Jacques.

Als die beiden Männer verschwunden waren, sahen sich der Concierge und Leonhard beide gleichermaßen fragend an.

»Diese Zirkusleute, wie lange bleiben die hier?«, wollte er wissen, um die Wartezeit zu überbrücken.

»Zu lange«, kam die schnelle Antwort. »Bis Mitte September bleiben diese furchtbaren Menschen hier. Sie haben es selbst mitbekommen, welche Manieren die an den Tag legen.«

Er nickte. Dann öffnete sich die Bürotür bereits wieder und sein Onkel kam heraus.

»Alles erledigt«, ließ er verlauten. »Aber leider ist kein Zimmer mehr frei, weil der Zirkus alle Räume in Beschlag genommen hat.«

Sie verließen das Hotel und gingen hinaus, wo Bimo auf sie wartete.

»Und jetzt?«

»Mach dir keine Sorgen, es gibt genügend andere

Hotels in Batavia.«

»Das meine ich nicht. Wie geht es jetzt für Mahler Export weiter? Stellst du Bimo wieder ein?«

»Selbstverständlich. Das Büro wird morgen auch wieder wie gewohnt öffnen. Du kannst dir aber erst mal ein paar freie Tage gönnen, Leonhard. Die hast du dir mehr als verdient.«

»Vielen Dank.«

»Gut, dann wäre das erst mal geklärt. Dann suchen wir jetzt eine neue Unterkunft für dich.«

»Das schaffe ich alleine. Aber ich wäre dir dankbar, wenn du mir jetzt meinen Lohn zahlen würdest«, meinte Leonhard und streckte seine Hand aus. »Nur für den Fall, du verstehst?«

Erst machte sein Onkel ein beleidigtes Gesicht, dann holte er aber seinen Geldbeutel heraus und legte ihm den versprochenen Lohn in die Hand.

»Ganz der Vater«, brummte Ludger Mahler. »Soll ich dir ein anderes Hotel empfehlen?«

»Ich weiß schon, welches ich nehme. Vielen Dank.«

Er marschierte zufrieden vom Hotel fort, gefolgt von Bimo, und ließ seinen Onkel dort stehen. Auch wenn dieser zumindest seine Schulden beglichen und seinen Lohn gezahlt hatte, war Leonhard sich nicht sicher, inwieweit er ihm noch trauen konnte und wollte.

»Wo möchtest du jetzt hin?«

»Zum Hotel *Wilhelmina*. Kennst du zufällig den Weg?« Er grinste den Javaner an.

»Aber sicher, mir nach!«

Sie mussten nicht lange gehen, um seine neue Herberge zu erreichen. Das *Wilhelmina* war dem *Hôtel des Indes* ganz gewiss in allen Belangen unterlegen, zumindest wenn es um Luxus und Ausstattung ging. Aber eines hatte er jetzt hier, was er in dem Grandhotel mit Sicherheit die nächsten Wochen nicht hätte, solange der Zirkus Wilson dort hauste. Ruhe.

»Vielen Dank fürs Herbringen«, sagte Leonhard. »Ich habe auch noch etwas für dich mitgebracht.« Er nahm den Seesack ab und holte das Buch von Jules Verne hervor, das er in Amsterdam erworben hatte, und gab es dem Javaner, der es mit strahlenden Augen in Empfang nahm.

»Du hast tatsächlich daran gedacht. Danke schön.« Andächtig rieb er mit der Hand über den Einband und las den Titel. *»Reise um die Erde in 80 Tagen.«* Bimo lachte. »Das ist in der Tat die richtige Lektüre für mich.«

»Da bin ich mir ganz sicher. Es wird dir gefallen.« Leonhard nahm den Seesack wieder auf und wollte in das Hotel gehen, als ihm noch etwas einfiel, das er seinen Freund fragen wollte. »Ach ja, die Frau, die vorhin auf dem Markt bei dir war … Femke, richtig?«

»Was ist mit ihr?«

»Nun, versteh mich nicht falsch, aber ist sie nur eine gute Freundin von dir oder doch eher … etwas mehr?«

»Das, werter Herr, kann ich euch nicht beantworten«, lachte Bimo mit verschmitzter Miene und verneigte sich. »Nochmals danke für das Buch. Bis bald.«

»Bis bald«, sagte Leonhard und betrat das *Wilhelmina*. Er brauchte jetzt nach all der Aufregung dringend etwas Schlaf.

Ludger sah Leonhard und Bimo hinterher, als sie den Rijksweg entlanggingen und schließlich um die nächste Ecke verschwanden. Er schnaufte einmal tief durch. Dieser Tag hatte ihn einiges an Kraft gekostet.

Hätte mich Liao Zheng heute Morgen in die Finger bekommen, würden mir jetzt mit Sicherheit die Hände fehlen, dachte er.

Zum Glück hatte er Vorkehrungen getroffen und in Sunda Kelapa bei seinen Freunden Unterschlupf und Schutz gefunden. Von dort konnte er einige Stunden später auch endlich die QUEEN ANNE sehen, als diese im Hafen einlief. Aber er wartete noch drei weitere Stunden, ehe er sich aus seinem Versteck traute und direkt zum Lagerhaus von van Leeuwen aufbrach. Dort hatte er zum ersten Mal seit Wochen wieder Glück, als Johan van Leeuwen tatsächlich anwesend war – und er war hochzufrieden. Sie regelten das Geschäftliche und als Ludger die Halle verließ, begab er sich sofort zum Chinesen, um ihn auszuzahlen. Er musste noch zwei Goldgulden extra für die Verspätung drauflegen, aber danach war er eine Sorge los. Anschließend besuchte er Graham auf seinem Schiff, wo ihn der schottische Kapitän ebenfalls mit offener Hand empfing. Er zahlte auch ihn aus.

»War mir ein Vergnügen, mit dir Geschäfte zu machen.«

»Gleichfalls. Weißt du, wo mein Neffe hinwollte?«

»Hat er mir nicht gesagt. Aber er wollte dich bestimmt suchen.«

Ludger verließ das Schiff und beschloss, es zuerst beim *Hôtel des Indes* zu versuchen, und tatsächlich sah er auf dem Weg dorthin Leonhard in Begleitung von Bimo gehen.

Mit Sicherheit hat ihm der javanische Bastard geflüstert, was passiert ist. Da hilft nur, ihm direkt den Wind aus den Segeln zu nehmen.

Zu seinem Glück ließ sich Leonhard schnell besänftigen, auch wenn etwas Misstrauen zurückblieb. Doch dies zerstreute er, als er im Hotel die Schulden beglich, wobei er dank Jacques nicht zahlen musste, sondern nur den Franzosen daran erinnern musste, wie er ihm mehr als einmal aus der Klemme geholfen hatte, als dieser wieder einmal in Sunda Kelapa seiner Leidenschaft für kleine farbige Jungs nachgegangen war.

Jetzt galt es nur noch, die kommenden Wochen bis zur nächsten Fracht für Johan van Leeuwen zu überstehen, bis der Moment kommen würde, an dem sich alles auszahlen und er sein lang ersehntes Ziel mit einem Schlag erreichen würde. Danach müsste er sich nie wieder Gedanken machen. Nicht wegen Chinesen, nicht wegen javanischer Bastarde und schon gar nicht wegen Leonhard.

KAPITEL 27
ENDLICH FREI

19. AUGUST

Sie zählte die Tage. Dann die Stunden und Minuten, bis es endlich so weit war und ihr einundzwanzigster Geburtstag kurz bevorstand. Ihren Kleiderschrank hatte sie bereits geräumt und all die Sachen, die sie noch behalten würde, in zwei große Reisekoffer verstaut. Den Rest hatte sie verschenkt, vornehmlich an die Frauen und Mädchen, die im Haus arbeiteten. Sie hatte darauf geachtet, dass Marianne davon nichts mitbekam, das würde sie noch früh genug feststellen.

Am Tag ihres Geburtstags stand sie mit den Strahlen der ersten Sonne auf und eilte hinunter in das Speisezimmer. Zu ihrer Überraschung war auch ihr Vater schon auf den Beinen. Er hatte sich vor dem Tisch aufgebaut, die Hände auf dem Rücken haltend, und trug einen seiner schönsten Anzüge. Er sprach kein Wort, sondern blickte sie nur durchdringend an.

»Also«, sagte sie schließlich. »Wollen wir die Formalitäten erledigen, Vater?«

»Das ist deine letzte Chance, Femke. Noch kannst du es dir überlegen.«

»Mir was überlegen? Diesen Spross der van Vlekkes zu heiraten?« Sie lachte laut auf. »Der würde sich doch eher die Hand abhacken, als mich jetzt noch anzufassen. Aber das hätte er sicher auch vorher schon getan«, spottete sie.

»Das meine ich nicht. Du musst ihn nicht heiraten. Aber wenn du dich erklärst und zugibst, dass diese Geschichte nur ausgedacht und erlogen war, dann könnte ich deinen Ruf wiederherstellen und …«

»Meinen Ruf?« Femke sah ihren Vater ungläubig an. Sie lachte verächtlich. »Der Einzige, der sich hier Sorgen um seinen Ruf macht, bist doch du! Nur du und niemand anderes! Das war schon immer so. Der feine Herr Richter schämt sich für seine ungezogene Tochter, dieses schreckliche Kind!«

»Das ist nicht wahr und das weißt du! Ich habe dich immer geliebt.«

»Wirklich? Warum hast du es mir dann nie gezeigt? Damals, als ich dich am dringendsten gebraucht habe, nach Mutters Tod warst du nicht für mich da! Du hast mich einfach zu Marianne abgeschoben.« In ihren Augen sammelten sich Tränen vor Wut. »Auf diese Art Liebe kann ich verzichten«, zischte sie.

Rutger de Wit atmete tief ein und blickte sie erschrocken und betroffen zugleich an.

»Na schön. Ganz wie Mevrouw es wünschen«, sagte er mit belegter Stimme und machte einen Schritt zur Seite. Er gab den Blick auf den Frühstückstisch frei, auf dem ein schwarzer Lederkoffer stand und davor einige Dokumente ausgebreitet waren. »Dann trete jetzt offiziell dein Erbe an und danach kannst du gehen. Du möchtest dieses Haus doch sicherlich so schnell wie möglich verlassen, nicht wahr?«

Femke schritt an ihm vorbei zum Tisch und sichtete die Papiere, die dort lagen. Eidesstattliche Erklärung,

Testamentseröffnung und noch anderer offizieller Kram. Alles typisch für ihren Vater. Sie griff sich einen Füller, den der Richter ebenfalls schon auf den Tisch gelegt hatte, und unterzeichnete.

»Das wäre erledigt.« Zufrieden legte sie den Stift wieder ab und sah ihren Vater erwartungsvoll an.

»Dann darfst du jetzt den Koffer öffnen. Darin ist alles, was dir als Erbteil von deiner Mutter zusteht.« Rutger de Wit trat an den Tisch, sortierte die Unterlagen, faltete sie säuberlich zusammen und steckte sie ein.

Sie griff nach dem ledernen Behälter. Er war ungewöhnlich leicht. Sie ließ die Verschlüsse aufschnappen und klappte ihn auf. Nur einige Papiere lagen darin. Anteilsscheine irgendwelcher ihr unbekannter Unternehmen aus der niederländischen Heimat.

»Das ist doch … wo ist Mutters Geld? Sie war eine vermögende Frau. Was hast du mit ihrem Geld gemacht?«, fuhr sie ihren Vater an.

Rutger de Wit versteifte sich und sagte: »Meine Tochter damit in den letzten Jahren versorgt. Glaubst du etwa, all die teuren Kleider, die du besitzt, wären umsonst? Das Leben in Batavia ist teuer. Dieses Haus, mitsamt seiner Dienerschaft – deinem Personal – dazu noch eine private Hausdame … dies alles kostet Unmengen an Geld. Man könnte sagen, du hast dein Erbe bereits durchgebracht.«

Fassungslos blickte Femke in den fast leeren Koffer und dann wieder in das Gesicht ihres Vaters, der sie mit stoischer Miene ansah.

»Willst du mir etwa weismachen, dass Mutters gesamtes Vermögen aufgebraucht wurde?«

»Nicht alles. Die Aktien in dem Koffer sind sicherlich auch von gewissem Wert. Außerdem hast du eben mit deiner Unterschrift auf die Papiere versichert, dass dir bewusst war, wie das Erbe Verwendung gefunden hat.«

»Was bist du nur für ein Mensch?«

»Diese Frage stellst ausgerechnet du? Ich habe in den letzten Jahren alles für dich getan, habe immer meine schützende Hand über dich gehalten und dafür gesorgt, dass es dir an nichts fehlt. Und wie hast du es mir gedankt?« Der Richter kam mit erzürntem Blick auf sie zu. »Du hast mich zum Gespött der Menschen gemacht, meine Autorität untergraben und jetzt wolltest du einfach aus meinem Leben verschwinden, mit den Taschen voller Geld. Aber daraus wird nichts!«

Sie spürte, wie ihre Unterlippe bebte, aber sie ließ keine Tränen zu. Sie stürmte aus dem Zimmer und stoppte abrupt, als sie ihre beiden großen Koffer im Flur stehen sah. Marianne stand neben den Gepäckstücken.

»Ich war so frei, sie schon einmal heruntertragen zu lassen, Mevrouw«, sagte die Hausdame mit kühler Stimme.

»Du siehst, wir sind alle sehr darauf bedacht, dir deinen Wunsch von einem schnellen Aufbruch zu erfüllen«, erklang die Stimme ihres Vaters. »Jetzt ist die allerletzte Gelegenheit für dich, noch umzukehren.«

»Das könnte dir so passen. Aber ich werde dir beweisen, dass ich weder dich noch dein Geld brauche.« Sie schnappte sich einen der schweren Koffer und wuchtete ihn bis zur Haustür. Als Marianne ihr beim zweiten helfen wollte, schlug sie ihre Hände beiseite. »Ich schaffe das allein!«

Vor der Tür wurde sie von freundlichem Vogelgezwitscher empfangen und tatsächlich fühlte sie sich auch so frei wie einer der prächtigen Singvögel mit seinem bunten Gefieder. Sie drehte sich noch einmal um und blickte in den im Halbdunkel liegenden Hausflur.

»Lebt wohl«, sagte sie und schleppte den ersten der

Koffer den Aufweg bis zur Hauptstraße. Als sie den zweiten holte, trat ihr Vater an die Tür und reichte ihr den Lederkoffer mit den Aktien.

»Hier, ich möchte dir nichts schuldig bleiben.«

»Keine Sorge, das tust du bestimmt nicht«, erwiderte sie. Mit hoch erhobenem Haupt marschierte sie mit dem Gepäck zur Straße, wo sie kurz darauf einen Kutscher anhielt und sich von ihm zum Hafen bringen ließ. Vor einem kleinen Hotel ließ sie sich absetzen und bezahlte den Fuhrmann von ihrem letzten Geld. Aber sie trug noch etwas Schmuck an sich, einen schmalen Goldring und eine Kette mit Kreuzanhänger, beides ebenfalls aus Gold. Der Teil vom Erbe ihrer Mutter, um den sie ihr Vater nicht hatte betrügen hatte können. So war es für sie zumindest kein Problem, ein Zimmer zu bekommen, das sie mit dem Ring zahlte, auch wenn sie sich ungern von dem Schmuckstück trennte. Gewiss würde der Wert der Kette reichen, um genügend Geld zu erlösen, um davon ein Ticket für eines der Schiffe, die nach Europa fuhren, zu kaufen. Aber Bimo hatte ihr gesagt, dass er eine bessere Idee hatte und sich um den Transport kümmern würde. Sie wusste nicht genau, was er vorhatte, doch sie hoffte, er würde es schaffen. Ohne, dass sie sich von der Kette ihrer Mutter trennen müsste. Aber sie war fest entschlossen, Batavia auf jeden Fall zu verlassen, um jeden Preis.

KAPITEL 28
WELCH EIN ZIRKUS!

20. AUGUST

Die folgenden Tage und Wochen sah Leonhard seinen Onkel nur noch sehr sporadisch. Er bekam beinahe das Gefühl, Ludger Mahler wollte ihm ausweichen. Aber der beteuerte immer wieder, dass er nur so sehr damit beschäftigt war, den nächsten Auftrag von van Leeuwen vorzubereiten. Bimo, der auch wieder im Büro war, nahm es gelassen hin, dass er die meiste Zeit dort allein ausharrte. So blieb ihm mehr Zeit zum Lesen, die er auch reichlich nutzte. Das Buch von Jules Verne, das Leonhard aus Amsterdam mitgebracht hatte, las er innerhalb von drei Tagen fertig und war davon noch begeisterter als vom ersten.

Für ihn selbst gab es allerdings nichts zu tun, was er aber nicht als sonderlich schlimm empfand, gab es doch in Batavia genügend andere Möglichkeiten, um Zerstreuung zu finden. An erster Stelle stand in diesem August dabei natürlich der Zirkus von Anna Wilson, der ihn zwar sein Zimmer im *Hôtel des Indes* gekostet hatte, was sich im Nachhinein jedoch als echter Segen für ihn entpuppte, denn in seiner neuen Unterkunft, dem *Wilhelmina*, herrschte eine weitaus freundlichere und unverkrampftere Atmosphäre als in dem protzigen Nobelhotel. Vor allem jetzt, wo der Zirkus Wilson dort gastierte. Die größte Zeitung Batavias, der *Bataver Bode*, berichtete jeden Tag ausführlich auf Doppelseiten über den Zirkus. Und dieser lieferte Schlagzeilen in Hülle und Fülle, jedoch nicht nur über seine Vorstellungen. Ganz so, wie Leonhard es selber beobachten konnte, setzten sich die Streitereien unter den Artisten unverändert fort. Sie arteten sogar regelmäßig in rohe Gewalt aus, wenn man den Berichten in der Zeitung Glauben schenken konnte. Ein trauriger Höhepunkt wurde nur wenige Tage nach dem Einzug des Zirkusses im Hotel erreicht, als sich mehrere Clowns, Trapezkünstler und Tierdompteure in der Hotelbar so sehr stritten, das am Ende erst die Gläser und Teller durch den Raum flogen und schlussendlich auch die Fäuste. Es entwickelte sich eine so wüste Keilerei, dass selbst Mrs. Wilson – bei dem Versuch, Frieden zu stiften – von einem Faustschlag niedergestreckt wurde. Nur das Eingreifen der Polizei konnte dem Tumult in der Hotelbar schließlich ein Ende setzen.

Doch trotz dieser unübersehbaren Spannungen und Differenzen innerhalb der Zirkusangehörigen schafften sie es doch regelmäßig, ihr Publikum in Batavia zu begeistern. Es gab täglich Vorstellungen im MAMMUT, wie Anna Wilson das gigantische Zirkuszelt getauft hatte, das sie aus New York mitgebracht hatte. In dem Zelt, das unweit des Königsplatzes aufgebaut worden war, fanden mehr als fünftausend Menschen Platz, es gab im Inneren modernste Gasbeleuchtung und vor allem war es erstaunlich kühl in dem riesigen Bau aus gebleichtem Segeltuch. Auch Leonhard wollte es sich schließlich nicht entgehen lassen, eine der Vorstellungen mit eigenen Augen zu sehen, also ging er gemeinsam mit Bimo zu einer der Abendvorstellungen. Was er dabei zu sehen bekam, ließ ihn nachvollziehen, warum die Menschen in Batavia allesamt so fasziniert vom Zirkus waren, dass sie seinen Mitgliedern sogar das rüpelhafte Benehmen außerhalb der Manege verziehen.

Als roter Faden für die fast dreistündige Show dienten die Clowns, die nicht nur bei ihrer eigenen Nummer, sondern beinahe bei allen anderen Artisten auftauchten. Die Direktorin Anna Wilson führte in einen eleganten Smoking samt Zylinder gekleidet durch die Vorstellung, die einen Höhepunkt an den anderen reihte. Leonhard war zuletzt vor zehn Jahren in Hamburg in einem Zirkus gewesen, aber die damalige Vorstellung konnte sich nicht im Entferntesten mit dem messen, was er hier geboten bekam. Atemberaubende Akrobatik unter dem Kuppeldach des MAMMUT, vorgeführt von einer amerikanischen Akrobatenfamilie, Feuerschlucker und ein Zauberkünstler, der einen ganzen Schwarm weißer Tauben herbeizauberte und ebenso mysteriös verschwinden ließ, wie er aufgetaucht war. Auch der angeblich kleinste Elefant der Welt sorgte für strahlende Gesichter, als der Dickhäuter mit seinem Rüssel Bälle jonglierte. Ihm folgte der Araber Hadji Amo nach, der mit seinen Araberhengsten den Boden der Manege zum Beben brachte und dem die Tiere blind gehorchten. Diese Darbietung war eine ganz besondere Glanznummer. Aber mehr noch beeindruckte Leonhard ein dänischer Artist namens John Holtum, der sich selbst als »Kanonenkugelkönig« bezeichnete. Der hoch aufgeschossene und muskelbepackte Nordmann behauptete, eine abgefeuerte Kanonenkugel mit bloßen Händen fangen zu können. Als Mrs. Wilson ihn angekündigte, erwähnte sie beiläufig, dass bei anderen Zirkussen schon einige Artisten in zwei Hälften gerissen worden waren, als sie versuchten, diese einmalige Nummer nachzumachen.

Zur Bestätigung, dass es kein Trick oder sonst eine Augenwischerei war, zeigte Holtum seine rechte Hand, an der drei Finger fehlten, die ihm eine Kanonenkugel abgerissen hatte.

Die Zuschauer wurden still und schauten gespannt, als die Nummer begann. Die Kanone wurde am rechten Rand der Manege aufgebaut und die dort sitzenden Zuschauer durften sich davon überzeugen, dass es sich um eine echte Kanonenkugel mit dem Gewicht von fünfzig Pfund handelte. Dann durfte ein Kind zu Mrs. Wilson in die Manege, um die Kanone abzufeuern. Der Däne stellte sich derweil gegenüber ganz links in der Arena auf und die Zuschauer hielten gebannt den Atem an, als die Lunte der Kanone angezündet wurde, schnell herabbrannte und schließlich mit einem Knall das Geschoss aus dem Rohr feuerte. Tatsächlich gelang es Holtum, die Kugel aufzufangen, die er danach stolz mit nur einer Hand in die Höhe stemmte. Ohrenbetäubender Applaus brandete auf und brachte das Zelt zum Kochen. Danach forderte der Däne alle Männer unter den Besuchern auf, zu ihm in die Manege zu kommen, wenn sie sich ihm gewachsen fühlten. Als niemand darauf einging, mussten vier der Araberhengste von Hadji Amo für eine weitere Kraftdemonstration herhalten. Doch die Tiere zeigten dem Muskelmann seine Grenzen auf. Er schaffte es nicht, sie zu halten, verlor das Gleichgewicht und wurde von ihnen durch den Staub der Manege gezogen. Die Clowns traten wieder auf den Plan und verhinderten Schlimmeres. Leonhard glaubte, ein hämisches Grinsen im Gesicht des Arabers zu sehen, als dieser seine Pferde aus der Arena führte und der in seinem Stolz verletzte Holtum hinter ihm herschlich. Dieser kleinen Panne zum Trotz war es ein unvergesslicher Abend im Zirkus Wilson. Die Direktorin kündigte an, mit der nächsten

Vorstellung am Folgetag noch neue Attraktionen zu bieten, ein zweiter und sogar dritter Besuch würden sich also immer lohnen.

Als Leonhard mit Bimo das Zelt verließ und in die laue Abendluft Batavias heraustrat, tippte ihm plötzlich jemand auf die Schulter. Er staunte, als er sah, wer ihn da anlächelte.

»Ich wusste doch, dass Sie es sind. Mein Gedächtnis täuscht mich nie«, begrüßte ihn der Deutsche, dem er in Port Said geholfen hatte. »Es freut mich sehr, Sie wiederzusehen. Liegt Ihr Schiff gerade im Hafen vor Anker?«

»Oh, hallo. Nein, ich bin schon seit einiger Zeit nicht mehr auf dem Schiff. Ich arbeite jetzt hier im … Exportgeschäft, ja.«

»Das freut mich sehr für Sie. Dürfte ich Sie und Ihren Begleiter zu einem Getränk einladen?«

Leonhard sah Bimo an und zuckte mit den Schultern.

»Warum nicht, wir haben nichts anderes vor.«

»Sehr schön. Eine Sache noch vorweg: Sie haben mir damals in Port Said gar nicht Ihren Namen verraten.«

»Leonhard Mahler, Herr …?« Er legte die Stirn in Falten, als er versuchte, sich den Namen des Mannes ins Gedächtnis zu rufen.

»Falkenburg. Friedrich von Falkenburg. Es freut mich sehr, Herr Mahler.«

»Ich heiße Bimo«, warf der Javaner ein.

»Freut mich ebenfalls sehr, Herr Bimo.«

Aufgekratzt lachend gingen sie zusammen mit dem Deutschen zu einem der zahlreichen Stände, die rund um das Zirkuszelt aufgebaut worden waren. Falkenburg spendierte ihnen jeweils ein Glas Champagner. Sie stießen an und tranken, wobei Bimo kurz danach einen Hustenanfall bekam und das Gesicht verzog.

»Was für ein Höllengebräu ist das denn?«, keuchte er.

Falkenburg blickte auf das halb volle Glas in seiner Hand und meinte: »Mit Sicherheit nicht der beste Tropfen. Schmeckt etwas pelzig auf der Zunge.« Er kippte den Rest aus seinem Glas aus. »Tut mir leid, mein junger Freund. Kann ich Ihnen vielleicht etwas anderes holen?«

»Wie wäre es mit einem Bier?«, schlug Leonhard vor. Bimo sah ihn fragend an.

»Ja, das ist wohl besser«, lachte er.

Mit dem neuen Getränk war auch Bimo zufrieden, obwohl er nie zuvor Bier getrunken hatte, wie er sagte. Trotzdem kam er sehr schnell auf den Geschmack und leerte sein Glas als Erster.

»Also, Herr Mahler, was genau machen Sie denn im Exportgeschäft?«, wollte Falkenburg von ihm wissen.

»Nun, ich bin noch relativ neu in der Firma meines Onkels. Aber wir exportieren vor allem Gewürze und Stoff nach Europa.«

»Ach, so ein Zufall. Bis vor Kurzem war ich auch noch im Besitz einer großen Plantage hier auf Java. Dort gibt es Pfeffer und auch Kaffee. Aber ich habe sie verkauft. Was ich nur Ihnen verdanke.«

»Ich verstehe nicht ganz?«

»Nun, was die beiden Kerle mir in Port Said stehlen wollten, war die Besitzurkunde für dieses Land. Wären Sie nicht gewesen, hätte ich mir die Weiterfahrt nach Java sparen können, denn ohne die Urkunde hätte ich meinen Besitzanspruch niemals durchsetzen können. Die alten Gesetze der Niederländer sind in diesem Punkt sehr eigen. Wer die Urkunde hat, dem gehört das Land.«

»Eigentlich gehört das Land uns«, meldete sich Bimo. »Es wurde uns vor Jahrhunderten gestohlen, aber niemand anderes außer uns hat ein Recht, dieses Land zu besitzen!« Ein Rülpsen entwich seiner Kehle und er schwankte leicht.

»Alles in Ordnung mit dir?«, fragte Leonhard den offensichtlich angetrunkenen Javaner.

»Ich zeig dir mal, wie das damals abgelaufen ist«, erwiderte Bimo und schnappte sich blitzschnell sein Bier. »Das gehört jetzt mir! Ich nehme es in Besitz.« Er leerte das Glas und grinste selig.

Mit offenem Mund sah Leonhard ihm dabei zu, ehe er gemeinsam mit seinem Landsmann in Gelächter ausbrach. Bimo reagierte verärgert und schlurfte mit unsicherem Schritt von dannen, setzte sich aber schon wenige Meter von ihnen entfernt auf den Boden.

»Ihr junger Freund hat nicht unrecht«, meinte Falkenburg ernst, als sie sich wieder beruhigt hatten. »Die Einheimischen haben nicht um die Kolonisierung gebeten. Es war eigentlich nichts anderes als Raubmord, denn immerhin war dieses Land schon seit Jahrhunderten bewohnt. Aber die Einwohner hatten der Brutalität, mit der die Eroberer damals vorgingen, nichts entgegenzusetzen. Kolonisierung – ein schönes Wort und auch die zugrundeliegende Idee dahinter mag von hehren Zielen geleitet gewesen sein, doch letztendlich war es nur profaner Landraub. Niemand von uns Europäern hat ein Anrecht auf dieses wunderschöne Land. Aber auch meine Vorfahren waren im 17. Jahrhundert schon hier, um sich ein Stück dieser Insel unter den Nagel zu reißen. Und damit habe ich nun viel Geld verdient.« Er sprach die letzten Worte beinahe schuldbewusst aus.

»Ich hätte nicht anders gehandelt«, gab Leonhard freimütig zu. »Die Situation ist nun mal, wie sie ist.«

»In der Tat. Aber ich habe auch darauf geachtet, das Land wenigstens in gute Hände zu geben, und nicht einfach an den Höchstbietenden verkauft. Dafür habe ich auf sehr viel Geld verzichtet.«

»Wem haben Sie es denn verkauft?«

»Einer Familie von Mestizen. So habe ich wenigstens das Gefühl, es halbwegs in die richtigen Hände gegeben zu haben. Ich hatte auch ein ordinär hohes Angebot eines Holländers namens van Leeuwen. Dieser Mann wollte es um jeden Preis haben.«

Leonhard wurde bei der Erwähnung des Namens hellhörig.

»Aber Sie wollten es ihm nicht verkaufen?«

»Nein. Auf keinen Fall. Ich habe einige Geschichten über diesen Herrn van Leeuwen gehört. Er ist ein Ausbeuter und Leuteschinder. Solche Menschen darf man nicht auch noch bei ihren Geschäften unterstützen.« Falkenburg trank sein Bier aus. »Wie dem auch sei, es hat mich wirklich sehr gefreut, Sie hier wiederzutreffen. Ich wünsche Ihnen noch viel Erfolg, bei allem, was Sie tun.«

»Danke sehr. Ich wünsche Ihnen auch alles Gute.«

Der Deutsche nickte ihm zu und schlenderte von dannen und Leonhard ging zu Bimo, der selbst schon in sitzender Position Probleme hatte, nicht das Gleichgewicht zu verlieren. Er packte ihn unter den Armen und zog ihn auf die Beine.

»Hey! Lass das!«

»Komm, ich bring dich jetzt nach Hause.«

»Ich … kann alleine gehen.« Bimo wollte sich losreißen, wäre dabei aber sofort gestürzt, also hielt Leonhard ihn eisern fest.

»Später. Jetzt helfe ich dir erst mal.«

»Ich will aber nicht, dass du mir hilfst!«

»Du hast keine Wahl, fürchte ich.«

Ohne weiter auf die Proteste des Javaners zu achten,

führte er ihn vom Zirkuszelt fort und geleitete ihn sicher nach Hause.

Die Vorstellungen des Zirkus Wilson waren auch in den folgenden Tagen allesamt große Erfolge beschieden, daran änderte auch ein kleiner Skandal nichts, der dazu führte, dass die gesamte Zirkustruppe ihr Quartier im *Hôtel des Indes* räumen musste. Die Dompteuse des kleinsten Elefanten der Welt hielt es aus unerklärlichen Gründen für eine gute Idee, ihren kleinen, zwei Tonnen schweren Liebling mit auf ihr Zimmer zu nehmen und ihn dort dann allein zu lassen. Doch dem Minielefanten behagte es offensichtlich nicht in seinem Nobelgehege und er begann, das Interieur Stück für Stück zu zerlegen und dabei lautstark zu trompeten. Es gab abermals einen Polizeieinsatz, aber diesmal war es auch der letzte, denn der Direktor des Hotels hatte ein für alle Mal die Nase gestrichen voll von den Eskapaden seiner Gäste und verlangte von Mrs. Wilson, dass unverzüglich sämtliche Angehörige des Zirkusses ihre Zimmer räumten.

Leonhard las den Artikel in der Zeitung über den kleinen Elefantenskandal mit großer Belustigung. Nicht viel mehr als eine Fußnote im hinteren Teil der Ausgabe war hingegen ein Bericht über Krakatau. Ein holländischer Kapitän, der im Auftrag des Gouverneurs auf der immer mal wieder grollenden Vulkaninsel gewesen war, hatte nichts Besonderes festgestellt und meldete: »Keine Gefahr«.

KAPITEL 29
EIN NEUES SCHIFF
25. AUGUST

Am frühen Samstagmorgen hatte Ludger ihn und Bimo in den Hafen bestellt. Allerdings nicht in den großen Hafen Tjandjong Priok, sondern nach Sunda Kelapa, was in Leonhard schlechte Erinnerungen daran weckte, wie er hier an seinem ersten Tag geschlagen und bestohlen worden war. Deswegen ging er mit einem mulmigen Gefühl an den alten Baracken, die entlang des Kais lagen, entlang. Bimo hingegen machte es weniger aus, wenngleich auch er mit seinen Gedanken ganz woanders zu sein schien.

»Hey!«, schallte es plötzlich vom Wasser aus zu ihnen herüber. Leonhard schaute zur Seite und sah seinen Onkel an der Reling eines Segeldampfers stehen, der so aussah, als ob für ihn der Begriff *»Seelenverkäufer«* einst erfunden worden war. Ludger Mahler winkte sie heran. »Guten Morgen! Na, was sagt ihr zu meinem Neuerwerb? Ist das nicht ein herrliches Schiff?«, begrüßte sie der frischgebackene Schiffsbesitzer.

»Sag mir bitte, dass das nicht wahr ist«, raunte Leonhard seinem javanischen Freund zu, als sie über ein schmales Brett an Bord gingen.

»Ich fürchte doch«, gab Bimo zurück. »Ich glaube, mit diesem Kahn würde selbst ich darauf verzichten, nach Europa zu fahren.«

»Willkommen an Bord!« Ludger trat ihnen mit ausgebreiteten Armen und einem stolzen Gesicht entgegen. »Ihr habt euch doch sicher gefragt, was ich in den letzten Wochen so getrieben habe. Voilà, das ist eure Antwort darauf! Mahler Export verfügt nun über ein eigenes Schiff. Der Anfang einer ganzen Flotte!«

»Nun, es ist …« Leonhard stockte und sah sich an Bord um. »Es schwimmt«, sagte er schließlich, als ihm nichts Positives einfiel.

»Ich weiß, es macht nicht den besten Eindruck, aber ich habe es gründlich inspiziert und getestet. Es ist absolut hochseetauglich.«

»Wenn du es sagst … wann soll denn die nächste Lieferung damit aufbrechen?«

»Morgen früh.« Sein Onkel grinste ihn breit an. »Also pack schon mal deine Sachen.«

»Wie, ich soll hier mitfahren? Das sollte doch eigentlich nur eine Ausnahme sein, dachte ich?« Er erwähnte nicht, dass es kein Problem für ihn gewesen wäre, wenn er erneut mit Graham gefahren wäre.

»Ja, eigentlich schon. Aber ich habe erst mal nur einen Kapitän, der ebenfalls wenig Erfahrung hat, daher ist es zwingend erforderlich, dass du die Fahrt erneut mitmachst. Außerdem habe ich noch eine besondere Überraschung für dich. Komm mal mit.« Ludger Mahler verließ das Schiff, ging am Kai zu dessen Heck und deutete auf den Namen, der sich dort in großen weißen Lettern befand.

»Leopold«, sprach Leonhard den Namen laut aus, als er ebenfalls dort ankam. »Du hast das Schiff nach meinem Vater benannt?«

»Ja. Ich dachte, das wäre ein schönes Zeichen, findest du nicht auch? Das festigt unseren Familienzusammenhalt.« Er legte ihm einen Arm um seine Schultern. »Mahler Export ist bereit für den nächsten Schritt.«

Am nächsten Morgen stand Leonhard also erneut mit gepacktem Seesack im Hafen und machte sich auf einige anstrengende Wochen auf See gefasst. Er ahnte, dass diese Fahrt nicht so angenehm verlaufen würde wie die vorige, die er zusammen mit Graham McTavish erlebt hatte. Ludger erwartete ihn bereits und stellte ihm den Kapitän der LEOPOLD vor, einen Holländer namens Bengt Skarp. Er war ein aufgedunsener Mann mit einer Knollennase, auf der die roten Äderchen klar hervorstachen und dessen gerötete Augen darauf hindeuteten, dass er nicht nur bei besonderen Anlässen zur Flasche griff. Aber er begrüßte Leonhard höflich und begab sich sodann auf die Brücke. Der Rest der Besatzung bestand aus Javanern, die Ludger Mahler als kostengünstigste Wahl angesehen hatte.

»Mach dir keine Sorgen, es wird alles gut gehen. Hab nur ab und zu ein Auge auf den Kapitän und erinnere ihn an seine Pflichten, dann wird die Reise ein Kinderspiel werden.«

»Ich hoffe, du hast recht«, seufzte er und brachte seinen Seesack in seine Kabine.

Wenig später karrten einige Pferdefuhrwerke die Lieferung von Johan van Leeuwen auf dem Anlegeplatz an, die von der Besatzung sofort unter Deck verstaut wurde. Auf den Kisten konnte Leonhard eine Königskrone sehen. Laut den Lieferpapieren handelte es sich um Zigarren. Wie beim letzten Mal überließ es sein

Onkel ihm, die Papiere zu unterzeichnen. Als alles erledigt war und die Pferdekarren wieder abfuhren, verabschiedete sich Ludger Mahler und schickte sich an, das Schiff zu verlassen.

»Ach, eine Sache noch. Ihr müsst noch einen Zwischenstopp in Anjer einlegen, dort kommt ebenfalls noch eine kleine Lieferung an Bord. Kapitän Skarp ist instruiert.«

»Was denn für eine Lieferung?«

»Ach, nur zwei Kisten Gewürze. Eigentlich nicht der Mühe wert, ich weiß. Aber es ist für einen alten Freund, daher wollte ich es nicht ablehnen. Ich wünsche dir eine gute Fahrt!« Der Goldzahn seines Onkels blitzte auf, als er ihm ein verschmitztes Lächeln zuwarf und dann an Land ging.

Leonhard ließ seinen Blick über den Hafen streifen. Er hatte eigentlich gehofft, dass Bimo sich vor der Abfahrt noch einmal blicken lassen würde, doch diese Hoffnung schien vergebens. Also ging er zum Kapitän auf die Brücke und sie stachen in See.

Ludger sah dem Schiff hinterher, als es langsam aus dem Hafen segelte. Nur noch wenige Stunden und er hätte alles erreicht. Endlich genug Geld und vor allem seine lang ersehnte Rache an seinem Bruder, wenn auch stellvertretend Leonhard dafür den Kopf hinhalten musste. Er freute sich diebisch über seine Idee, dem Schiff den Namen seines toten Bruders zu verpassen. Das gab der Sache den letzten Feinschliff. Er wandte sich um und beeilte sich, zu seinem Pferd zu kommen, das er hinter einer der Baracken angebunden hatte. Er würde einige Zeit brauchen, bis er nach Anjer gelangte, doch auch das Schiff würde nicht so schnell unterwegs sein.

Leonhard sah seine schlimmsten Befürchtungen bestätigt, als die LEOPOLD sich quälend langsam fortbewegte. Die Segelfläche war viel zu klein, um das beladene Schiff auf eine anständige Reisegeschwindigkeit zu bringen, und die Kohlen würden nicht reichen, um damit über den Indischen Ozean zu kommen. Den Kapitän schien das alles nicht zu stören, er blickte zufrieden aus dem Fenster und hielt das Steuerrad locker mit einer Hand. Auf dem Weg nach Anjer wurden sie von einigen anderen Schiffen überholt, darunter auch die QUEEN ANNE. Graham McTavish ließ sein Typhon ertönen, als er an ihnen vorbeiglitt. Sehnsüchtig sah Leonhard dem Schiff hinterher und wünschte sich, dort an Bord zu sein. Als sie Anjer erreichten, war fast schon Mittagszeit. Aber was ihm viel mehr Sorgen machte als die langsame Fahrt der LEOPOLD, war die immense weiße Rauchfahne, die aus den drei Bergen von Krakatau in den Himmel stieg. Als sie im Hafen anlegten, konnte er zudem auch ein leises Grollen vernehmen, das über das Meer kam.

»Wir sollten uns beeilen«, sagte er zum Kapitän. »Ich möchte so schnell wie möglich an dieser Insel vorbeikommen.«

»Haha, genau«, gluckste der Mann fröhlich auf.

»Was ist daran so komisch?«

»Nichts, gar nichts. Gehen wir die Kisten einladen.« Bengt Skarp drängte sich mit seiner voluminösen Körperfülle an ihm vorbei und gab der Besatzung den Befehl, die Gangway auszubringen. Zu Leonhards Überraschung kamen plötzlich zwei der Javaner aus dem Laderaum hinauf und sie trugen eine der Kisten von Johan van Leeuwen zwischen sich.

»Was soll denn das? Die bleiben hier im Frachtraum.

Wir sollen nur zusätzliche Behälter an Bord nehmen und nichts abladen.« Doch die beiden Männer achteten nicht auf das, was er sagte, und gingen einfach weiter. »Hey, habt ihr nicht gehört? Die Kisten bleiben hier!«

»Ganz ruhig. Das hat alles seine Richtigkeit«, meinte der Kapitän mit vergnügter Stimme.

Weitere Männer begannen, die Ladung aus dem Frachtraum heraufzuholen und trugen sie an Land.

»Das wird mir jetzt zu bunt!« Leonhard stellte sich mit ausgebreiteten Armen vor die Gangway und versperrte den Weg. »Bringt die alle sofort zurück, verstanden?«

Doch die Männer sahen ihn alle nur ausdruckslos an. Dann tauchte ein weiterer Javaner aus dem Laderaum auf und kam auf Leonhard zu. Das Gesicht des Mannes kam ihm bekannt vor.

»Endstation«, sagte der Malaie mit tiefer Stimme, führte seine rechte Hand zum Hosenbund an seinem Rücken und hielt plötzlich einen Revolver auf ihn gerichtet.

Leonhard wurde blass. Dies war der Kerl, der ihn an seinem ersten Tag in Batavia ausgeraubt hatte.

»Tun Sie lieber, was Harjono verlangt«, meldete sich der Kapitän, der seelenruhig einen Flachmann aus seiner Jackentasche hervorholte. »Er kann manchmal sehr ungeduldig werden, wenn man seinen Wünschen nicht sofort nachkommt.«

Leonhard sah noch einmal auf die Mündung der Waffe, dann drehte er sich um und ging langsam die Gangway hinab. Die LEOPOLD hatte in der äußersten Ecke des Hafenbeckens angelegt, nicht weit vom Anleger war eine etwas windschiefe Lagerhalle zu sehen, in welche die Javaner die Ladung jetzt trugen. Harjono war indessen direkt hinter ihn getreten und drückte ihm den Lauf der Waffe fest in den Rücken.

»Vorwärts.«

Neben der Halle war ein braunes Pferd angebunden, dessen Fell schweißnass in der Sonne glitzerte. Als er in die Halle trat, riss er verwundert die Augen auf. Ludger Mahler stand mit vor der Brust verschränkten Armen da und warf ihm ein schurkisches Grinsen zu.

»Du? Aber … was soll das?«

Sein Onkel nickte Harjono zu, der ihm daraufhin einen Stoß nach vorne verpasste und ihn beinahe zu Fall brachte.

»Ich habe schlechte Nachrichten für dich. Leider bist du gerade zu einem der gesuchtesten Männer in Niederländisch-Indien geworden, weil du dir widerrechtlich die Ware von Johan van Leeuwen unter den Nagel gerissen hast und damit verschwunden bist. Natürlich bin ich ehrlich schockiert von deiner ruchlosen Tat, von der ich nicht das Geringste geahnt habe. Es ist geradezu schockierend.« Theatralisch hielt sich Ludger eine Hand an die Stirn und stützte sich mit der anderen auf einer der Kisten ab. »Hintergangen vom eigenen Neffen. Das hätte ich niemals gedacht. Ich habe dir vertraut wie einem Sohn.« Er ließ seinen Goldzahn zwischen den Lippen erscheinen.

»Was zur Hölle redest du da? Ich habe überhaupt nichts getan. Ich werde …« Er bekam einen harten Schlag in den Nacken und sackte zu Boden. Vor seinen Augen flimmerte es und sein Atem ging schneller.

»Danke, Harjono.« Ludger Mahler ging neben ihm in die Hocke und flüsterte in sein Ohr. »Du kannst deinem Vater für all das hier danken. Wusstest du, dass Leopold der wahre Grund war, warum ich Hamburg damals verlassen habe? Er hat mich betrogen, mir mein Mädchen ausgespannt und sie mit seiner Brut geschwängert. Ganz recht, deine Frau Mutter, die treulose Hure«, zischte sein Onkel hasserfüllt. »Auch das

Geschäft unseres Vaters hat er sich allein unter den Nagel gerissen, mich rausgedrängt. Mir blieb gar nichts anderes übrig, als die Stadt zu verlassen.«

»Warum … warum ich?«, keuchte Leonhard.

»Nun, als du mir dein Kommen angekündigt hast, war es, als würde sich ein fehlendes Kettenglied in meinem Plan von ganz allein hinzufügen. Mein Neffe, du trägst sogar meinen Nachnamen. Es war perfekt. Du bist auf Reichtum aus und konntest der Gelegenheit nicht widerstehen. Du hast dich mit der Fracht, die ich – und Johan van Leeuwen natürlich – dir zu treuen Händen überlassen haben, auf und davon gemacht. Leider wird man deiner niemals habhaft werden. Aber zum Glück bin ich für so einen Fall gut versichert, sodass der Schaden für mich sogar zu einem Glücksfall werden wird. Mein schönes neues Schiff mit dem Namen meines geliebten Bruders, verschwunden! Doch das Geld, das ich dafür bekomme, entschädigt mich. Van Leeuwen bekommt ebenfalls ein stattliches Sümmchen und wird mir natürlich nie wieder einen Auftrag geben, aber das macht nichts. Denn ich habe noch seine Zigarren.« Ludger stand auf und klopfte auf eine der Holzkisten. »Die werden alle ein neues Signet bekommen und dann werde ich sie ein paar Monate später nach Singapur schaffen und dort teuer verkaufen. Batavia wird mich dann nie wiedersehen.«

»Damit kommst du niemals durch! Auch wenn du mich beseitigst, Bimo wird …«

»Dieser kleine Dieb?«, lachte Ludger auf. »Den Worten eines solchen Bastards schenkt niemand Glauben. Außerdem werde ich dafür sorgen, dass er als dein Mitwisser von der Polizei verhaftet wird. Falls er nicht die Todesstrafe erhält, wird er den Rest seines Lebens in einem Straflager zubringen.«

Die letzte Kiste von Bord der Leopold wurde gerade in das Lagerhaus getragen und abgestellt.

»Wir sind fertig, Ludger«, meldete der Kapitän.

»Gut. Ich ebenfalls. Harjono, du weißt, was zu tun ist. Mach es wie besprochen.«

Leonhard wurde auf die Beine gestellt und dann wieder aus der Halle hinausgebracht. Sein Onkel rief ihm ein gelangweiltes »Leb wohl« hinterher.

Bimo wusste sofort, dass etwas nicht stimmte, doch er konnte nichts machen. Zusammen mit Femke hielt er sich versteckt an Bord der LEOPOLD auf. Sie hatten sich bereits im Schutz der Nacht auf das Schiff geschlichen, sich dort auf leisen Sohlen in eine schmale Unterteilung des Frachtraums vorne beim Bug gezwängt und wollten abwarten, bis sie Java weit hinter sich gelassen hatten, ehe sie sich Leonhard zeigten. Bimo war sich sicher, dass sein Freund nicht extra umkehren ließ, sondern sie ganz normal mit nach Amsterdam nehmen würde. Das war sein Plan, von dem Femke nicht sonderlich begeistert gewesen war, sich aber trotzdem darauf eingelassen hatte. Eine wirkliche Alternative bot sich ihnen ohnehin nicht, da sie nicht über genügend Geld verfügten, um zwei Tickets nach Europa zu bezahlen.

Doch schon während seine Landsleute die Ware von van Leeuwen an Bord brachten, merkte Bimo, dass diese Fahrt nicht wie geplant ablaufen würde. Er erkannte Harjonos Stimme, der sich ähnlich wie sie selbst die ganze Zeit nur unter Deck aufhielt und den anderen Befehle erteilte. Schnell war klar, dass sich Leonhard in großer Gefahr befand, doch was sollte er tun? Vorzeitig das Versteck verlassen war nicht möglich, da Harjono sich nur wenige Meter von ihm entfernt in eine

Hängematte gelegt hatte. Er hatte keine Chance, an ihm vorbeizukommen, und selbst wenn, es waren noch genügend andere aus seiner Bande an Bord. Bimo wollte sich nicht vorstellen, was sie mit Femke anstellen würden, sollten sie ihrer habhaft werden. Also verhielten sie sich beide still. Dann liefen sie den Hafen von Anjer an und alle Kisten wurden wieder herausgetragen. Auch Harjono ging schließlich an Deck. Ihre Chance, das Versteck zu verlassen. Sie lauschten vorsichtig, was sich über ihren Köpfen abspielte, und hörten schließlich, wie alle das Schiff verließen.

»Das ist unsere Chance«, sagte Femke. »Wir müssen dieses Schiff sofort verlassen.«

»Einen Moment noch. Ich überlege, wie wir Leonhard helfen können.«

»Bist du verrückt? Willst du dich mit denen allen anlegen? Lass uns lieber Hilfe holen. Auch in Anjer gibt es Polizisten.«

Bimo nickte. An diese Möglichkeit hatte er überhaupt nicht gedacht.

»Ist gut. Das machen wir.«

Vorsichtig steckte er seinen Kopf aus dem Frachtraum und blickte auf das Deck. Es war niemand mehr an Bord zurückgeblieben. Er nahm Femkes Hand und stieg die letzten Stufen hinauf.

»Verdammt, wir sind hier ein ganzes Stück weit weg vom Zentrum des Hafens«, fluchte Femke leise. »Wir werden eine Weile brauchen, bis wir zur Polizei kommen.«

»So viel Zeit hat Leonhard womöglich nicht«, sagte Bimo. »Wir trennen uns. Du läufst los und versuchst, einen Polizisten herzuholen. Dir werden sie sowieso eher zuhören als mir.«

»Und was hast du vor?«

»Ich versuche, Leonhard zu helfen. Vielleicht kann

ich wenigstens etwas Zeit herausholen, bis du mit Hilfe eintriffst.«

»In Ordnung. Aber pass auf dich auf und versuch nicht, den Helden zu spielen!«

»Versprochen.«

Sie verließen das Schiff eilig. Während Bimo auf die Lagerhalle zulief, huschte Femke nach rechts davon. Die Halle verfügte vorne über ein großes Tor, doch das war nun geschlossen. Zudem wäre es unsinnig gewesen, direkt durch den Haupteingang hineinzugehen, also lief Bimo nach rechts weiter und suchte nach einer anderen Möglichkeit, in das Depot zu gelangen. Auf der Rückseite entdeckte er ein Loch in der Wand und auch die Bretter daneben sahen nicht mehr sehr stabil aus.

Ludger zahlte Bengt Skarp aus. Bei dem Trunkenbold bestand natürlich die Gefahr, dass er irgendwann im Suff einmal anfangen würde zu erzählen, was sich heute zugetragen hatte, aber darüber machte Ludger sich wenig Sorgen. Sobald Harjono zurückkam, würde er es ihm überlassen, den Holländer zum Schweigen zu bringen. Nachdem der Kapitän gegangen war, befand er sich alleine in der alten Lagerhalle. Er schnappte sich ein Stemmeisen und wollte damit eine der Kisten öffnen, als er ein Geräusch aus dem hinteren Teil der Halle vernahm. Mit der Eisenstange in der Hand ging er langsam dorthin, wo er die Quelle für den Laut vermutete. Er sah einen Lichteinfall, weil in der rückseitigen Hallenwand einige Bretter fehlten.

»Wo ist Leonhard?«, hörte er plötzlich eine gut bekannte Stimme neben sich.

»Wen haben wir denn da? Eine kleine Hafenratte.« Ludger sah Bimo hämisch an. Der Junge war allein gekommen, kein Zweifel. »Wie hast du hierhergefunden?«

»Ich will wissen, was Sie mit Leonhard gemacht haben!«

»Oh, mach dir um den keine Gedanken. Er sticht gerade wieder in See. Viel wichtiger ist doch, wie lange bist du schon hier?«

»Lange genug!«

Ludger konnte dem Javaner an den Augen ansehen, dass er log. Trotzdem würde ihm keine andere Wahl bleiben, als auch ihn zu beseitigen.

»Schlecht für dich«, sagte Ludger und holte ansatzlos mit dem Stemmeisen aus. Dann schleppte er den Bewusstlosen in eine Kammer weiter hinten in der Halle und sperrte die Tür ab.

Femke lief, so schnell sie konnte, und gelangte in den Teil des Hafens, wo sich die Bevölkerung Anjers zum sonntäglichen Flanieren traf. Ein Pferdegespann kam ihr entgegen, auf dessen Kutschbock ein Mann in einer dunkelblauen Uniform saß. Sie winkte mit ausgebreiteten Armen. Die Kutsche stoppte vor ihr. Die Tiere stampften unruhig mit den Hufen, was wohl auf das ständige Grollen, das von Krakatau ausging, zurückzuführen war, das ähnlich wie die Wellen des Meeres als ständiges Hintergrundrauschen zu vernehmen war.

»Bitte, Sie müssen mir helfen …«, setzte sie an, ehe sie erkannte, dass es sich bei dem dunkelblauen Anzug mitnichten um eine Polizeiuniform handelte.

»Warum halten wir?«, rief eine Männerstimme aus der Kutsche.

»Eine junge Frau bittet um Hilfe«, erwiderte der Kutscher.

»Die sollten wir ihr nicht verwehren«, lachte die Stimme aus der Kutsche, die Tür schwang auf und der Kopf eines Mannes erschien. »Steigen Sie ein, Mevrouw!«

Femkes Augen weiteten sich. »Sie?«

KAPITEL 30

DER ANFANG VOM ENDE

FOURTH-POINT-LEUCHTTURM, 26. AUGUST

Mit Besorgnis richtete Tuah sein Fernrohr auf Krakatau. Der Berg stieß erneut eine riesige weiße Rauchsäule in den Himmel, so wie er es bereits vor über drei Monaten im Mai getan hatte, und er ließ ein Grollen ertönen, das über das Meer zur Küste getragen wurde.

»Was siehst du dir an, Vater?«, fragte sein Sohn Ajip, der an diesem Sonntag bei ihm auf dem Leuchtturm war. Der Junge war beinahe zehn Jahre alt und so wissbegierig, wie Tuah es selbst in diesem Alter gewesen war.

»Ich kontrolliere nur, ob in der Sundastraße alles mit dem Rechten zugeht. Falls es ein Problem gibt, ist es meine Pflicht, ein Signal zu geben, um die Schiffe zu warnen.«

»So wie du es beim letzten Mal getan hast.« In Ajips Stimme schwang Stolz mit. Noch heute war Tuah in den Augen seines Sohnes ein Held, weil er seinen Posten auf dem Leuchtturm während des Ausbruchs im Mai nicht verlassen und während der ganzen Zeit das Signallicht am Brennen gehalten hatte.

»Genau so«, erwiderte er lächelnd und zerstrubbelte Ajips Haare mit der rechten Hand.

»Na, ihr zwei, habt ihr Hunger?« Seine Ehefrau Sumbi war hinaus auf die Plattform getreten, aber sie wagte nicht, bis an das Geländer zu kommen, wo Ajip und er standen. Sie hatte große Höhenangst und es hatte sie bereits einiges an Überwindung gekostet, überhaupt die Treppe des Leuchtturms emporzusteigen. Aber Tuah war stolz auf sie, dass sie es ihrer Angst zum Trotz getan hatte, um gemeinsam mit ihm den Tag zu verbringen.

»Und ob«, gab sein Sohn sofort zur Antwort.

»Gut, dann kommt hinein, ich habe uns das Mittagessen vorbereitet.«

Ajip lief sofort in das Innere, während Tuah erneut das leise Grollen von Krakatau vernahm.

»Kommst du auch, Tuah?«

»Natürlich.« Er rang sich ein Lächeln ab, obwohl er spürte, dass irgendwas nicht stimmte. Dennoch ging er hinein und aß mit seiner Familie zu Mittag.

Nach dem Essen rauchte Tuah auf der Plattform eine Pfeife und blickte versonnen auf das nahe Anjer hinab. Die Straßen der Stadt waren voll mit Menschen. Alle hatten den Mittagstisch verlassen und genossen nun ihre Sonntagsruhe. Im Hafen war nicht viel Betrieb, lediglich zwei größere Schiffe konnte er dort sehen, eines davon legte gerade wieder ab. Das Grollen des Krakatau war hier gleichwohl zu hören, aber daran hatten sich die Menschen schon gewöhnt. Seit Mai meldeten sich die Vulkankrater auf Krakatau immer mal wieder, ohne dass dem Rumoren in der Tiefe etwas folgte. An der Uferpromenade des Hafens konnte Tuah auch ohne Fernrohr die strahlend weißen Anzüge sehen, die alle Europäer fast ausnahmslos trugen. Die Männer hatten dazu noch einen Tropenhelm auf dem Kopf, während die Frauen in ihren langen Kleidern dazu passende kleine Schirmchen zum Schutz gegen die Sonne aufgespannt hatten. Die Einheimischen, die etwas abseits in einem eigenen Kampong in Küstennähe lebten, pflegten nicht zu flanieren. Sie konnten dieser Tradition der Kolonialherren nichts abgewinnen. Sie saßen im Schatten ihrer strohgedeckten Hütten – sofern sie nicht noch bei der Arbeit auf den Feldern und Plantagen waren. Denn der Sonntag war nur für die Europäer ein freier Tag. Trotzdem gab es einige Plantagenbesitzer, die ihre Leute schon um die Mittagszeit gehen ließen, um nicht in der drückenden Hitze zu schuften. In Anjer herrschte diesbezüglich eine bessere Stimmung zwischen den Kolonisatoren und der Bevölkerung, was Tuah sehr schätzte. Seine Pfeife hatte er von *Contrôleur* van Bruin geschenkt bekommen, der ihm auch sonst immer wieder sagte, wie stolz er auf ihn war.

Als der Knall ertönte, erschrak sich Tuah so sehr, dass ihm die handgeschnitzte Pfeife aus der Hand flog und sie über die Plattform in die Tiefe stürzte. Aber er achtete nicht darauf, sondern hielt sich die schmerzenden Ohren, in denen es schrill klingelte. Der Donnerschlag war lauter als alles gewesen, was er je zuvor gehört hatte. Sein Blick ging nach Westen, wo sich über Krakatau urplötzlich eine gewaltige schwarze Rauchsäule aufgebaut hatte, die mit irrsinnigem Tempo immer weiter an Höhe gewann. Das Meer, Sekunden zuvor noch ruhig und spiegelglatt, war jetzt in einem nie gekannten Aufruhr. Es verhielt sich gänzlich unnatürlich, schwappte wild auf und ab und wirkte wie ein wahrer Hexenkessel. Die riesige schwarze Wolke, die aus dem höchsten Berg von Krakatau aufstieg, breitete sich aus und bewegte sich rasend schnell auf die Küste zu.

»Tuah, was ist …« Sumbi verstummte, als sie sah, wie die Woge absoluter Finsternis auf sie zukam.

»Hinein, sofort!« Tuah lief zur Lampe und

entzündete augenblicklich das Licht. Danach betätigte er das Signalhorn, obwohl er wusste, dass durch den Knall bereits alle alarmiert sein mussten.

»Was ist das?«, fragte Ajip und zeigte auf die Plattform, auf die sich schnell eine dicke Schicht aus grauweißer Asche legte. Es stank nach Schwefel.

»Orang Alijeh«, wisperte Sumbi verängstigt. »Er ist gekommen, um Rache zu üben.«

Wie zur Bestätigung ging ein Hagel von unzähligen Gesteinsbrocken auf die Plattform des Leuchtturms nieder. Eine der Scheiben zersprang und ließ Scherben in das Innere regnen.

»Er wird uns alle töten«, fluchte Tuah. Er spürte, wie die Angst in ihm aufstieg. Trotzdem galt sein erster Gedanke der Pflicht, die er zu erfüllen hatte. Hektisch griff er sich sein Logbuch und notierte, was er beobachtet hatte.

»Ich habe Angst«, meldete sich Ajip mit einem Wimmern. Sumbi zog ihren Sohn an sich heran und umarmte ihn fest.

»Das musst du nicht. Es wird uns nichts passieren.« Dabei sah sie Tuah an.

Er nickte zögerlich und sah dann hinaus in die Schwärze, die selbst das Licht seines Leuchtturms nicht zu durchdringen vermochte. Dann rannte er hinunter, um Holzbretter und Werkzeug zu holen, um das zerstörte Fenster damit zu vernageln. Als er atemlos damit zurück in das Lampenhaus kam, spürte er ein leichtes Zittern der Erde, das aber schnell nachließ. Mit Sumbis Hilfe vernagelte er das zerstörte Fenster notdürftig. Dies schränkte natürlich das Licht ein, das die Lampe hinausstrahlen konnte, aber darauf konnte er jetzt keine Rücksicht nehmen. Als sie damit fertig waren, ging Tuah hinaus auf die Plattform, es war dunkel wie in der finstersten, mondlosen Nacht. In Anjer konnte er

Licht sehen und etliche Menschen, die über die Straßen liefen. Die Einheimischen, deren Kampongs an der Küste lagen, verließen ihre Hütten und flohen auf die nahen Hügel hinauf. Sie taten dies gerade noch rechtzeitig, denn nur kurz danach rollte eine große Welle auf die Küste zu. Tuah schätzte sie auf zwei oder drei Meter Höhe. Das Wasser traf mit großer Geschwindigkeit in den engen Hafen und ließ die dort vor Anker liegenden Fischerboote gegen die Kaimauer krachen, wo die meisten zerschmettert wurden. Aber nur ein schmaler Streifen der Stadt wurde überschwemmt.

»Komm wieder rein«, flehte Sumbi mit zitternder Stimme. Sie hielt Ajip fest an sich gedrückt und stand in der offenen Tür. »Glaubst du, wir sind hier sicher?«

»Viel sicherer als irgendwo anders«, antwortete er mit felsenfester Überzeugung. Er ging zu seiner Frau und streichelte seinem Sohn über den Kopf. »Wir bleiben hier, so lange, bis der Vulkanausbruch vorbei ist. Ihr müsst keine Angst haben, uns wird nichts passieren.«

KAPITEL 31
EXPERTEN

BATAVIA, ZUR SELBEN ZEIT

Überall sah er verängstigte und verwirrte Menschen, die vor ihren Häusern und Geschäften standen oder kauerten. Sie warfen ihm überraschte Blicke zu, als er in hohem Tempo an ihnen vorbeilief. Einen rennenden Niederländer sah man in Batavia seltener als eine Schneeflocke. Aber dies war Dr. van der Stok nun egal. Gleich nachdem er das laute Donnern vernommen hatte, war er aus seinem Sessel auf der Veranda aufgesprungen und eilte zu seinem Institut hinüber, das nur wenig Straßen von seinem Wohnhaus entfernt lag. Trotz der kurzen Strecke, die er zurücklegte, war seine Kleidung schweißnass. Er stürmte in das Gebäude und prüfte die Anzeige der Geräte. Die Ausschläge zeugten von einer immensen Explosion und er wusste sofort, was dafür verantwortlich war. Schnell lief er in sein Büro und notierte in sein Dienstbuch: *»13.06 Uhr – Ausbruch des Krakatau.«*

Ein unangenehmes, schrilles Klingeln ließ ihn zusammenfahren. Erst stutzte er, dann wurde ihm bewusst, dass es von dem neuen Telefon kam, das erst vor wenigen Wochen im Institut installiert worden war.

Der Gouverneur persönlich hatte sich dafür eingesetzt, weil er es leid war, immer Boten schicken zu müssen und nicht direkt vom Direktor zu erfahren, was vor sich ging.

Van der Stok war noch nicht sonderlich vertraut mit dem neuen Apparat, aber zumindest wusste er, dass er das kleine schwarze, glockenähnliche Teil, das ganz oben an einem Halter hing, abnehmen und ans Ohr halten musste.

»Hallo?«

»Johannes, hast du es auch gehört?«, fragte ihn die wohlbekannte Stimme seines Freundes Rogier Verbeek, die er – obwohl sie etwas seltsam blechern klang – sofort erkannte.

»Gewiss habe ich das. Es wäre unmöglich, etwas anderes zu behaupten, Rogier.«

»Johannes, sprich bitte lauter in den Trichter, ich kann dich kaum verstehen!«

Irritiert blickte er auf den gut fünfzig Zentimeter hohen Telefonapparat. Fast genau mittig angebracht entdeckte er das Gegenstück zu dem Hörer, den er sich ans Ohr hielt.

»Hörst du mich jetzt?«

»So klar, als ob du neben mir stündest«, schnarrte es in sein Ohr. »Also ist es passiert! Der Vulkan auf Krakatau ist erneut ausgebrochen, ganz wie ich es vorhergesagt hatte.« Die Stimme seines Freundes klang beinahe euphorisch.

»Das ist er wohl, aber wenn ich mich richtig entsinne, hattest du berechnet, dieser neuerliche Ausbruch würde erst in zwei Jahren stattfinden?«

»Die Methode, die ich entwickelt habe, ist noch neu, da kommen kleinere Fehler schon mal vor«, wiegelte Verbeek seinen Einwand ab. »Auf jeden Fall sollten wir versuchen, jetzt alle möglichen Daten zu sammeln, die wir bekommen können.«

»Ich bin dir weit voraus, mein Lieber«, gab er mit stolzgeschwellter Brust zurück. »Schließlich bin ich nicht ohne Grund am heiligen Sonntag im Institut.«

»Das habe ich geahnt, du bist halt genau so ein diensteifriger Kerl wie ich«, lachte Verbeek. »Also, zeichne du deine Daten da unten in Batavia auf, ich werde meine Instrumente hier oben ablesen. Wir sprechen uns dann heute Abend noch einmal und gleichen alles ab.«

Sie beendeten das Gespräch.

»Hier oben«, äffte van der Stok seinen Freund nach. »Nur weil er in Buitenzorg auf dem Schoß des Gouverneurs hockt, denkt er manchmal, er wäre etwas Besseres.«

Ein erneutes Zittern des Gebäudes zwang ihn dazu, sich schnell wieder auf seine Arbeit zu konzentrieren. Er hoffte nur, dass in seinem Zuhause nicht schon wieder Delfter Teller zu Bruch gehen würden.

KAPITEL 32
ABADDON
SUNDASTRASSE

Verzweifelt stand Leonhard an den Großmast des Frachters gefesselt und sah dem kleinen Segelboot hinterher, mit dem sich Harjono und seine Kumpane schnell entfernten, während das Rumoren aus Richtung Krakataus immer mehr zunahm. Die Javaner johlten und winkten gehässig zurück, während er nichts tun konnte, als zuzusehen, wie das Wasser durch die großen Löcher im Rumpf des Frachtraumes schoss, die die Javaner hineingeschlagen hatten. Die Leopold befand sich beinahe mittig in der Sundastraße und kein anderes Schiff war weit und breit zu sehen. Es würde nur noch Minuten dauern, bis der Frachtraum vollgelaufen war, das Schiff in die Tiefe gezogen und er dabei kläglich ersäuft werden würde. Knirschend neigte sich das Deck plötzlich und Leonhard realisierte, dass das Heck der Leopold aus dem Wasser in die Höhe gehoben wurde, als der Bug sich senkte und die Spitze bereits unter Wasser sank. Er zerrte an den Stricken, die um seine Handgelenke gebunden waren, aber diese gaben keinen Zentimeter nach. Er verfluchte den Namen seines Onkels, als das Wasser aus dem Frachtraum an Deck schwappte und sich der Bug immer weiter nach unten senkte und dadurch den hinteren Teil des Schiffes immer weiter in die Höhe hob.

Wir werden senkrecht in die Tiefe gerissen werden, dachte Leonhard.

Das Grollen des Krakatau ließ ihn den Kopf zur Seite reißen. Aus allen drei Kratern stiegen jetzt dicke Rauchsäulen in den Himmel, weiß und sich schnell ausbreitend. Doch das interessierte ihn nicht mehr. Seine Aufmerksamkeit galt jetzt nur noch dem Schiff, das sich Sekunde für Sekunde seinem Untergang näherte.

Der Explosionsknall, der urplötzlich ertönte, ließ ihn vor Schmerz aufschreien, in seinen Ohren pfiff ein schriller Ton. Erschrocken blickte er auf Krakatau, wo sich aus dem höchsten Berg gerade eine rot glühende Masse die Hänge hinunterwälzte. Die eben noch weißen Rauchsäulen waren plötzlich schwarz und verschluckten alles Licht. Es war, als hätte jemand die Sonne ausgepustet wie eine Kerze. Ein weiterer donnernder Knall dröhnte über das Wasser. Mit aufgerissenen Augen sah Leonhard, wie der Gipfel des mittleren Berges in Stücke gerissen wurde. Eine gewaltige schwarze Wolke bewegte sich über das Meer nun direkt auf ihn zu. Blitze leuchteten inmitten dieses Gebildes auf und ließen den finsteren Brodem rot aufglühen. Eine Feuerwalze. Wenige Sekunden, ehe diese ihn erreichte und Leonhard dachte, er würde nun bei lebendigem Leib verbrennen, schlug das Meer über ihm zusammen und er wurde in die Tiefe gezogen. Verzweifelt hielt er die Luft an und zerrte wie verrückt an den Fesseln, doch es war vergebens. Er hatte panische Angst vor dem schrecklichen Tod durch Ertrinken. Doch dann gab es einen gewaltigen Schlag und plötzlich wurde er wieder an die Oberfläche katapultiert. Ein riesiger Brocken Bimsstein hatte das Heck des Schiffes getroffen, es zerschmettert und durch die Wucht des Aufpralls, den bereits unter Wasser befindlichen Teil wie bei einer Wippe nach oben schießen lassen. Leonhard wusste nicht, wie ihm geschah, nur dass er für einen Moment wieder atmen konnte, ehe der Mast, an dem er immer noch gefesselt war, sich erneut zur Seite neigte und in die aufgewühlte See eintauchte. Doch dabei zerbrach der Mastbaum in zwei Teile. Das sah Leonhard nicht, weil um ihn herum nichts als Dunkelheit vorherrschte, aber er spürte es, als das massive Holz kurz oberhalb seines Kopfes barst. Mit zwei kräftigen Beinstößen gelang es ihm, sich von dem Reststück zu befreien und er schaffte es sogar wieder an die Oberfläche, wo sich das Meer in einen wahren Hexenkessel verwandelt hatte. Er war dieser Urgewalt hilflos ausgeliefert, zumal auch seine Hände immer noch gefesselt waren. Aber immerhin schaffte er es irgendwie, sich so drehen, dass er seine Arme unter angezogenen Beinen hindurch nach vorne bringen konnte. Es folgten endlos scheinende Minuten, in denen er immer wieder unter Wasser gedrückt wurde, sich nach oben kämpfte, nur, um dort wild umhergeschleudert zu werden. Blitze durchzuckten die Schwärze um ihn herum und er konnte sehen, wie immer mehr Lava aus dem mittleren Vulkan der Insel herausschoss.

Es ist hoffnungslos, dachte er bei dem Anblick. *Ich werde hier sterben.*

Eine weitere Woge erfasste ihn, hob ihn aus dem Wasser und schleuderte ihn ein Stück durch die Luft. Doch er stürzte nicht zurück ins Meer, sondern landete auf einem enormen Brocken Bimsstein. Er spürte, wie ihm bei dem Aufprall einige Rippen brachen, doch er klammerte sich sofort mit seinen Händen auf der rauen und mit Löchern übersäten Oberfläche der schwimmenden Miniinsel fest, die über das wilde Wasser tanzte und seine letzte Hoffnung auf Überleben war. So trieb er dahin, während der Vulkan sich austobte.

Nach einer Zeitspanne, die er nicht genau einschätzen konnte – es könnte eine Stunde oder auch fünf gewesen sein –, hatte sich die See wieder etwas beruhigt, was Leonhard kaum für möglich gehalten hätte. Oder war er nur so weit abgetrieben worden? Er wusste es nicht. Bäuchlings lag er auf seinem Bimssteinfloß und krallte sich mit aller verbliebener Kraft daran fest. Um sich herum gab es nichts außer Dunkelheit, nur hin und wieder von einem zuckenden Blitz am Himmel durchbrochen. Aber noch lebte er. Er wurde durchgerüttelt, als der Bimsstein plötzlich gegen etwas stieß, das einen dumpfen Laut von sich gab. Er kannte dieses Geräusch. Es war dasselbe wie damals im Mai, als die INDIA von einem Bimsstein gerammt wurde.

»Käpt'n! Da liegt einer auf diesem Brocken«, brüllte eine Stimme durch die Finsternis.

»Lebt er noch?«

»Keine Ahnung, der rührt sich nicht.«

Leonhards Arme waren taub und hatten sich so verkrampft, dass es ihm unmöglich war, damit ein Zeichen zu geben. Mit großer Anstrengung schaffte er es, seinen Kopf ein Stück anzuheben und zu der Seite zu drehen, von der die Stimmen kamen.

»Doch er lebt!«

»Holt ihn an Bord, schnell!«

Kurz darauf wurde er von mehreren Händen gepackt und fühlte sich kurze Zeit schwerelos. Dann legte man ihn vorsichtig auf den Planken eines Schiffs ab.

»Leonhard!«, stieß eine ihm sehr gut bekannte Stimme aus. Dann konnte er im Licht einiger Laternen das Gesicht von Graham McTavish sehen, der sich über ihn beugte. »Bringt ihn sofort unter Deck.«

Unfähig etwas zu sagen oder ein Zeichen zu geben, wurde Leonhard nach unten getragen und in eine der freien Kabinen gebracht. Dort gab er sich der Erschöpfung schließlich hin. Er wusste nicht, wie lange er geschlafen hatte, aber als er irgendwann wieder die Augen aufschlug, war es um ihn herum immer noch finster. Seine Hände waren bandagiert, ebenso wie sein Oberkörper. Das Schiff bewegte sich nur ganz leicht im Wellengang auf und ab. Der Vulkan hatte sich anscheinend wieder beruhigt. Ein Lichtspalt tat sich auf, als die Kabinentür geöffnet wurde und Graham McTavish eintrat.

»Du bist wieder wach. Wie fühlst du dich?«

»Furchtbar. Als ob ein Wal sich über mich gerollt hätte.«

»Dafür siehst du aber noch verdammt lebendig aus.« Der Kapitän stellte die Kerze, die er bei sich trug, auf dem Tisch ab. »Willst du mir sagen, was passiert ist? Wo ist das Schiff deines Onkels?«

»Gesunken.«

»Krakatau?«

»Nein.« Er richtete sich ein Stück im Bett auf. »Hast du zufällig etwas Wasser für mich?«

»Natürlich.« Graham reichte ihm eine Flasche, die er bei sich hatte.

Nachdem er diese bis zur Hälfte geleert hatte, fühlte er sich wieder einigermaßen in der Lage, um weiterzureden. Er berichtete Graham alles, was sich in Anjer zugetragen hatte und wie sein eigener Onkel ihn mit dem Schiff auf dem Grund des Meeres versenken wollte. McTavish sagte kein Wort, sondern hörte aufmerksam zu.

»Der Vulkanausbruch war mein Glück«, meinte Leonhard. »Wäre dieser riesige Bimsstein nicht direkt auf die LEOPOLD geschleudert worden, wäre ich jetzt tot.«

»Dann warst du heute wohl der Einzige, der Glück hatte«, brummte Graham. »Dieser Ausbruch hat eine verheerende Flutwelle auf die Küsten geschickt. Ich vermag mir nicht vorzustellen, wie viele Menschen dabei ums Leben gekommen sind.«

»Wie lange habe ich denn geschlafen? Welcher Tag ist jetzt? Und wo befinden wir uns gerade?« Er versuchte aufzustehen, aber Graham legte ihm eine Hand auf die Brust.

»Bleib liegen. Du brauchst noch Ruhe. Es ist gleich fünf Uhr morgens am 27. August. Wir ankern in der Lampung Bucht von Sumatra, in Sichtweite zu Telok Betong. Ich traue mich nicht, die Stadt anzulaufen. Ich habe einen Funkspruch vom Kapitän der BEROUW, eines holländischen Kriegsschiffs, bekommen. Das Schiff liegt dort im Hafen. Er sagte, der Seegang in Hafennähe ist viel zu wild, um ein Anlegen an Land zu riskieren. Wir würden an der Hafenmole zerschmettert werden. Ich gebe zwar nicht viel auf das Gerede von Holländern, aber diesmal bin ich geneigt, dem Mann Glauben zu schenken.« Graham lachte leise auf.

»Wir müssen zurück nach Anjer«, stieß Leonhard hervor.

»Nicht so schnell. Erst einmal werden wir hier abwarten, ob Krakatau jetzt wirklich Ruhe gibt. Er grollt immer noch. Ich traue dieser Hölleninsel mittlerweile alles zu. Auf jeden Fall möchte ich nicht erneut auf hoher See von einem Ausbruch überrascht werden. Deinen verbrecherischen Onkel werden wir noch früh genug zu fassen kriegen. Er denkt doch sicher, dass du bereits tot bist, nach diesem Ausbruch wäre alles andere auch wirklich ein Wunder. Aber wenn wir wieder zurück nach Batavia kommen, wird der Mistkerl sein eigenes Wunder erleben.«

Ein gewaltiger Knall ertönte und ließ die Gesichtszüge des Kapitäns augenblicklich entgleisen. Er sah entgeistert zu ihm und stürmte dann aus der Kabine heraus. All seine Kraft zusammennehmend, schwang Leonhard seine Beine aus dem Bett und stand vorsichtig auf. Er schnaufte tief durch, dann stakste er langsam in Richtung Brücke. Dort stand Graham, sein Fernrohr vor das rechte Auge haltend und starrte in die Dunkelheit. Bei ihm waren noch einige andere Besatzungsmitglieder.

»Da kommt was«, sagte er und ließ das Rohr sinken. »Eine große Welle. Holt den Anker ein«, befahl er einem der Männer neben sich, der sofort hinauseilte, um den Befehl umzusetzen. Dann griff er sich das Sprachrohr, das direkt mit dem Kesselraum verbunden war. »Hier spricht der Käpt'n. Ich will, dass ihr so schnell die Kohlen in den Ofen jagt wie nie zuvor in eurem Leben!«

»Was hast du vor?«, wollte Leonhard wissen.

Überrascht drehte McTavish sich zu ihm herum.

»Halt dich gut fest. Das wird gleich ein verdammt wilder Ritt werden.«

Ehe er fragen konnte, was genau der Kapitän damit meinte, leuchteten Blitze am Himmel auf und für einen Augenaufschlag lang konnte er das Meer sehen – und die Monsterwelle, die direkt auf sie zukam.

»Oh mein Gott. Die wird uns umwerfen.«

»Nicht wenn wir ihr entgegenfahren. Das ist die einzige Chance, die uns bleibt.« Er drehte wild am Steuerrad, bis der Bug der QUEEN ANNE genau auf die heranrasende Woge ausgerichtet war. Die Männer im Kesselraum gaben ihr Bestes. Mit einem spürbaren Ruck schoss das Schiff mit Volldampf voraus, seinem Schicksal entgegen.

Leonhard machte unwillkürlich einen Schritt zurück, als sich vor ihnen eine Wand aus Wasser erhob.

»Festhalten!«

Der Bugspriet drang in das Wasser ein, das Vorderdeck wurde geflutet. Doch gerade als Leonhard dachte, die Welle würde sie überrollen, hob sich der Rumpf vorne in die Höhe. Er wurde gegen die hintere Brückenwand geworfen, während Graham unter Mithilfe seines Steuermannes mit unerbittlichem Durchsetzungswillen das Steuerruder festhielt. Das Schiff neigte sich immer mehr, als es den Wellenberg hinauffuhr. Dann, schlagartig, kippte es beinahe vornüber, als es den höchsten Punkt der Welle erreicht hatte und auf deren Rücken wieder abwärts rauschte.

»Wir haben es tatsächlich geschafft«, schnaufte Graham. »War doch gar nicht so schlimm.« Er schnappte sich das Sprachrohr und gab den Männern im Kesselraum den Befehl, das Schaufeln einzustellen.

Ein lautes Signalhorn ertönte.

»Das ist der Leuchtturm von Telok Betong«, meinte der Steuermann.

Sie traten aus dem Brückenhaus und blickten zurück in Richtung der Stadt. Sie war nun viel näher gekommen, die Monsterwelle hatte sie, obwohl sie mit Volldampf voraus gefahren waren, ein Stück mit sich getragen.

»Die Welle wird immer höher«, stellte Leonhard mit Schrecken fest. Er schätzte sie auf dreißig Meter.

»Das ist die verdammte Bucht, die staucht das Wasser zusammen«, erwiderte Graham mit nüchterner Stimme. »Wir können nichts für diese armen Teufel tun, außer zu beten.«

Leonhard hielt den Atem an, als die Welle mit ungeheurer Geschwindigkeit über den Ort hereinbrach. Zuerst sah er den Leuchtturm einstürzen, der wie ein

Streichholz umgeknickt wurde und erlosch. Sämtliche Häuser verschwanden augenblicklich in den Fluten, die erbarmungslos alles und jeden mit sich rissen. Plötzlich tauchte ein Schiff auf, es musste das holländische Kriegsschiff BEROUW sein, dessen Kapitän Graham noch wenige Stunden zuvor vor dem Anlaufen des Hafens gewarnt hatte. Doch die BEROUW glitt nicht wie sie selbst wenige Sekunden zuvor über den Wellenkamm. Vielmehr wirkte das eiserne Kanonenboot wie ein Spielzeug, das erst wild hin- und hergeworfen und schließlich umgeschmissen und weit in die Stadt hineingespült wurde, wo es zwischen Kokospalmen stecken blieb.

All dies spielte sich in einer so kurzen Zeitspanne ab, dass Leonhard es nicht wahrhaben wollte, was er dort sah. Das Ausmaß der Zerstörung war ungeheuerlich. Bisher hatte er immer gedacht, die Hölle wurde aus Feuer und Flammen bestehen, doch nun wusste er es besser. Er wurde Zeuge, wie das Wasser mit höllischer Urgewalt Tausende Menschenleben auf einmal auslöschte. Der Kapitän und sein Steuermann neben ihm schienen ähnlich zu empfinden. Keiner sprach ein Wort. Aber schließlich war es Graham, der als Erster seine Sprache wiederfand.

»Fahren wir weg von hier, raus aus der Bucht, bevor eine weitere Welle kommt. Auf dem offenen Meer sind unsere Chancen zu überleben wohl doch höher.«

Der normale Instinkt eines Menschen, anderen zu helfen, die in Not waren, war hier zwecklos. Niemand konnte dieses Inferno überlebt haben. Also setzte sich die QUEEN ANNE wieder in Bewegung und steuerte auf das offene Meer zu.

KAPITEL 33
VERDERBEN
ANJER

Nachdem er Bimo eingesperrt hatte, war er hinaus vor die Halle getreten, um nachzusehen, wo sich sein Schiff gerade befand. Doch direkt vor seinem Lagerhaus hielt eine zweispännige Kutsche an und ehe er wusste, wie ihm geschah, richtete der Kutscher eine Pistole auf ihn.

»Guten Tag, Mijnheer!«

»Was soll das?«

»Lassen Sie uns besser drinnen weitersprechen«, erwiderte der Kerl und sprang von der Kutsche.

Ludger ging rückwärts in das Lagerhaus zurück, die Hände über den Kopf erhoben, während ihn der Holländer mit der Waffe bedrohte.

»Was wollen Sie von mir? Geld? Ich gebe Ihnen Geld, so viel Sie wollen.«

Der Mann mit dem Revolver gab keine Antwort. Dafür traten hinter ihm zwei weitere Männer in die Lagerhalle. Ein großgewachsener braunhaariger Mann, der ebenfalls eine Pistole im Gürtel bei sich trug und eine Petroleumlampe in der linken Hand, sowie ein kleinerer

Kerl in einem weiten schwarzen Umhang mit Kapuze, die so tief in das Gesicht gezogen war, dass Ludger es nicht sehen konnte.

»Sie sind ein gerissener Hund, Ludger, das muss ich neidlos anerkennen. Sie hätten es weit bringen können, wenn Sie sich nicht mit dem Falschen angelegt hätten.« Der Sprecher schlug die Kapuze zurück.

Er riss die Augen weit auf, als er Johan van Leeuwen ins Gesicht blickte.

»Sie, aber …?«

»Dachten Sie etwa, ich wäre der reichste Mann in Niederländisch-Indien geworden, weil ich mich einfach so übertölpeln lasse?« Der alte Holländer grinste finster. »Man schafft es nicht bis ganz nach oben, wenn man nicht gewillt ist, sich auch mal die Hände schmutzig zu machen. Und glauben Sie mir, meine Hände haben alle Arten von Dreck an sich gehabt im Laufe der Jahrzehnte.«

»Hören Sie, es ist nicht so, wie Sie denken. Ich … ich hatte nie vor, Sie zu betrügen«, stammelte Ludger.

»Sparen Sie sich das Gewimmer, sondern nehmen Sie es hin wie ein Mann, dass Sie verloren haben.« Van Leeuwen trat an eine der Frachtkisten heran und prüfte mit der Hand, ob sie noch verschlossen war. »Sie haben noch nicht hineingesehen«, stellte er mit amüsierter Stimme fest. Er nickte dem zweiten Mann zu, der die Petroleumlampe abstellte, sich sofort ein Stemmeisen, das an der Wand lehnte, schnappte, und damit den Deckel der Kiste aufstemmte.

»Wie Sie sehen, hätten Sie sich die Mühe des Abladens sparen können«, lachte van Leeuwen und wühlte mit seiner Hand in der offenen Kiste herum, die nichts weiter als vertrocknetes Astwerk und Blätter enthielt. »Mir war klar, wie Sie versuchen würden, mich zu hintergehen. Vom ersten Moment an, als Sie in mein Haus gekommen sind, wusste ich, was für ein falsches Spiel Sie mit mir zu treiben gedachten. Aber ich habe schon lange keinen Spaß mehr gehabt, also dachte ich, ich gehe auf Ihr Spiel ein. Es war tatsächlich ein viel größeres Vergnügen, als angenommen – zu sehen, wie Sie sich abstrampeln und alles versucht haben, um mich zu täuschen. Sie haben sich sogar Geld bei mir geliehen.«

Ludger fühlte sich wie gelähmt.

Er murmelte: »Liao Zheng …«

»Ja, der Chinese arbeitet für mich«, triumphierte van Leeuwen. »Er ist meine Augen und Ohren im Hafen. Daher kannte ich Ihren Namen schon seit einigen Jahren und wusste von Ihren kleinen Betrügereien, mit denen Sie sich mehr schlecht als Recht über Wasser hielten all die Jahre. Doch es hat mich beeindruckt, mit welcher Chuzpe Sie einfach zu mir nach Hause kamen, mich dreist anlogen und mir den erfolgreichen Geschäftsmann vorspielten. Ein wenig habe ich mich in Ihnen wiedererkannt – nur ein schwaches Abbild meiner selbst, aber trotzdem.«

»Warum haben Sie nicht schon längst dieses Spiel beendet?« Ludger versuchte, Zeit zu gewinnen, indem er den Holländer weitersprechen ließ. Er registrierte das laute Grollen, das immer mehr an Intensität gewann.

»Nun, zuerst war es nur ein Spaß für mich. Ich hatte natürlich stets alle Fäden in der Hand und es wäre mir ein Leichtes gewesen, Ihrem Treiben jederzeit ein Ende zu setzen«, fuhr van Leeuwen mit selbstgefälliger Stimme fort. »Aber als dann auch noch Ihr Neffe auftauchte und mir einer meiner Männer berichtete, dass dieser in Port Said verhindert hatte, dass ich etwas für mich ungemein Wichtiges in die Hände bekam, wollte ich die Sache noch ein wenig mehr auskosten. Leider haben Sie ihn bereits dem Tod überantwortet, wie ich mitbekommen habe. Dafür gebührt Ihnen mein Respekt. Sein eigen Fleisch und Blut ist meist am schwierigsten zu töten. Ich kenne mich da gut aus.« Ein leises Seufzen entfuhr dem Mund des alten Mannes und für einen Moment wirkte er sehr müde. »Aber mir ist auch noch eine andere Idee gekommen. Nämlich, warum ich von dieser Situation nicht auch profitieren sollte? Also habe ich Ihnen diese wertlosen Kisten packen lassen. Sie hätten bezeugt, dass meine wertvollen Zigarren im Meer versunken sind.«

»Sie müssen mich am Leben lassen, damit ich dies bezeugen kann«, meinte Ludger.

»Natürlich. Das hatte ich anfangs auch vor, allein, um mich an Ihrer Niederlage zu ergötzen. Aber dann erschien mir das Risiko doch zu hoch, Sie am Leben zu lassen. Ich habe zwei Zeugen hier, die an Ihre Stelle treten können.« Der Holländer deutete auf die beiden Männer. »Sie werden außerdem aussagen, dass Sie mich angegriffen haben und es deswegen Notwehr war, Sie zu erschießen.«

»Sie haben anscheinend an alles gedacht«, sagte Ludger und sah sich im Lagerhaus um. »Aber was, wenn es noch mehr Zeugen gibt? Womöglich sind wir nicht allein in diesem Lagerhaus.«

»Unsinn! Nur Ihr Neffe und diese Hafenratten aus Sunda Kelapa waren hier, sonst niemand.«

»Das dachte ich auch, aber ich wurde eines Besseren belehrt. Ich habe hier eine weitere Ratte erwischt und sie eingesperrt, damit Hajorno sich später um sie kümmern kann. Sie ist dahinten in der Kammer.« Er zeigte in die Richtung, wo sich das Kabuff befand, in das er Bimo eingeschlossen hatte.

»Sieh nach, ob er die Wahrheit sagt«, forderte van Leeuwen einen seiner Handlanger auf. »Warum sagen Sie mir das?«

»Nun, diese Person könnte für Sie von großem Interesse sein. Vielleicht könnten Sie damit eine andere Fehde endlich gewinnen.«

»Er hat die Wahrheit gesagt, Mijnheer«, rief der Handlanger vom Ende der Halle. Vor sich trieb er Bimo her.

»Was sollte mir dieser Bursche nutzen?«

»Nun, er gibt sich gerne mit der Tochter von einem Ihrer Freunde ab. Und ich weiß, wie gerne Sie Richter de Wit loswerden möchten.«

»Ach, dieser Kerl ist der Grund für den Aufruhr, den Femke de Wit verursacht hat?« Van Leeuwen lachte. »Vielleicht sollte ich den Knaben dann eher den beiden Schwestern van Vlekke ausliefern, die würden sich sicherlich liebend gerne seiner annehmen.« Sein Blick ging zu Ludger. »Aber Sie haben recht, das spielt mir tatsächlich in die Hände.«

»Wäre es dann nicht nur fair, wenn Sie mich dafür gehen lassen?«

»Ja, das wäre es wohl«, nickte der Holländer. »Aber ich muss Sie enttäuschen. Denn ich habe just vor wenigen Augenblicken noch jemanden im Hafen getroffen.« Er gab dem zweiten Mann ein Zeichen, der daraufhin hinauseilte und dann mit einer blonden Frau zurückkehrte.

»Femke«, stieß Bimo überrascht aus, als er sie erkannte.

Johan van Leeuwen nickte zufrieden.

»Daher werden Sie sicherlich verstehen, dass ich für Sie und den Bastard keinerlei Verwendung mehr habe. Doch es wird schnell gehen, das verspreche ich.«

Ehe Ludger reagieren konnte, feuerte der Mann, der ihn die ganze Zeit über mit dem Revolver bedroht hatte. Die Kugel durchschlug seine Brust. Er hörte das laute Aufkreischen von Femke de Wit. Einen Augenblick stand er fassungslos da, sah an sich herunter und beobachtete, wie sich sein weißes Hemd um das Einschussloch blitzschnell rot verfärbte. Dann sackte er auf die Knie. Das Letzte, was er vor seinem Ende noch von der Welt mitbekam, war ein markerschütternd lauter Knall.

Als der mächtige Donnerschlag ertönte, zuckten Johan van Leeuwen und seine beiden Handlanger erschrocken zusammen. Diesen kurzen Moment der Unachtsamkeit nutzte Bimo aus. Er stieß den Mann mit der Pistole gegen eine der Kisten, sprang zu Femke, packte ihre Hand und rannte mit ihr tiefer in die Halle hinein, zu dem Loch in der Wand, durch das er vorhin auch hineingekommen war. Vor dem Lagerhaus hörte man lautes Pferdegewieher, gefolgt von dem Klappern von Hufen, als die Tiere in Panik davonpreschten.

»Schnappt sie euch!«, brüllte Johan van Leeuwen durch die Halle, doch da hatten Bimo und Femke den Durchlass bereits erreicht und schlüpften hinaus ins Freie.

Irritiert stellte Bimo fest, wie dunkel es schlagartig geworden war.

»Komm, wir laufen ins Stadtzentrum«, sagte Femke und zog ihn mit sich. Beim Laufen warf er einen Blick in Richtung Meer, wo er am Horizont in der Dämmerung etwas Dunkles sah, das sich auf die Küste zubewegte. Er blieb stehen. »Was ist los?«

»Wir müssen raus aus der Stadt, hinauf in die Hügel«, gab er zurück. Erst jetzt sahen sie, wie alle anderen Menschen ebenfalls in Panik davonrannten und die Hafenpromenade, die wenige Augenblicke zuvor noch voller Menschen gewesen war, wie ausgestorben dalag. Erneut blickte er auf das Meer und jetzt wusste er auch, was da aus der Dunkelheit auf sie zurollte. »Schnell. Wir müssen weg vom Wasser.«

»Und auch weg vor denen«, sagte Femke und zeigte zurück zur Halle, wo gerade die beiden Lakaien von Johan van Leeuwen um die Ecke bogen und auf sie zu rannten. Doch dann flogen auf einmal Gesteinsbrocken aus dem Himmel herab, einer schlug nur einen Meter von ihm entfernt auf dem Boden auf.

»Lauf«, schrie er und zerrte Femke mit sich, als immer mehr Steine auf dem Hafen niedergingen. Sie liefen beide so schnell wie vermutlich noch niemals zuvor in ihrem Leben, und Bimo konnte nicht sagen, wovor er die größere Angst hatte – die beiden Männer, die sie töten wollten, oder die Katastrophe, die über sie alle hereingebrochen war.

Irgendwie schafften sie es, ohne von dem Steinhagel getroffen zu werden, zu den ersten Häusern Anjers durchzukommen. Sie liefen auf das erstbeste zu, dessen Tür sperrangelweit offen stand, und liefen Schutz suchend dort hinein. Es war niemand da, die Bewohner waren geflohen. Bimo drehte sich um und sah in die Schwärze, die immer mehr zunahm, und er hörte ein Donnern, das rasch an Intensität gewann. Auf das Dach das Hauses trafen vereinzelt Gesteinsbrocken.

»Wir sind hier nicht sicher«, schnaufte er. »Das Wasser wird gleich hier sein. Wir müssen weiter, hoch in die Hügel.«

»Wenn wir wieder rausgehen, werden wir erschlagen.«

»Und wenn wir hierbleiben, ersäuft. Was ist dir lieber, Prinzessin?« Er streckte Femke seine Hand entgegen. Sie lächelte ihn an und ergriff sie. Als sie wieder ins Freie traten, hatte der Steinhagel weitestgehend nachgelassen, dafür zuckten nun Blitze am Himmel und Bimo konnte zwei Gestalten sehen, die sich ihnen näherten. Sie rannten um das Haus herum, durch die schmalen Gassen Anjers entlang, als es urplötzlich laut krachte. Das Wasser war auf die Küste getroffen und hatte bereits die ersten Gebäude weggerissen.

»Schneller«, keuchte Femke. »Das Wasser kommt!«

»Das schaffen wir nicht«, gab er zurück. »Hier lang.« Er zog sie hinter sich her und steuerte auf eine mehrere Meter hohe Kokospalme zu. »Kletter hinauf!« Er umfasste ihre schmale Hüfte und hob sie in die Höhe. Sie klammerte sich wie ein Affe an den breiten Stamm und schob sich Stück für Stück empor. Bimo folgte ihr sofort, als auch schon das Wasser hinter ihm durch die Straßen schoss. Die Palme erzitterte und neigte sich gefährlich, aber sie hielt stand. Um sich herum konnte Bimo mehrere Menschen aufschreien hören, die es nicht geschafft hatten, sich in Sicherheit zu bringen. Jetzt wurden sie hilflos von den Wassern weggespült. Von ihren Verfolgern war nirgendwo mehr etwas zu sehen. Sie hielten sich mehrere Stunden an dem Baum fest, bis das Wasser wieder abgelaufen war und nur eine schmutzig braune Schlacke und eine Spur der Zerstörung zurückließ. Es war nun stockfinster, sämtliche Beleuchtung in Anjer war ausgefallen, nur das Licht des Leuchtturms erhellte in regelmäßigen Abständen die wie ausgestorben daliegende Stadt.

Femke zitterte am ganzen Körper, was kein Wunder war, denn die Temperatur war unglaublich gefallen, auch Bimo spürte die Kälte. Er legte seinen Arm um Femke und versuchte, sie zu wärmen. Das Donnern des Vulkans dröhnte über die menschenleeren Straßen.

»Was machen wir jetzt?«

»Ich weiß es nicht.« Sein Blick ging zum Meer, aber dort gab es außer Finsternis nichts. Er drehte sich herum und sah einige Lichter weit entfernt in den Hügeln aufleuchten. »Wir sollten uns einen höher gelegenen Ort suchen. Gut möglich, dass es noch nicht vorbei ist.«

KAPITEL 34
UNZERSTÖRBAR

FOURTH-POINT-LEUCHTTURM

Ein leises Grollen kam von der Sundastraße zu ihnen herüber. Tuah stand auf und schaute aus dem Fenster in die totale Finsternis, die nur von seinem Leuchtfeuer gelegentlich durchbrochen wurde. Es war beinahe fünf Uhr morgens, normalerweise würde er nun schon die ersten Sonnenstrahlen sehen und in Kürze die Lampe ausschalten. Doch noch immer verdunkelte der schwarze Rauch von Krakatau den Himmel und gab nirgends auch nur einen kleinen Streifen frei. Leise öffnete Tuah die Tür, um die schlafende Sumbi, die Ajip fest im Arm hielt, nicht zu wecken, und schlüpfte auf die Plattform hinaus. Ihn fröstelte. Es war ungewöhnlich kalt. Er schlug den Hemdkragen hoch und ging ein paar Schritte nach rechts, um einen Blick auf Anjer zu werfen. In der Stadt selbst brannten einige Laternen und kleinere Feuer weiter oben in den Hügeln. Die Einheimischen waren immer noch nicht in ihre Kampongs zurückgekehrt, da diese alle sehr dicht den Küstenstreifen entlang gebaut waren. Das Leuchtfeuer beschien für einen kurzen Augenblick diesen Abschnitt und er konnte sehen, dass glücklicherweise die meisten der Hütten noch standen. Darunter auch seine eigene. Sein Blick ging wieder nach Westen, in die Richtung, wo sich in der Schwärze der nicht enden wollenden Nacht Krakatau befinden musste.

»Ich hoffe, du gibst jetzt endlich Ruhe«, murmelte er. Er glaubte nicht an die Sage von Orang Alijeh, aber er wusste, dass Sumbi es tat. Und wer weiß, vielleicht gab es doch einen wahren Kern. Immerhin hatte der Vulkan bisher die Einheimischen verschont, der gestrige Ausbruch brachte zwar große Flutwellen, aber nicht so hoch, als dass sie ihnen gefährlich werden konnten. Nur einige Schiffe im Hafen waren zerstört worden, während die Boote der einheimischen Fischer, die sie meist komplett aus dem Wasser hoben und am Strand nahe ihren Hütten lagerten, noch unversehrt schienen. Tuah war trotzdem froh darüber, dass er mit seiner Familie im Leuchtturm ausharren konnte. Dies war mit Abstand der sicherste Ort, den man im Moment in Anjer finden konnte.

»Ist alles in Ordnung?«, hörte er die Stimme seiner Frau zu ihm auf die Plattform hinaus flüstern.

»Es sieht so aus, ja. Wie geht es Ajip?«

»Er schläft noch.«

»Das ist gut. Wir werden noch eine Weile hier bleiben, ehe wir zurück in unser Heim gehen. Hier im Turm sind wir sicher.«

Sumbi nickte ihm zu. »Was immer du für richtig hältst.« Sie verschwand wieder ins Innere, während er die Augen zusammenkniff, weil er glaubte, ein rotes Aufblitzen am Horizont gesehen zu haben.

Er wandte sich um und wollte ebenfalls wieder hineingehen, als es eine Detonation gab – viel gewaltiger noch als am Tag zuvor. Er hielt sich die Hände schützend vor die Ohren. Kurz darauf begann der Turm abermals zu zittern.

»Tuah!« Sumbi kam erneut hinaus, der Schrecken stand ihr ins Gesicht geschrieben. Ajip klammerte sich total verängstigt an seine Mutter.

Er wagte nicht, sich umzudrehen und hinaus auf das Meer zu blicken. Aber er vernahm die donnernden Salven, die der Vulkan abfeuerte und dadurch das Meer aufpeitschte.

»Geht wieder hinein, sofort«, stieß er hervor. Dann drehte er sich doch um. Blitze zuckten in der Finsternis über Krakatau, rot glühende Lava war zu sehen, die sich den Hang des Rakata hinunter ins Meer wälzte. Er fuhr zurück – und erstarrte. Im Schein des Leuchtfeuers sah er die Küstenlinie von Anjer. Er riss die Augen auf und umklammerte mit beiden Händen das Geländer. »Was in Allahs Namen geschieht hier?«

Es war kein Wasser mehr zu sehen. Stattdessen blickte er auf Sand und die großen Korallenriffe, die sich direkt vor der Küste befanden. Niemals zuvor hatte sich das Wasser so weit zurückgezogen. Dann sah er sie.

Die Welle.

Sie war gigantisch und bewegte sich mit bedrohlicher Langsamkeit auf die Küste zu. Mindestens zwanzig Meter musste diese Monsterwelle hoch sein. Er riss sich vom Geländer los, rannte ins Innere und betätigte das Typhon, wieder und wieder. Dann traf das todbringende Wasser ein, das auf den letzten Metern vor der Küste urplötzlich an Tempo gewann. Tuah spürte, wie der Turm bebte und zitterte, doch er hielt stand. Obwohl seine Frau ihn anflehte, bei ihr zu bleiben, eilte er wieder nach draußen, wo er fassungslos mit ansah, wie Anjer unter den Wassermassen begraben wurde. Die wenigen noch halbwegs unversehrten Schiffe, die Lagerhäuser im Hafen – alles wurde zermalmt. Durch das Tosen und Brüllen hindurch hörte er leise die panischen Schreie der

Menschen. Sie flüchteten in Todesangst auf die Hügel im Hinterland. Viele schafften es – aber nicht alle. Etliche hatten keine Chance. Tuah sah eine große Gruppe von der Küste fortlaufen, möglicherweise Bewohner seines Kampongs, aber im nächsten Augenblick schwappte das Wasser über sie und verschlang sie. Einfach so. Mit ungeheurer Gewalt waren die Hütten allesamt weggerissen worden, Bäume entwurzelt und auch die aus Ziegeln erbauten Häuser der Kolonisten – nichts konnte der Naturgewalt standhalten. Nur sein Leuchtturm trotzte dieser Macht. Obwohl es unwirklich schien, fühlte er sich sicher. Er ging wieder hinein und kniete sich neben Ajip und Sumbi hin.

»Ihr müsst keine Angst haben, uns wird nichts passieren«, sagte er zu ihnen und seine Stimme klang dabei so zuversichtlich, dass seine Frau ihn schwach anlächelte.

Es folgten noch zwei Explosionen auf Krakatau, jede noch lauter als die vorherige. Tuah ging nicht mehr nach draußen, er setzte sich an den kleinen Tisch, nahm sich das Logbuch und notierte gewissenhaft die Uhrzeiten der Detonationen. Die zweite ereignete sich um 6.44 Uhr, die dritte fand um 8.20 Uhr statt, danach folgte Stille. Immer noch war es finsterer als in der tiefsten Nacht und es gab keine Anzeichen, dass die Sonne jemals wieder scheinen würde. Doch sein Turm hielt stand. Es wurde 9 Uhr und nichts geschah, auch eine halbe Stunde später war kaum noch etwas von Krakatau zu hören.

»Ich glaube, wir haben es überstanden«, sagte er. Sein Blick aus dem Fenster zeigte ihm, dass ein Teil der Stadt doch noch stand, die Häuser der Holländer, darunter auch das von *Contrôleur* Edwin de Bruin, das auf einem Hügelkamm erbaut war, hatten den Wassern ebenfalls die Stirn geboten. Er konnte auch vereinzelte

Feuer auf den Hügeln sehen. Leise sprach er: »Allah sei gepriesen.«

Ein Scherbenregen ging auf ihn nieder, als Krakatau eine vierte Explosion folgen ließ und damit alle Scheiben des Leuchtturms sprengte. Ein Geräusch, schrecklicher als alles, was er jemals zuvor gehört hatte, dröhnte in seinen Ohren. Sumbi und Ajip warfen sich zu Boden, die Hände auf die Ohren gepresst. Dann hagelte es glühende Steine, die auf dem Dach und der Plattform des Leuchtturms niedergingen. Ungläubig sah er, wie einer der weiß leuchtenden Brocken auf dem Gitter lag, es zum Schmelzen brachte und hindurch in die Tiefe fiel.

»Runter«, schrie Tuah, »lauft die Treppe hinunter und bleibt dort, bis alles vorbei ist.« Er zog seinen Sohn auf die Beine und bugsierte ihn zu den Stufen.

»Wir müssen hier raus«, kreischte Sumbi in Panik.

»Nein! Wir bleiben im Turm. Er ist unzerstörbar.«

Sie rannten die Stufen hinab, doch auf der Hälfte fiel ihm ein, dass er das Logbuch oben vergessen hatte, und machte kehrt, um es zu holen.

»Tuah, wo willst du hin?«

»Lauft weiter, ich komme gleich nach. Ich muss nur etwas holen«, rief er und hastete nach oben. Der Turm begann zu vibrieren wie nie zuvor. Als er oben beim Leuchtfeuer ankam, griff er sich das Logbuch vom Tisch und wagte noch einen Blick nach draußen. In diesem Moment strahlte das Leuchtfeuer auf das Meer. Tuah versteinerte und seine Finger waren unfähig, noch etwas festzuhalten. Die Kladde rutschte ihm aus der Hand.

Was seine Augen sahen, war eine Wand aus Wasser.

Mächtig. Gigantisch. Erbarmungslos.

Der Wasserberg war noch einmal größer als die erste Welle, die auf Anjer getroffen war. Viel größer. Sie überragte sogar den Turm und der war siebenunddreißig Meter hoch.

»Das kann nicht sein«, wisperte er verzweifelt und hielt seinen Blick auf die höllische Wasserwand gerichtet, die sich langsam und unerbittlich näher walzte. Schließlich riss er sich von dem unfasslichen Anblick los, machte einen Satz zur Treppe und rief beim Hinunterlaufen: »Lauft! Raus hier! Lauft!«

»Tuah, was …?«

»Ihr sollt laufen, schnell!«

Der Turm bebte immer mehr und Tuah musste aufpassen, nicht die eisernen Stufen hinunterzufallen. Sumbi und Ajip rannten aus der Tür ins Freie, als er gerade auf dem unteren Drittel der Treppe angekommen war. Ein heftiger Schlag traf den Turm und eine Wasserfontäne schoss von oben auf ihn hinab, brachte ihn ins Straucheln und spülte ihn beinahe von der Treppe. Verzweifelt klammerte er sich am Geländer fest. Sein Blick ging nach oben, wo das Licht der Gaslampe gerade erlosch. Dann wurde der obere Teil des Turms von einem monströsen Stein, der ihn an ein Korallenriff erinnerte, hinweggefegt. Tuah schrie. Wasser drückte ihn hinab und ließ die Welt um ihn herum in Schwärze versinken.

KAPITEL 35
NIEDERGANG

Sein linker Arm schmerzte und er zitterte am ganzen Körper. Doch sein Wille war ungebrochen. Er hatte in seinem langen Leben schon Schlimmeres erlebt und er würde sich weder von einem Vulkan noch von einem javanischen Bastard unterkriegen lassen.

»Hast du sie endlich gefunden?«, fauchte er seinen Untergebenen an, der gerade wieder in das Zimmer trat.

»Unmöglich, bei dieser Finsternis und der Zerstörung, Mijnheer«, gab Bas zurück. Auch er war verletzt und hatte einen Verband um den Kopf gewickelt. Er hatte mehr Glück gehabt als ein unglücklicher Kumpan, der vom Wasser verschlungen worden war.

»Sie dürfen uns nicht entkommen. Vor allem nicht die Tochter des Richters.«

»Vielleicht sind sie bereits tot.«

»Ich brauche Gewissheit.«

Johan van Leeuwen stand auf und stieg die Treppe hinunter. Sie hatten sich beim Herannahen des Wassers in eines der höchsten Häuser Anjers gerettet, dessen dicken Mauern dem Ansturm der Wellen widerstanden.

Mehrere Gebäude links und rechts von seinem Zufluchtsort waren zerstört und niedergerissen worden. Sein Blick glitt durch die in Dunkelheit gehüllte Stadt. Vom Leuchtturm aus strahlte in gleichmäßigen Abständen ein breiter Lichtstrahl herüber. In einiger Entfernung konnte er mehrere helle Lichtpunkte ausmachen, die wohl von Feuern in den Hügel kamen.

»Wir werden sie dort suchen«, befahl er und stapfte voran.

◆

Bimo lehnte mit dem Rücken an einem großen Felsen und hielt Femke fest im Arm, die ihren Kopf auf seiner Brust abgelegt hatte und ruhig schlief. Sein Blick folgte dem Lichtstrahl des Leuchtturms, der unablässig seine Runden drehte. Etwas weiter von ihm entfernt lagerten einige Einwohner aus Anjer, die auf ihre Stadt hinunterblickten und hofften, dass keine weiteren Eruptionen von Krakatau mehr folgen würden. Er wusste nicht, wie spät es war, aber es musste bereits Nacht sein oder vielleicht sogar schon wieder früher Morgen. Das konnte man aufgrund des fehlenden Lichtes und dem rauchverhangenen Himmel nur schätzen. Er sah, wie einige der Bewohner mit Fackeln in den Händen die Hügel hinabstiegen und wieder zurück in ihre Stadt gingen. Vorsichtig weckte er Femke auf.

»Was ist? Ist es schon morgen?«, fragte sie verschlafen. »Dann hätte ich jetzt gerne mein Frühstück.«

»Ich fürchte, das kann ich Ihnen nicht bieten, Prinzessin.«

»Warum weckst du mich dann?«, fragte sie mit gespielter Verärgerung.

»Einige der Menschen gehen zurück in die Stadt.«

»Willst du ihnen folgen?«

»Ich weiß nicht, was meinst du?«

»Der verfluchte Vulkan scheint Ruhe zu geben, oder?« Sie lauschte angestrengt in die Dunkelheit.

»Er grummelt immer mal wieder und lässt es hin und wieder donnern, aber der ganz große Ausbruch scheint vorbei zu sein.«

»Gut, dann sollten wir es auch wagen. Ich bin am Verhungern und Durst habe ich auch.«

Bimo nickte. »Geht mir nicht anders.«

Sie standen auf und folgten einem Trampelpfad, der hinab zur Stadt führte. Nachdem sie einige Minuten gegangen waren, konnte Bimo ein Licht erkennen, das ihnen hin- und herschwingend entgegenkam. Als sie weitergingen, überkam ihn plötzlich ein ungutes Gefühl und er stoppte.

»Was ist los?«

»Da kommt uns jemand entgegen. Was, wenn es van Leeuwen oder einer seiner Männer ist?«

»Na gut, dann verstecken wir uns eben, bis die an uns vorbei sind.«

Sie suchten Schutz hinter einigen Banyan-Bäumen und warteten, bis das Licht bei ihnen vorbeikam. Es war eine kleine Gruppe von Einheimischen, die eine Petroleumlampe an einem langen Stock befestigt hatten und vor sich hertrugen. Als der letzte aus dieser Gruppe an ihnen vorbei war, verließen sie ihr Versteck und gingen zum Pfad zurück.

»Siehst du, keine Gefahr. Vielleicht ist van Leeuwen auch schon ertrunken«, sagte Femke.

»Oh, ich fürchte, da muss ich Sie enttäuschen, meine Liebe«, ertönte plötzlich eine Stimme aus der Finsternis.

Ehe Bimo regieren konnte, trat jemand hinter ihn und ließ einen stumpfen Gegenstand auf seinem Schädel niedergehen. Er stürzte zu Boden.

»Nein«, schrie Femke, doch sie verstummte sofort, als ihr jemand etwas vor den Mund presste.

»Welch glückliche Fügung, dass Sie mir hier geradewegs in die Arme gelaufen sind«, sagte Johan van Leeuwen. »Zumindest für mich. Bas, vergewissere dich, ob der Junge tot ist.«

Bimo spürte immer noch den pochenden Schmerz in seinem Kopf, aber noch lebte er. Als sich ein Schatten über ihn beugte, riss er mit der Kraft der Verzweiflung seine Beine in die Höhe und traf den Körper des Mannes mit voller Wucht. Es gab ein dumpfes Geräusch, als der Kerl neben ihm auf dem Boden landete. Immer noch leicht benommen rappelte Bimo sich auf und wollte sich auf van Leeuwen stürzen, als ihn der am Boden liegende Mann an den Knöchel langte und ihn ins Straucheln brachte. Abermals landete er im Dreck.

»Du wirst doch wohl mit diesem Hänfling fertig werden«, fauchte van Leeuwen und schrie kurz danach vor Schmerz auf. »Dieses Biest hat mich gebissen!«

»Komm schnell.« Femke packte ihn mit beiden Händen am Kragen und half ihm wieder auf die Beine, dann rannten sie beide den Pfad weiter in die Stadt hinab.

»Hinterher, du Trottel«, schrie der Holländer.

»Wo wollen wir hin?«, fragte Bimo.

»Egal wo, nur weg!«

Dann gab es einen grellen Blitz, der die Schwärze durchzuckte, gefolgt von einem gewaltigen Knall. Am Horizont konnte Bimo sehen, wie es über Krakatau rot aufglühte und sich die Bergspitze plötzlich aufzulösen schien.

»Wir müssen umdrehen«, stieß er geschockt hervor. Unter seinen Füßen spürte er, wie die Erde erbebte. Ein tiefes Grollen erklang, ein grausamer Laut, der Vernichtung und Niedergang ankündigte. Doch Femke rannte den Pfad weiter hinab. »Warte, nicht!« Er versuchte, sie einzuholen.

Auf dem Pfad kamen ihnen einige der Menschen, die ihnen vorhin ein gutes Stück voraus waren, in Panik entgegen.

»Hoch, wir müssen hoch. Das Wasser, es kommt«, schrien sie. Femke wurde von einem Mann angerempelt und verlor das Gleichgewicht.

Ehe Bimo bei ihr war und ihr aufhelfen konnte, packte ihn eine Hand im Nacken.

»Hab ich dich, du kleine Ratte. Jetzt bist du …« Weiter kam er nicht, als ihn weitere Flüchtende einfach umrannten.

Bimo atmete auf, eilte zu Femke und zog sie auf die Beine.

»Oh mein Gott«, stammelte sie, als die Erde wie verrückt zu zittern begann. Dann donnerte ein Berg tiefschwarzes Wasser auf sie zu. Bimo glaubte erst, seinen Augen nicht trauen zu können. Eine gewaltige Woge, unvorstellbar hoch und schnell hatte die Küste getroffen und diesmal wirklich alles zermalmt, was ihr im Weg stand. Häuser wurden weggerissen, Bäume entwurzelt oder einfach umgeknickt. Sogar der Leuchtturm wurde zerschmettert.

Sie rannten los, den Hügel hinauf, doch die Monsterwelle war zu schnell für sie. Das Wasser riss sie mit sich fort und trug sie weiter landeinwärts. Verzweifelt versuchte Bimo, Femke zu halten, doch sie wurden getrennt. Er konnte nichts anderes tun, als unermüdlich gegen das Wasser anzukämpfen und zu versuchen, seinen Kopf oben zu halten. Er wurde über die Hügelkuppe gespült, wo das Wasser dann langsam an Kraft und Schnelligkeit verlor und es ihm gelang, sich am Ast eines Baumes festzukrallen, während das tödliche Nass wieder zurück zum Meer floss. Um sich herum sah

Bimo einige Körper in der dunklen Brühe treiben. Er rief Femkes Namen, immer wieder, aber bekam keine Antwort. Schließlich war das Wasser so weit zurückgewichen, dass er den Ast wieder loslassen konnte. Sofort begab er sich auf die Suche nach Femke.

◆

Sie spürte einen stechenden Schmerz in der linken Hand und als sie dorthin sah, erkannte sie, dass ein Spazierstock direkt durch ihre Handfläche getrieben worden war und sie durchbohrt hatte. Ohne weiter darauf zu achten, blickte sie sich um. Einige Tote lagen neben ihr, sie wusste nicht, warum sie das Glück hatte, überlebt zu haben. Aus der Ferne hörte sie, wie jemand ihren Namen rief.

Bimo! Er lebt.

Sie erwiderte seinen Ruf und rannte in die Richtung, aus der seine Schreie kamen. In der Finsternis sah sie seine Silhouette auf sich zukommen.

»Bimo, hier bin ich!«

Dann sah sie das Aufblitzen des Mündungsfeuers einer Pistole und erstarrte in der Bewegung. Sie fasste sich mit der unverletzten Hand an die Brust und spürte, wie Blut aus der Wunde strömte. Ihre Beine gaben nach und sie kippte zu Boden, wie eine Puppe, deren Puppenspieler die Fäden durchtrennte. Sie sah, wie sich schwere Stiefel näherten, und hörte dann die Stimme von Johan van Leeuwen.

»Vielen Dank, dass Sie es mir so leicht gemacht haben, Mevrouw de Wit. Es ist ein Jammer, dass es so enden muss.« Er richtete den Revolver auf ihr Gesicht.

Es gab einen lauten Knall, als mehrere Dinge gleichzeitig passierten.

Der Krakatau brach erneut aus, der Schuss löste sich

und der Schädel des Holländers platzte auf, als Bimo auf ihn mit einem faustgroßen Felsbrocken einschlug.

»Femke, nein!« Bimo ließ den Stein fallen, mit dem er van Leeuwen gerade die Schädeldecke eingeschlagen hatte, und kniete sich neben seine Freundin. Sie lächelte ihn glücklich an.

»Da bist du ja«, flüsterte sie schwach.

Er sah die Wunde in ihrer Brust, aus der das Blut lief. Schnell zog er sein Hemd aus und presste es darauf.

»Es ist zu spät, Bimo. Bring dich in Sicherheit.«

»Nein, ich rette dich.« Er hörte das Donnern, das die nächste Flutwelle ankündigte. Er schob seine Arme unter Femkes zierlichen Körper und hob sie in die Höhe. »Halt durch.«

Er lief los, immer weiter die Hügel hinauf, bis er den höchsten Punkt erreicht hatte und sie das Wasser unmöglich erreichen konnte. Dort ließ er sie sachte zu Boden gleiten. Ihre Haut war eiskalt.

»Ich wäre gerne mit dir nach Europa gefahren«, sagte sie schwach. »Aber das musst du jetzt ohne mich machen.«

»Nein, niemals. Bitte verlass mich nicht. Du musst durchhalten.« Er sah sich verzweifel um, aber sie waren allein. Es gab keine Hoffnung auf Rettung. Mit tränengefüllten Augen sah er auf Femke hinab.

»Ich war wirklich gerne deine Prinzessin«, hauchte sie ihm zu, ehe ihr Blick starr wurde und ihr Kopf schlaff zur Seite kippte.

»Nein, lass mich nicht alleine … bitte …« Er verstummte. Sie war tot.

. . .

Die noch folgenden zwei Eruptionen von Krakatau ließen die Erde beben und die Luft zittern, doch sogar die gigantische Explosion vermochte nicht, ihn dazu zu bringen, seinen Blick von Femke abzuwenden, die aus dem Leben geschieden in seinen Armen schlief. Sie waren hier sicher, keine Macht der Welt konnte sie erreichen. Aber schließlich, nach einer Ewigkeit, ließ er seine Prinzessin los. Er hob ein Grab aus, in dem er mit bloßen Händen die Grassoden aus dem weichen Boden riss und grub, bis seine Hände blutig waren. Als er fertig war, legte er Femke sanft hinein, küsste sie noch einmal auf die Stirn und nahm ihre goldene Kette mit dem Kreuz an sich. Dann bedeckte er sie mit Erde. Zum Schluss suchte er noch einige Steine zusammen und legte sie kreuzförmig auf das Grab. Den Abschluss bildete ein glatter weißer Stein.

Gerade als er damit fertig war, vernahm er ein leises Schnauben hinter sich. Er drehte sich um und sah ein Pferd, das mit hängendem Kopf dastand. Vorsichtig erhob er sich und ging langsam auf das Tier zu, das aber auch keine Anstalten machte, vor ihm davonzulaufen. Er sah noch ein letztes Mal auf Femkes Grab, ehe er davonritt.

KAPITEL 36

IN DER PFLICHT

EHEMALIGER FOURTH-POINT-LEUCHTTURM

Als er die Augen aufschlug, wusste er nicht recht, ob er noch lebte oder ob er in der Hölle erwacht war. Doch der Schmerz, der ihm durch den Körper schoss, bewies ihm, dass er tatsächlich noch am Leben war. Er wischte sich mit der rechten Hand über das Gesicht, das von einer dicken Schlammschicht bedeckt war. Der schwarze Schleier lichtete sich daraufhin ein wenig. Doch es war dessen ungeachtet noch dunkel. Am Himmel zogen die schwarzen Wolken entlang, das konnte er durch die Gitterstufen der Treppe hindurch sehen. Irritiert stellte er fest, dass er sich immer noch im Leuchtturm befand. In den Überresten davon. Stöhnend krabbelte er langsam unter der Treppe hervor, von der nur noch die unteren zehn Stufen übrig waren und sich zur Seite bog wie ein windschiefer Baum. Vom einstmals stolzen Turm waren nur noch wenige Meter stehen geblieben. Sein Blick ging nach rechts, wo er die offen stehende Tür sah. Es durchzuckte seinen Körper.

»Ajip! Sumbi!« Er wollte hinausrennen, fiel jedoch nach wenigen Schritten wieder hin und landete im Schlamm. Mühsam kämpfte er sich auf die Beine und taumelte benommen hinaus. Dort war nichts zu sehen, außer der alles bedeckenden Schlacke, die auch im Stumpf des Leuchtturms war. Ein stetiger, leichter Aschefall rieselte aus den dunklen Wolken über ihn. »Ajip«, rief er, so laut er konnte in die Dunkelheit, doch er bekam keine Antwort. Er torkelte noch einige Schritte weiter, ehe er zusammenbrach und die Tränen nicht mehr zurückhalten konnte.

Irgendwann fand er schließlich die Kraft, um wieder aufzustehen. Sein Blick ging dorthin, wo Anjer lag. Doch da gab es nichts mehr. Nicht das kleinste Anzeichen, dass hier jemals Menschen gelebt hatten, war zu sehen. Er drehte sich herum und sah zum Leuchtturm, dessen kläglicher Rest nun wie ein abgebrochener Zahn verloren und nutzlos herumstand. Aus der Ferne hörte er ein Schiffstyphon.

»Ein Leuchtfeuer«, murmelte er wie in Trance. »Sie brauchen ein Leuchtfeuer.«

Hektisch bewegte er den Kopf hin und her und hielt Ausschau nach Holz, damit er ein Signalfeuer für die Schiffe in der Sundastraße entfachen konnte. Doch es gab nur Schlamm, Dreck und Steine. Erneut heulte ein Typhon vom Wasser herauf. Da entdeckte er einen dicken Ast, der aus der Schlammschicht emporragte. Er zog ihn heraus und rannte damit zum Stumpf des Leuchtturms zurück. Dort brach er den fast zwei Meter langen Ast in mehrere Stücke und schichtete diese direkt am Fundament des Turms an der Wasserseite auf. Aus seiner Hosentasche holte er Streichhölzer hervor, mit denen er sonst immer nur seine Pfeife angezündet hatte. Doch die Hölzer waren feucht, wie auch das Holz viel zu nass war, um sich überhaupt anzünden zu lassen. Wütend trat er die Bruchstücke fort und rannte wieder vom Leuchtturm fort. Nach wenigen Metern stoppte er, als er Flammen sah, die sich auf ihn zubewegten.

Eine Gruppe Menschen kam aus den Hügeln hinab. Weitere Überlebende. Zitternd kniete sich Tuah in den Schlamm und betete zu Allah, dass Sumbi und Ajip bei ihnen wären. Er traute sich nicht, den Kopf zu heben, als die Fackelträger ihn erreichten.

»Tuah? Sie leben! Das ist ein wahres Wunder.« Die Stimme gehörte *Contrôleur* Edwin de Bruin.

Er sah den alten Holländer an, dessen Kleidung völlig verschmutzt war und der mehrere blaue Flecken im Gesicht aufwies, als ob ihn jemand heftig geschlagen hatte.

»Sind Sumbi und Ajip bei Ihnen, Mijnheer?«, fragte er mit brüchiger Stimme.

Der Blick von de Bruin wurde glasig. Er reichte seine Fackel an den Mann, der hinter ihm stand, ging ebenfalls in die Knie und legte Tuah beide Hände auf die Schultern.

»Nein, sind sie nicht. Es tut mir sehr leid, Tuah.«

Er fühlte den Drang, erneut in Tränen auszubrechen, aber es ging nicht. Er hatte alle Tränen vergossen, die ihm möglich waren. Stattdessen dröhnte erneut ein Typhon aus der Dunkelheit der Sundastraße.

»Ich … ich muss ein Leuchtfeuer errichten, damit die Schiffe sich orientieren können«, sagte er schließlich zum Holländer.

»Tuah, das ist nicht …«

»Doch! Ich muss es tun«, sagte er mit grimmiger Entschlossenheit und stemmte sich wieder auf die Beine. »Ich brauche ein paar von den Fackeln. Die Männer sollen losgehen und Holz sammeln und es dann zum Leuchtturm bringen. Schnell!«

Niemand aus der Gruppe der Holländer regte sich. Alle sahen ihn nur mit ausdruckslosen Mienen an. Dann erhob sich auch der *Contrôleur* wieder aus dem Schlamm.

»Habt ihr nicht gehört, was unser Leuchtturmwärter

gesagt hat? Gebt ihm eine Fackel und dann lauft hoch in die Hügel und bringt trockenes Holz her«, befahl er mit strenger Stimme.

»Mijnheer de Bruin, das ist doch Irrsinn«, brachte einer aus der Gruppe zum Ausdruck, was augenscheinlich alle dachten.

Abermals erscholl der hilfesuchende Klang eines Schiffstyphons.

»Ist es wirklich Irrsinn, wenn wir versuchen, diese armen Menschen auf See vor einem Unglück zu bewahren?«, rief Tuah ihnen zu und deutete in Richtung des Meeres. »Sind denn noch nicht genug gestorben?«

Einer der Männer aus der Gruppe – ein breitschultriger Kerl, der gut einen Kopf größer als er war – trat auf ihn zu, musterte ihn kurz und drückte ihm dann seine Fackel in die Hand. Danach drehte er sich wortlos um und marschierte in Richtung der Hügel zurück. Die anderen folgten seinem Beispiel. Schließlich war Tuah mit Edwin de Bruin alleine.

»Kommen Sie, wir gehen zum Leuchtturm«, sagte der Holländer.

Dort stellte sich Tuah auf, die Fackel hoch in der rechten Hand erhoben und wartete auf die Rückkehr der Holzsammler. Er sprach kein Wort mit dem *Contrôleur*, während sie warteten. Der alte Mann setzte sich mit dem Rücken an die dicke Ziegelsteinwand des Leuchtturms, die dem Ansturm der Wassermassen widerstanden hatte.

Nach einer Weile kehrten die Männer zurück und brachten viel Holz mit, einiges davon war auch feucht, aber es ließ sich entzünden und binnen kurzer Zeit hatte Tuah ein mannshohes Feuer entfacht. Ein ohrenbetäubendes Dröhnen eines Typhons hallte vom Meer zu ihm.

»Da kommt ein Schiff!«

Auch Tuah sah das Dampfschiff, das sich durch die wellige, aber im Vergleich zum Ausbruch verhältnismäßig ruhige See kämpfte und Kurs auf Anjer hielt. Zumindest dorthin, wo die Stadt sich bis vor wenigen Stunden noch befunden hatte.

»Es will in den Hafen. Kommt, wir laufen dorthin«, rief einer der Männer und rannte sofort los. Die anderen folgten ihm.

»Ich werde auch zum Hafen gehen, Tuah«, sagte Edwin de Bruin zu ihm. Er wandte sich um, hielt aber in der Bewegung inne und lächelte ihm traurig zu. »Das haben Sie gut gemacht.«

Tuah erwiderte nichts. Er blickte auf das Meer hinaus, in westliche Richtung. Es war immer noch finster, doch von Krakatau war nichts mehr zu hören. Kein Grollen, kein Rumpeln. Orang Alijeh war verstummt.

Er achtete darauf, das Feuer am Brennen zu halten. Das war alles, was ihm noch blieb.

KAPITEL 37
AUSKLANG

Als die finale Explosion sich ereignete, war die Queen Anne gut dreißig Seemeilen von Krakatau entfernt. Doch keiner von ihnen glaubte daran, dass sie mit dem Leben davonkommen würden, als die Insel Krakatau schließlich zu ihrem finalen Todesstoß ausholte und nun wirklich alle Pforten der Hölle weit aufstieß. Leonhard verfolgte das grausige Schauspiel atemlos. Die Blitze, die über dem höchsten Berg der Insel im Rauch zuckten, die rot glühende Lava, die in Fontänen herausschoss und plötzlich … die Detonation. Sie zerriss die gesamte Insel, pulverisierte den gewaltigen Berg und alles um ihn herum. Dies passierte bei völliger Totenstille, das Geräusch der Explosion erreichte sie mit zweisekündiger Verspätung. Und nichts hätte sie darauf vorbereiten können. Leonhard hatte das Gefühl, dass sein Schädel jeden Moment auseinanderplatzen würde, als der Aufschrei der Zerstörung Krakataus wie ein Choral, der direkt vom Teufel persönlich aus der Hölle gesandt wurde, seinen Gehörgang erreichte und ihm das Trommelfell zerriss. Ein lautes Pfeifen war alles, was danach noch in seinen Ohren tönte. Auch der restlichen

Besatzung des Schiffes war es nicht anders ergangen. Diejenigen, die sich zum Zeitpunkt der Detonation an Deck befanden, traf es noch schlimmer, einige der Männer fielen gar bewusstlos auf die Planken. Graham McTavish blutete wie er selbst aus dem Ohr. Leonhard sah, wie sich sein Mund bewegte, er schrie ihm etwas zu, doch er hörte nichts, nur das durchdringende Pfeifen, das erst nach einigen Minuten langsam abklang.

Erneute rollte eine Welle über das Meer, kreisförmig von der Stelle ausgehend, wo sich Krakatau bis vor wenigen Sekunden noch befunden hatte. Der Kapitän hielt erneut mit dem Bug auf die Woge zu, die hier draußen auf dem Meer nur wenige Meter hoch war und sie vergleichsweise milde durchschaukelte. Leonhard traute sich nicht vorzustellen, wie hoch sich das Wasser auftürmen würde, wenn es auf die Küsten von Java und Sumatra traf. Am finsteren Horizont konnte er die Positionslichter eines anderen Schiffes ausmachen, das wie sie selbst großes Glück gehabt hatte, diese gewaltige Explosion überstanden zu haben. Graham tickte ihn an die Schulter, sein Mund bewegte sich immer noch, ohne dass Leonhard auch nur einen Pieps hören konnte. Immer wieder deutete der Kapitän auf das Deck, auf dem immer noch mindestens fünf bewusstlose Männer lagen. Er sah den Schotten fragend an, der wild auf ihn einredete. Langsam konnte Leonhard wieder hören, was er sagte.

»... reinholen, sofort! Beeil dich!«, drang es leise und wie durch Watte zu ihm durch.

Er rannte aus dem Brückenhaus auf das Deck, fasste einen der Bewusstlosen unter den Achseln und hob ihn an, als plötzlich der erste Stein aufschlug und ihn nur um Haaresbreite verfehlte. Panisch zerrte er an dem Mann, schleifte ihn über das Deck in einen nahen Treppenabgang, der in einen der Laderäume führte.

Auf Bord ging währenddessen ein wahrer Hagel aus Bimsstein und den anderen Resten von Krakatau nieder, einige Brocken waren so groß, dass sie glatt durch die Planken schlugen und große Löcher hinterließen. Einige der Unglücklichen, die immer noch ohnmächtig dort lagen, wurden ebenfalls getroffen. Einem spaltete ein Vulkanstein den Schädel, andere kamen mit zerschmetterten Gliedmaßen davon. Es hämmerte auch von außen gegen die Bordwände, als die QUEEN ANNE sich durch einen dichten Teppich von Bimsstein einen Weg bahnte. Sie kamen nur langsam voran und mehr als einmal dachte Leonhard, jetzt wäre es endgültig vorbei. Doch sie schafften es. Nach Stunden der Ungewissheit und einem stetigen Ascheregen ausgesetzt, gelangten sie schließlich an die Westküste Javas. Leonhard schaufelte gemeinsam mit einigen anderen Männern unentwegt die dicke Ascheschicht über Bord, als Graham plötzlich das Typhon betätigte. Er legte die Schaufel beiseite und lief auf die Brücke.

»Was ist los«, brüllte er, damit Graham, der nun einen Verband um beide Ohren trug, ihn auch hören konnte.

»Sieh doch selbst«, antwortete der schottische Seemann und deutete aus dem Fenster.

»Da ist nichts, nur Dunkelheit.«

»Genau das ist mein Problem. Eigentlich müsste sich dort irgendwo der Leuchtturm von Anjer befinden. Aber alles ist finster.«

Leonhard schluckte und starrte in die Schwärze, die sich überall befand. Nirgends war auch nur ein Licht zu sehen. Er befürchtete das Schlimmste und dachte daran, wie die Riesenwelle Telok Betong völlig zerstört hatte. Wenn die Welle, die hier auf das Land getroffen war, vergleichbar groß gewesen war, dürfte es kaum noch einen Ort geben, der dies überstanden hatte. Auf einmal spürte er aber auch ein anderes Gefühl, das er angesichts dieser verheerenden Katastrophe überhaupt nicht verspüren durfte: Freude. Darüber, dass das Lagerhaus seines Onkels ebenso vernichtet worden sein dürfte und mit ihm die Ware, die sich Ludger Mahler unrechtmäßig angeeignet hatte.

Womöglich ist er sogar selbst dem Wasser zum Opfer gefallen, dachte Leonhard und er fühlte kein Mitleid bei dem Gedanken.

Graham betätigte das Schiffstyphon abermals.

»Zwecklos«, brüllte er schließlich. »Wie es aussieht, ist Anjer dem Ausbruch ebenso zum Opfer gefallen wie die Städte in Südsumatra.«

»Am besten, wir versuchen, direkt nach Batavia zu gelangen«, rief Leonhard zurück. »Hier können wir nichts mehr tun.«

»Du hast recht«, stimmte ihm der Kapitän zu und ließ ein letztes Mal das Signal erklingen.

Als Leonhard sich gerade abwendete, erblickte er aus dem Augenwinkel ein schwaches Aufleuchten. Beim nochmaligen Hinsehen erwuchs daraus ein flackerndes Feuer.

»Da ist noch jemand!«

»Ich sehe es«, knurrte Graham. »Also werden wir versuchen, dort anzulegen. Vielleicht existiert der Hafen von Anjer doch noch.«

Sie brauchten eine gefühlte Ewigkeit, um überhaupt in die Nähe der Küste zu gelangen. In regelmäßigen Abständen betätigten sie das Typhon, damit die Überlebenden an Land wussten, dass sie kamen. Knirschend blieb die QUEEN ANNE schließlich im Bimsstein stecken, der sich wie das Packeis der Polarsee fest um den Rumpf gelegt hatte. Aber sie waren immerhin so dicht an die Küste gelangt, dass sie in knapp fünfzig Metern Entfernung eine Gruppe

Menschen im Schein ihrer Fackeln erkennen konnten, die sie heftig zu schwenken begannen.

»Ich gehe ihnen entgegen«, sagte Leonhard.

»Bist du total verrückt? Wenn du zwischen die Steine gerätst, wirst du zerquetscht.«

»Ich habe da eine gute Idee, vertrau mir.«

Nur wenige Minuten später, ließ er sich mit einem Tau von Deck auf den Bimsstein herab. Unter seine Füße hatte er lange Bretter gebunden, die ihn ähnlich wie Schneeschuhe über den fragilen Untergrund zum Ufer tragen sollten. Es funktionierte, obwohl er die Leisten gar nicht gebraucht hätte, so fest und dicht war der schwimmende Bimssteinteppich vor der Küste zusammengeschoben. Die Steine hatten teilweise einen Durchmesser von mehreren Metern und durch ihre raue Oberfläche hatten sie sich beinahe untrennbar miteinander verbunden. Als er das von einer dicken Schlammschicht bedeckte Ufer betrat, erwiesen sich die Bretter aber deutlich hilfreicher und hielten ihn ein Stück weit oben, während die Menschen, die ihn dort erwarteten, knietief im Morast steckten. Die Gruppe der Überlebenden sah ihn erwartungsvoll an.

»Wo ist Anjer?«

»Sie stehen auf den Überresten, junger Mann«, erwiderte ein grauhaariger Holländer mit vielen blauen Flecken im Gesicht.

Leonhard sah sich um und soweit er in der Dunkelheit und dem spärlichen Licht sehen konnte, das von den Fackeln gespendet wurde, gab es hier nichts mehr. Nicht ein Haus hatte dem Ansturm des Wassers standhalten können.

»Wollen Sie an Bord kommen?«, fragte er den erbarmungswürdigen Haufen der Überlebenden. »Wir bringen Sie nach Batavia.«

Der alte Mann nickte.

»Darauf haben wir gehofft.« Er drehte den Kopf zur Seite, wo Leonhard das Feuer sah, welches sie von der See aus erblickt hatten. Schemenhaft konnte er dahinter die Reste des Leuchtturmes erkennen. »Wir nehmen Ihre Hilfe gerne an.«

Er führte die kleine Schar über den Bimsstein zur QUEEN ANNE, wo die Besatzung ein Fallreep hinunterließ. Graham nahm sie an Deck in Empfang. Der alte Holländer stellte sich ihm vor.

»Ich bin *Contrôleur* Edwin de Bruin, ich danke Ihnen und Ihrer Mannschaft von Herzen, dass Sie uns mitnehmen, Herr Kapitän.«

»Gibt es noch mehr Überlebende, Mijnheer de Bruin?«

»Nur ein paar Einheimische, aber die wollten sich uns nicht anschließen. Sie sagten, es sei unsere Schuld, dass der Krakatau ihnen den Tod gebracht hat. Wir hatten uns in ein Kampong im Hochland weit hinter den Hügeln gerettet. Aber dort waren wir nicht willkommen. Sie haben wie wild auf uns eingeschlagen.« Er deutete auf die Flecken in seinem Gesicht. »Nur der Leuchtturmwärter ist noch an Land, aber ich glaube nicht, dass er sich uns anschließen möchte«, fügte der Holländer mit trauriger Stimme hinzu.

»Verstehe. Dann brechen wir auf.« Graham begab sich wieder auf die Brücke und kurz darauf bollerte es wieder gegen den Rumpf, als das Schiff sich langsam seinen Weg durch die fast völlig mit Bimsstein verstopfte Sundastraße bahnte.

Es dauerte einen ganzen Tag, ehe sie Batavia erblickten. Die Finsternis, die durch die Explosion des Vulkans ausgelöst worden war, hatte sich auch bis hierher ausgebreitet, aber allmählich schwand der dunkle Schleier am Himmel und spärliches Licht erhellte die Hauptstadt. Sogar hier gab es Schäden, vor allem im

Sunda Kelapa, dem alten Hafen, waren einige der Gebäude deutlich in Mitleidenschaft gezogen worden. Keine Scheibe war mehr ganz geblieben. Als Leonhard nach Südosten blickte, konnte er das Dorf sehen, wo auch die Hütte von Bimos Eltern stand. Oder besser gesagt, gestanden hatte. Denn auch diese Hütten waren ein Raub des Wassers geworden, wenngleich hier noch einige Trümmer zu sehen waren. Im Hafen herrschte Hochbetrieb, Menschen rannten umher, Schiffe wurden beladen und bei manchen sah es einfach nach einer planlosen Flucht aus. Graham steuerte sein Schiff in den halb zerstörten Hafen von Sunda Kelapa hinein und manövrierte es an einen der noch bestehenden Anleger. *Contrôleur* Edwin de Bruin verabschiedete sich wortreich und versprach mehrmals, dem Gouverneur den Namen des Kapitäns mitzuteilen, der ihn und die wenigen anderen Einwohner Anjers gerettet hatte. Nachdem sie gegangen waren, atmete Graham tief durch, setzte seine Mütze ab und öffnete die Kiste, die sich auf der Brücke befand. Er holte die Whiskyflasche daraus hervor, nahm einen langen Schluck und reichte sie dann an Leonhard weiter. So standen sie noch eine ganze Weile schweigend und trinkend nebeneinander, bis Leonhard im Hafen plötzlich eine bekannte Gestalt entdeckte.

»Bimo!«

Er rannte los, eilte von Bord und lief auf den seltsam lethargisch wirkenden Javaner zu, dessen lange Haare wirr abstanden und von klebriger Asche durchzogen waren. Mit von Tränen getrübtem Blick sah er ihn an.

»Sie ist tot. Erschossen«, murmelte er.

»Wer? Was ist passiert?«

»Femke. Er hat sie einfach erschossen. Ich kam zu spät, um sie zu retten.« Bimos Blick schien durch ihn hindurch zu gehen.

Er wusste nicht, was er darauf erwidern sollte, aber

schließlich brachte er ein schales »Tut mir sehr leid« hervor.

Bimo nahm es apathisch zur Kenntnis.

»Weißt du, was mit meinem Onkel ist?«

»Auch tot.«

Leonhard atmete tief durch, als er dies hörte. Er bedauerte Ludgers Ableben nicht, wünschte sich aber in seinem Inneren dennoch, dass er ihn vor seinem Tod noch einmal gesehen hätte, um ihm seine Niederlage vor Augen zu führen.

»Warst du dabei?«, wollte er von Bimo wissen.

Ein stummes Nicken kam als Antwort.

»Ich bin froh, dich hier lebend zu sehen, mein Freund.« Leonhard lächelte Bimo an, in der Hoffnung ihn aufzumuntern, doch dem rannen Tränen über die Wangen und hinterließen in seinem von Schmutz überzogenen Gesicht sichtbare Spuren. Er versuchte nicht, weiter mit ihm zu sprechen, sondern nahm ihn bei der Hand und führte ihn an Bord der Queen Anne.

KAPITEL 38
BESTANDSAUFNAHME

Gemeinsam mit seinem Freund Verbeek saß er im Büro des General-Gouverneurs Frederik s'Jacob, der mit bestürztem Gesicht auf das Papier in seiner Hand blickte. Mit einem tiefen Durchatmen ließ er es auf den Schreibtisch sinken und sah erst Verbeek und dann ihn an.

»Die Zahl der Todesopfer steigt immer noch an«, sagte der Gouverneur in einem Tonfall, als ob er ihn dafür verantwortlich machen wollte. »Mittlerweile wird von über dreißigtausend Toten ausgegangen. Die gesamte Westküste ist praktisch entvölkert, fast dreihundert Städte und Dörfer wurden ausgelöscht. Kein Schiff kann die Sundastraße passieren, weil alles mit Bimsstein verstopft ist, auf dem Kadaver von Tieren, Trümmerteile und zahllose menschliche Körper liegen.« s' Jacob vergrub sein Gesicht in seiner Hand.

»Es ist sehr tragisch, was passiert ist«, setzte er an, doch er kam nicht dazu weiterzusprechen.

»Warum haben Sie mich nicht gewarnt, Dr. van der Stok?«

»Ich … aber woher hätte ich das wissen können? Niemand konnte ahnen, dass so etwas geschieht.«

»Ihr Mitarbeiter war doch im Mai auf Krakatau! Warum hat er die Anzeichen für diese Katastrophe nicht erkannt?«

Rogier Verbeek räusperte sich lautstark neben ihm.

»Mijnheer Gouverneur, soweit ich weiß, hatten sogar Sie selbst noch im August einen Kapitän nach Krakatau beordert, um sich die Lage vor Ort anzusehen, und auch dieser hielt es nicht für angebracht, eine Warnung auszusprechen. Wie hätte Dr. van der Stok dies dann tun können? Dieses Ereignis war unvorhersehbar.«

»Dreißigtausend Tote«, murmelte s'Jacob mit bleichem Gesicht.

»Niemand trägt Schuld daran«, sagte Johannes schnell. »Weder Sie, noch der Kapitän, den Sie entsandt haben oder ich.«

»Was ist, wenn es noch einmal passiert? Vielleicht nächste Woche?«

»Das ist unmöglich Mijn…«

»Woher zum Teufel wollen Sie das wissen?«, schrie der Gouverneur erbost auf. »Sie brüsten sich doch geradezu damit, von überhaupt nichts Kenntnis zu haben!« Er sprang von seinem Stuhl auf und rannte um seinen mächtigen Mahagoni-Schreibtisch herum. »Sie werden sich nach Krakatau begeben oder zu dem, was davon noch übrig ist. Ich will, dass Sie alles genau erforschen.«

»Das mache ich«, meldete sich Verbeek zu Wort. »Ich bin viel geeigneter für diese Aufgabe, als mein Freund Dr. van der Stok.«

Frederik s'Jacob fixierte den Geologen mit seinem wütenden Blick.

»Gut. Dann machen Sie sich verdammt nochmal an die Arbeit!«

Kurz darauf fanden sie sich beide vor der Tür des Amtszimmers wieder.

»Ich danke dir, dass du dich darum kümmern willst, Rogier. So aufgebracht habe ich den Gouverneur noch nie erlebt.«

»Er wird sich wieder beruhigen. Genau wie Krakatau selbst auch. Ich bin gespannt, was ich dort vorfinden werde, wenn es wieder möglich ist, dorthin zu gelangen.«

KAPITEL 39
ABSCHIED
ZWEI WOCHEN SPÄTER

Die Phase nach der Explosion von Krakatau war eine seltsame Zeit. In Batavia wirkten die Menschen verloren und versuchten hilflos, ihr normales Leben einfach weiterzuführen, als ob es sie gar nicht betreffen würde. Dabei regnete es auch in der Hauptstadt noch Tage nach der Detonation Asche vom Himmel, der mittlerweile wieder hell war, aber doch von einem leichten Schleier belegt zu sein schien. Der Gouverneur verkündete mehrere Erlasse für den unvorstellbaren Notfall und schickte über den Landweg etliche Kolonnen von Pferdefuhrwerken beladen mit Lebensmitteln und Hilfsgütern an die Westküste Javas, wo die gigantischen Wellen beinahe alles Leben vernichtet hatten. Die Eisenbahnlinie dorthin war unterbrochen, die gigantischen Wassermassen hatten sie zerstört und sogar eine Lokomotive mehrere hundert Meter landeinwärts gespült. Nach Südsumatra wurden einige Schiffe ausgesandt, die sich mühsam einen Weg durch die mit Bimsstein übersäte See bahnen mussten. Keiner wusste, wie viele Menschen tatsächlich gestorben waren. Die Toten, die an Land gefunden werden konnten, wurden meist an Ort und Stelle begraben, doch viele Leichen wurden von dem zurückströmenden Wasser mit ins Meer gerissen. In den Zeitungen kursierten Zahlen von zwanzigtausend bis hoch zu achtzigtausend Seelen. Dabei handelte es sich zum Großteil um Einheimische. Die Verluste unter den Europäern beliefen sich auf unter hundert. Nicht nur Ludger Mahler und Femke wurden dazu gezählt, auch Johan van Leeuwen, dessen Dahinscheiden für großes Entsetzen sorgte. Sein Körper mit dem zerschmetterten Schädel wurde in den Hügeln von Anjer gefunden und zurück nach Batavia gebracht, wo in der größten Kirche der Stadt ihm zu Ehren nur wenige Tage nach der Explosion ein pompöser Gottesdienst abgehalten wurde, bei dem der Gouverneur eine herzergreifende Rede hielt, in der er in höchsten Tönen über den großmütigsten Einwohner der Stadt und Wohltäter für ganz Niederländisch-Indien sprach.

Von Bimo hatte Leonhard alles erfahren, was sich in Anjer zugetragen hatte. Dass es van Leeuwen gewesen war, der letztendlich alle betrogen hatte und der nicht nur Ludger Mahler auf dem Gewissen hatte, sondern auch Femke de Wit. Sie beratschlagten, was sie tun sollten, aber nach Bimos Auffassung gab es nichts, was es ändern würde, wenn er sein Wissen über alle Geschehnisse dieser verheerenden Nacht kundtat. Wahrscheinlich würde ihm sowieso niemand Glauben schenken. Und immerhin war er derjenige gewesen, der dem Holländer den tödlichen Schlag beibrachte. Also schwiegen sie.

Wer nicht schwieg, waren die Presseleute. Unablässig berichteten sie und schickten ihre Reportagen von Batavia aus in alle Welt. Die Telegrafenleitungen glühten förmlich, wie vielerorts gescherzt wurde. Auch im *Bataver Boden* gab es kein anderes Thema, die gesamte Ausgabe der Tageszeitung drehte sich in den Tagen danach nur um die Explosion. Dabei las Leonhard unter anderem einen knappen Bericht über den Leuchtturmwärter von Anjer, der sich weigerte, seinen Posten zu räumen, und der immer noch jeden Abend ein Feuer entfachte. Der Artikel rühmte den Einheimischen als ein Vorbild an Loyalität und Pflichterfüllung. Doch Leonhard war sich sicher, dass dies eher eine Tat aus Fatalismus war, denn aus strikter Treue. Ein weiterer Artikel beschäftigte sich mit der ebenfalls vollständig ausgelöschten Stadt Telok Betong auf Sumatra, wo es mindestens zehntausend Todesopfer zu beklagen gab. Besonders hervorgehoben im Artikel wurde aber hauptsächlich die achtundzwanzigköpfige Besatzung des Dampfschiffs BEROUW, die bei dem Unglück zu Tode kam. Wie aus dem Bericht hervorging, wurde das schwere Kriegsschiff von einer weiteren Welle noch ein ganzes Stück landeinwärts getragen und lag nun in einem Flussbett mitten im Dschungel Sumatras mehr als drei Kilometer von der Küste entfernt. Der interessanteste Bericht in der Zeitung stammte aber von dem Geologen Rogier Verbeek, den er auf der INDIA kurz kennengelernt hatte. Verbeek hatte einen prägnanten Text verfasst, der die Geschehnisse nüchtern zusammenfasste und es klingen ließ, als ob es sich bei dem Ausbruch des Krakatau um etwas ganz Alltägliches gehandelt hätte.

»Was bisher nach Faktenlage bekannt ist«, leitete der Geologe seinen Text ein, »ist die Tatsache, dass die Insel Krakatau mit ihren drei darauf befindlichen Vulkankratern verschwunden ist. Nur wenige Reste sind noch über dem Wasser zu erkennen. Auch die Nachbarinsel Dwaisindeweg ist in mehrere Teile geborsten. Ferner hat sich die gesamte Struktur des Meeresbodens geändert, weswegen ich der Admiralität empfohlen habe, eine Warnung für die Schifffahrt herauszugeben. Bis zur Durchführung von neuen Lotungen ist es extrem gefährlich, die Sundastraße zu befahren. Schon alleine dadurch bedingt, dass durch die Zerstörung sämtlicher Leuchttürme in Westjava ein eklatanter Mangel an Orientierungsmöglichkeiten herrscht.«

Der Zirkus von Anna Wilson gab bereits zwei Tage nach der Katastrophe wieder Vorstellungen. Sie kündigte an, einen Teil der Einnahmen für die Opfer zu spenden. Doch wie genau sie sich das vorstellte, konnte niemand sagen.

Leonhard verbrachte die meiste Zeit bei Graham auf dem Schiff, das dringend der Reparatur bedurfte. Das Büro von Mahler Export betraten weder er noch Bimo ein weiteres Mal. Eine Woche, nachdem sie in Sunda Kelapa festgemacht hatten, erschien unvermittelt der Gouverneur persönlich an Bord der QUEEN ANNE und sprach dem schottischen Kapitän seinen Dank aus für die Rettung der Menschen aus Anjer und verlieh ihm einen lächerlich großen Blechorden dafür. Außerdem versprach er Graham, dass er für die Instandsetzung seines Schiffes finanzielle Unterstützung erhalten würde. Dann verschwand Frederik s'Jacob genauso plötzlich, wie er gekommen war.

»Politiker«, brummte der Schotte und nahm den Orden mit der holländischen Flagge wieder ab. »Viel Gerede, wenig Taten.«

»Warte ab. Vielleicht bekommst du tatsächlich etwas Geld«, meinte Leonhard.

»Ja, warten wir es ab.«

Die Tage vergingen. Im Hafen von Batavia war es leer, wie er es nie zuvor gesehen hatte. Die Sundastraße war komplett blockiert von den Unmengen Bimsstein, die dort immer noch herumtrieben und es normalen Schiffen unmöglich machten, dort entlangzufahren.

Doch dann lief ein Schiff in den Hafen ein, das Leonhard unter Tausenden wiedererkannt hätte. Der grün-weiße Rumpf der INDIA pflügte durch das Hafenbecken. Sofort begab er sich zum Liegeplatz des Passagierschiffes, das diesmal keine Gäste nach Batavia brachte, sondern eine Ladung Hilfsgüter aus Singapur. Während die Fracht gelöscht wurde, hielt er Ausschau nach Tjark und entdeckte ihn, wie er mit einer Zigarette im Mundwinkel auf dem Achterdeck stand.

»Hey da«, rief er ihm zu und winkte.

Seinem alten Freund fiel beinahe sein Glimmstängel aus dem Mund, als er ihn erblickte. Wenige Sekunden danach kam er von Bord gerannt und stürmte auf ihn zu.

»Ich hätte nicht gedacht, dass ich mich einmal so freuen würde, dein hässliches Gesicht zu sehen, Kleiner«, begrüßte ihn der Seemann. »Ich habe mit dem Schlimmsten gerechnet, als ich die Nachricht gehört habe. Aber es scheint, dass es nicht ganz so schlimm war, wie es in den Zeitungen geschrieben steht.« Tjark drehte den Kopf und blickte in Richtung des Zentrums von Batavia.

»Ich freue mich auch, dich wiederzusehen. Aber glaub mir: Es ist noch viel schlimmer, als es in den Zeitungen steht. Nicht hier in Batavia, aber an der Westküste Javas und auch in Südsumatra. Dort ist alles vernichtet worden.«

»Verstehe. Dann wird unsere Lieferung hoffentlich ein wenig helfen können. Aber jetzt erzähl, wie ist es dir ergangen? Hast du den Reichtum gefunden, den du dir erhofft hast?«

»Um ehrlich zu sein, Nein. Ich besitze jetzt sogar noch weniger als an dem Tag, als ich die INDIA verlassen habe. Mir sind nur die Klamotten geblieben, die ich am Leib trage.«

»So gleichmütig, wie du das sagst, scheint es dich nicht sonderlich zu betrüben.«

»Tut es auch nicht. Denn ich bin immer noch am Leben und das ist mehr, als die meisten anderen von sich behaupten können.«

Tjark erwiderte etwas, das er nicht verstand, weil er sein gutes Ohr abgewandt hatte.

»Kannst du etwas lauter sprechen, ich bin auf dem linken Ohr taub seit der Explosion.«

»Ich sagte nur: wohl wahr«, schrie Tjark ihn lauthals an.

»So taub nun auch nicht«, grinste Leonhard.

»Was wirst du jetzt tun?«

»Bis vor wenigen Augenblicken wusste ich das noch nicht, aber als ich dann die INDIA in den Hafen einfahren sah … Meinst du, ich könnte wieder an Bord kommen?«

Überrascht sah sein Freund ihn an.

»Du möchtest wieder zur See fahren? Was ist mit dem Reichtum Javas, von dem du mir vorgeschwärmt hast?«

»Den können andere jetzt besser gebrauchen.«

»Ich glaube, im Kesselraum ist sicher noch Bedarf für einen weiteren Mann«, meinte Tjark mit einem Augenzwinkern.

»Eventuell auch für zwei?«

»Ja, sicher. Warum?«

»Ich habe noch einen Freund hier in Batavia. Er wollte schon immer mal nach Europa.«

»Es wird sich sicher was finden lassen, um ihn zu beschäftigen. Wir bleiben bis morgen Mittag hier, dann fahren wir erst noch einmal nach Singapur zurück, ehe wir uns wieder auf den Weg nach Europa machen.«

Leonhard nickte und verabschiedete sich fürs Erste von seinem Freund. Er eilte zurück an Bord der QUEEN

Anne, wo er Graham von seinen Plänen in Kenntnis setzte.

»Verstehe. Aber du weißt, du kannst auch gerne hier an Bord bleiben und für mich arbeiten. Wenn ich auch vielleicht kein Geld von der Regierung bekomme, so nehme ich doch an, dass ich bald wieder einige Aufträge erhalten werde, um Fracht nach Europa zu transportieren. Da könnte ich deine Hilfe gut gebrauchen.«

»Ich danke dir vielmals für das Angebot, Graham. Aber ich möchte das alles hinter mir lassen und lieber woanders noch mal ganz von vorne anfangen. An irgendeinem Ort, wo es keine Vulkane oder Meer gibt«, fügte er lachend hinzu.

Nach dem Gespräch mit dem Schotten machte er sich auf, um Bimo zu informieren, dass sein Traum von Europa sich bald erfüllen würde. Er fand den Javaner dort, wo er ihn vermutet hatte, am Strand vor der Hütte seiner Eltern. Diese war durch das Hochwasser, das selbst hier geherrscht hatte – ausgelöst durch den Vulkanausbruch –, zwar beschädigt worden, zum Glück jedoch ließ sich der Schaden verhältnismäßig leicht beheben. Die Menschen in dem Kampong warfen ihm grimmige Blicke zu, doch sie ließen ihn unbehelligt. Als er den Strand erreichte, fand er Bimo auf dem Rumpf eines umgedrehten Kanus sitzend vor, den Blick starr auf das Meer gerichtet.

»Hallo. Ich habe gute Nachrichten«, sagte er und stellte sich direkt vor dem Javaner hin. Der zeigte keine Reaktion. »Welche, fragst du? Nun, das will ich dir gerne sagen: Wir beide brechen morgen nach Europa auf!«

Bimo gab keine Antwort und blickte auf seine Hände, in denen er eine schmale Goldkette mit einem Kreuzanhänger hielt.

»Etwas mehr Begeisterung hatte ich mir schon

erhofft«, meinte Leonhard und setzte sich neben Bimo auf den Rumpf. »Du wolltest doch unbedingt nach Europa.«

»Das war einmal. Aber dieser Traum ist ausgeträumt.«

»Was redest du? Ein Schiff ist im Hafen eingetroffen. Ich bin früher schon damit gefahren. Wir können beide an Bord gehen und damit nach Europa gelangen.«

»Ich bleibe hier.«

»Aber …«

Bimo stand unvermittelt auf und ging auf die Hütte seiner Eltern zu.

»Hey, du kannst mich doch hier nicht einfach so sitzen lassen!«

»Leb wohl, Leonhard«, sagte Bimo, ohne sich zu ihm umzudrehen.

Ratlos kratzte er sich am Kopf.

»Wir legen morgen zur Mittagszeit ab«, rief er dem Javaner hinterher.

Am nächsten Tag meldete er sich beim Oberdeckoffizier der INDIA zum Dienst. Der begrüßte ihn mit einem fröhlichen »Willkommen zurück« und teilte ihn erwartungsgemäß für den Kesselraum ein. Auf dem Mannschaftsdeck konnte er zudem wieder eine Hängematte direkt neben Tjark bekommen. Solange die INDIA noch im Hafen vor Anker lag, durfte er sich an Deck frei bewegen. Es gab nur wenige Passagiere, die die Fahrt nach Singapur mitmachen wollten. Leonhard stand nahe dem Bug und hielt Ausschau, ob Bimo nicht doch noch auftauchen würde.

»Dein Freund kommt wohl nicht«, meinte Tjark, der sich zu ihm gesellte.

»Noch ist etwas Zeit.«

»Ihm bleibt eine Stunde.«

Nach einer weiteren halben Stunde des Wartens gab aber auch Leonhard die Hoffnung darauf auf, dass Bimo die Fahrt antreten würde. Er ging langsam über das Deck, als Tjark ihm zurief: »Ist das der Bursche?«

Er blickte auf die Pier und sah Bimo dort stehen. Schnell eilte er über die Gangway hinunter.

»Es freut mich, dass du doch noch gekommen bist. Komm schnell, ich bringe dich …«

»Ich bin nur gekommen, um mich von dir zu verabschieden«, unterbrach ihn Bimo. »Ich weiß es sehr zu schätzen, dass du an mich gedacht hast, aber ich werde nicht mitfahren. Es wäre nicht richtig, Java in der jetzigen Zeit zu verlassen. Es wird viele Jahre brauchen, um die zerstörten Dörfer an der Westküste wieder aufzubauen. Ich möchte dabei mithelfen, mein Land zu heilen. Außerdem will ich dafür kämpfen, dass Java irgendwann wieder unabhängig wird.«

Leonhard sah Bimo erstaunt an, doch in dessen Blick erkannte er eine unumstößliche Entschlossenheit.

»Dann wünsche ich dir alles Gute dabei. Ich bin sehr froh, dass ich dich kennenlernen durfte.«

»Danke, das geht mir genauso. Und wer weiß, vielleicht sehen wir uns irgendwann einmal wieder?«

»Das wäre schön«, stimmte Leonhard seinem Freund zu. »Leb wohl.«

»Gute Reise und ein langes Leben«, lächelte Bimo.

Sie umarmten sich kurz zum Abschied, dann schritt er die Gangway wieder hinauf. Als er das Deck betrat, hatte Bimo sich bereits wieder von der Pier entfernt.

»Er kommt nicht mit«, sagte er zu Tjark.

»Kopf hoch«, erwiderte dieser. »Immerhin hast du noch mich.«

Kurz darauf wurden die Leinen gelöst und die INDIA setzte Kurs auf Singapur. Leonhard warf noch einen letzten Blick auf Batavia, er sah hinüber in das alte Hafenbecken, wo die QUEEN ANNE ankerte, und winkte dorthin. Dann machte er sich auf den Weg unter Deck, in den Kesselraum, der Arbeit entgegen. Weder Batavia noch Bimo sah er jemals wieder. Aber die Geschehnisse jenes Jahres vergaß er nie.

CODA: DAS KIND

SUNDASTRASSE, 26. JANUAR 1928

Mit lautem Getöse durchbrachen einige Schwefelgasblasen die Wasseroberfläche und zerbarsten in einer stinkenden Wolke aus Asche und Gischt. Sobald der Geruch seine Nase erreichte, fühlte er sich um fünfundvierzig Jahre in der Zeit zurückversetzt. Der Geruch war identisch mit dem von damals. Ihm wurde schwindelig und er musste sich förmlich an der Reling festkrallen, um nicht zu Boden zu stürzen. Sofort waren zwei der anderen Passagiere bei ihm, fassten ihn vorsichtig an den Armen und führten ihn zu einer Sitzbank in der Mitte des Decks.

»Alles in Ordnung, Alterchen?«, fragte der Russe.

Er antwortete mit brüchiger Stimme: »Ja, es geht schon. Es war nur die schmerzliche Erinnerung an damals, die …«

»Oh mein Gott, sehen Sie sich das an, Doktor«, rief ein anderer Mann, der immer noch an der Reling stand und auf das Wasser starrte. »Da bricht etwas anderes durch die Oberfläche!«

Sofort sprang der Russe auf und rannte zur

Steuerbordseite. Er stieß einen russischen Fluch oder Ähnliches aus, als er dort ankam.

Bimo atmete einmal tief durch, bevor er wieder aufstand und ebenfalls zurück zur Reling ging. Sein Herz schlug schneller, als er das Schauspiel beobachtete, das sich unweit von ihrem Schiff abspielte. Immer mehr der stinkenden Gasblasen platzten überall auf, das Meer brodelte und schäumte wie die Suppe in einem überhitzten Kessel. Dann geschah es: Ein schwarzer Gesteinsbogen tauchte aus dem Wasser auf und wuchs einen knappen Meter in die Höhe. Doch dann kollabierte er, stürzte in sich zusammen und verschwand in der weißen Gischt. Ein tiefes Grollen war zu vernehmen.

»Sind wir hier auch wirklich sicher?«, fragte einer der anderen Passagiere, ein holländischer Forscher. »Wir könnten doch zur Vorsicht lieber ein Stück weiter weg fahren, meinen Sie nicht auch?«

»Kein Grund zur Sorge, uns wird schon nichts passieren«, antwortete der Russe und blickte fasziniert auf das nächste Gebilde, das sich aus dem Wasser hob wie das vorige Stück ebenfalls nachtschwarzes Vulkangestein. »So etwas bekommt man nicht alle Tage zu sehen.« Er rief einigen Männern aus seinem Forschungsteam zu, sie sollten so viele Fotografien wie nur möglich anfertigen, ansonsten würde er sie alle über Bord werfen. Er lachte zwar, um zu betonen, dass es sich um einen Scherz handelte, aber seine Männer wussten, dass sie ihn besser nicht enttäuschen sollten. Dr. Wladimir Petroeschevsky war für seine Wutausbrüche bekannt. Seit nunmehr einem Jahr hielt sich der Russe auf Java auf, wobei er die meiste Zeit an Bord seines Schiffes verbrachte, das direkt bei den Überresten von Krakatau ankerte. Er wollte keine Sekunde verpassen von der Geburt des neuen Vulkans, der sich gerade aus den

Untiefen des Meeres erhob. Deswegen verhandelte er mit den Holländern, um die Erlaubnis zu erhalten, auf Pulau Panjang, einer unbewohnten Insel nordöstlich von Krakatau, eine Forschungsstation bauen zu dürfen.

»Sie sollten froh darüber sein, dass man dies nicht so oft sieht«, merkte Bimo an. Sein Herz schlug schneller, als längst vergessen geglaubte Gefühle auch bei ihm wieder aus der Tiefe seiner Seele an die Oberfläche traten.

Der Russe warf ihm einen nachdenklichen Blick zu, sagte aber nichts, sondern legte ihm nur eine Hand auf die Schulter und drückte sie leicht.

Das neue Gesteinsstück brach nicht wieder in sich zusammen, es wuchs und wuchs, bis es nach einer guten Stunde schon groß genug war, um darauf ein Haus zu erbauen. Sie blieben noch, bis das Tageslicht erlosch, dann gab der Russe den Befehl, Kurs auf Anyer zu setzen. Die junge Stadt an der Westküste Javas trug beinahe denselben Namen wie das damals beim Ausbruch ausradierte Anjer. Als sie sich näherten, konnte Bimo das Leuchtfeuer des neuen Leuchtturmes sehen, der bereits 1885 unweit der Fundamente des einstmaligen zerstörten Turmes errichtet worden war. An der alten Ziegelmauer des Leuchtturmfußes erinnerte eine Messingplakette daran, was damals hier geschah, als der Vulkan Abertausende Menschen in den Tod gerissen hatte.

»Nun, sind Sie zufrieden mit dem, was Sie gesehen haben?«, fragte Petroeschevsky ihn, als sie in den Hafen einliefen.

»Ja«, erwiderte Bimo knapp.

»Warum wollten Sie unbedingt mit?«, fragte ihn der Russe neugierig.

»Ich weiß es selbst nicht so genau. Aber es schien mir richtig zu sein.«

»Haben Sie damals Familie verloren?«

»Nein. Meine Eltern lebten in Batavia. Unsere Hütte wurde zwar durch das Hochwasser zerstört, aber ansonsten ist ihnen nichts passiert. Ich war hier, im alten Anjer, als der Vulkan ausbrach. Ich habe was anderes verloren.« Bimo stockte und sah über seine Schulter zurück in die Richtung, aus der sie gekommen waren. »Es waren die schlimmsten Stunden meines Lebens.«

»Das glaube ich ihnen gerne. Aber Sie müssen sich keine Sorgen wegen *Anak Krakatau* machen. Dieses Stück, das sich da aus dem Wasser geschält hat, wird bald wieder weggespült werden. Natürlich wird immer wieder was Neues erwachsen, weil die vulkanische Aktivität hier sehr hoch ist, aber einen vergleichbaren Ausbruch wie 1883 wird es nicht mehr geben. Und selbst wenn, sind wir diesmal besser vorbereitet, um alle Menschen in der Region zu warnen.«

Bimo lächelte den Russen schwach an. Er hatte dem neuen Vulkan bereits einen Namen gegeben. *Anak Krakatau* – das Kind des Krakatau.

»Wir hätten damals Forscher wie Sie gebraucht, Dr. Petroeschevsky. Ich danke Ihnen vielmals, dass Sie es mir gestattet haben, dass ich Sie heute begleite.«

»Das habe ich wirklich gerne gemacht. Außerdem habe ich Ihnen zu danken, dass Sie mir so viel vom damaligen Ausbruch erzählt haben. Es gibt nicht viele Augenzeugenberichte, weil … na ja, das wissen Sie selbst am besten. Bisher habe ich die meisten Informationen nur aus dem Bericht von Verbeek bezogen und die wenigen Aufzeichnungen von einigen der überlebenden Holländern, wie Lotsen und Mitarbeitern von Lloyds. Aber ich habe noch nie persönlich mit jemandem gesprochen, der dieses Ereignis direkt miterlebt hat. Dafür danke ich Ihnen sehr.«

Bimo nickte dem Wissenschaftler zu. Nachdem das

Forschungsschiff des Russen festgemacht hatte, verabschiedete er sich und spazierte die Uferpromenade der neuen Stadt entlang. Alle Gebäude hier waren auf dem neuesten Stand, denn vom damaligen Anjer war nichts nachgeblieben. Als er den neuen Leuchtturm erreichte, legte er den Kopf in den Nacken und sah hinauf. Das Licht strahlte bereits hell in die einsetzende Nacht. Er richtete den Blick nach links, wo die Hügel sanft anstiegen, und ließ seine Hand in die Tasche gleiten, um seine Taschenleuchte hervorzuholen. Er schaltete sie ein und schritt hinauf in die Hügel. Auch wenn es eine Ewigkeit her zu sein schien, führten ihn seine Füße trittsicher bis hinauf an die richtige Stelle. Auf dem Weg dahin sah er mehrere kleine, verwitterte und windschiefe Holzkreuze. Die Namen darauf waren nicht mehr zu lesen, doch er wusste, dass es holländische sein mussten. Sein Herz schlug ihm nun bis zum Hals, doch er zwang sich, weiterzugehen. Er passierte den großen Gesteinsbrocken, hinter dem er sich damals versteckt hatte. Nun war er angekommen. Suchend ließ er den Kegel der Lampe über den Boden streifen. Von dem Kreuz, das er damals mit Steinen gelegt hatte, war nichts zu sehen. Akribisch überprüfte er jeden Zentimeter des Untergrundes, bis er schließlich den weißen Stein fand. Er sank auf die Knie, legte seine Hand auf die Grasnarbe und hauchte ein leises »Hallo«. Einige Tränen tropften von seiner Nasenspitze herab.

»Es tut mir leid, Femke. Ich war viel zu lange nicht mehr hier. Mir fehlte die Kraft. Ich war nie so stark wie du. Vermutlich ist das auch der Grund, warum ich Java nie verlassen habe.« Er schaltete die Taschenleuchte aus und legte sich flach in das leicht feuchte Gras. Seinen Kopf bettete er direkt neben den weißen Stein. Er sprach stundenlang, bis ihm die Augen vor Erschöpfung zufielen.

Am nächsten Morgen weckten ihn die Strahlen der aufgehenden Sonne sowie das leichte Prickeln, das einige Ameisen hinterließen, als diese über sein Gesicht huschten. Er hatte wunderschöne Träume gehabt, wie er sie seit Jahrzehnten nicht mehr gehabt hatte. Er ritt auf dem Rücken eines prächtigen Rappen auf ein schneeweißes Schloss zu. Dort erwartete ihn eine wunderschöne Königstochter mit blasser Haut und blonden Haaren. Prinzessin Femke strahlte, als sie ihn sah, winkte ihn zu sich heran und gab ihm einen langen Kuss.

»Du warst lange fort«, sagte sie.

Er erwiderte: »Es kommt dir nur so vor. In Gedanken war ich immer bei dir.«

Dann gingen sie gemeinsam in das Schloss, wo sie bis zum Ende ihrer Tage glücklich zusammen lebten.

Nur Märchen enden so, dachte Bimo. Aber trotzdem erfüllte ihn sein Traum mit der Gewissheit, dass er irgendwann wieder mit Femke vereint sein würde. Mit einem Lächeln schritt er den Hügel wieder hinab.

PERSONENREGISTER

*REALE PERSONEN

- Leonhard Mahler
- Femke de Wit
- Bimo
- Ludger Mahler
- Rutger de Wit, Oberster Richter von Batavia
- Johan van Leeuwen, holländischer Geschäftsmann
- Graham McTavish, schottischer Kapitän und Eigner der Queen Anne
- Dr. Johannes Paulus van der Stok*, Direktor des Meteorologischen und Magnetischen Instituts von Batavia
- Tjark, Matrose an Bord der India
- Georg Kopperschmidt, deutscher Textilfabrikant
- Otilie Kopperschmidt, seine Tochter
- Tuah*, Wärter des Leuchtturms „Fourth Point“
- A. L. Schuurman*, Bergbauingenieur

- Rogier Verbeek*, Bergbauingenieur & Geologe
- Frederik s' Jacob*, General-Gouverneur von Niederländisch-Indien (1881 – 1884)
- Liao Zheng, chinesischer Geldverleiher

FAKTEN & FIKTION

Beim Ausbruch des Krakatau verloren ca. 36.400 Menschen ihr Leben. Die meisten davon durch die Tsunamis, die durch den Ausbruch ausgelöst wurden und mehrere Kilometer weit in das Land schlugen. Welche der gigantischen Wasserberge letztlich die größten und tödlichsten waren, darüber gibt es verschiedene Annahmen. Auch bei den Schätzungen, wie hoch sich das Wasser auftürmte, gibt es abweichende Angaben, die von 35 bis zu 60 Meter Höhe gehen. Insgesamt wurden 173 Dörfer auf Java und Sumatra ausgelöscht. Selbst in Südafrika liefen die Tsunamis noch auf die Küste – dort jedoch nur von einem halben Meter höhe. Sogar in Le Havre, Frankreich, in 18.000 km Entfernung war ein erhöhter Pegelstand durch die Tsunami-Welle nachzuweisen, ausgelöst durch einen Vulkanausbruch am anderen Ende der Welt.

Mit der Explosion des Krakatau wurde eine neue Ära eingeläutet: die Geburt des „Globalen Dorfs". Dank der neuen Telegrafenkabel konnten erstmals in der Geschichte Nachrichten unmittelbar nach dem

Stattfinden eines Ereignisses von einem Ende der Welt zum anderen übermittelt werden. Dies und vor allem auch die Tatsache, dass es nicht nur die Meldung war, die die Menschen weltweit an der Katastrophe teilhaben ließ, sondern auch die Auswirkungen auf das Klima, das sich weltweit um ca. 1 °C abkühlte. Ausgelöst durch den Ausstoß von Staub und Asche des Vulkans, die bis in die obere Schicht der Erdatmosphäre geschleudert wurden und dort dafür sorgten, dass in den folgenden Jahren die Temperatur sank. Der Abendhimmel leuchtete selbst in der nördlichen Hemisphäre feurig rot, so sehr, dass im November(!) 1883 in New York sogar die Feuerwehr gerufen wurde, weil von einem Brand ausgegangen wurde. Für die Maler boten sich spektakuläre Sonnenuntergänge und auch Edward Munchs berühmtes Gemälde *„Der Schrei"* soll sich auf die Katastrophe von Krakatau beziehen.

Von der Insel Krakatau blieb nur ein Drittel übrig. Die beiden nördlichen Krater Danan und Perboewatan verschwanden komplett, nur vom Rakata blieb noch die Südflanke stehen. Circa 20 km³ Gestein und Asche wurden bis zu 25 km hoch in die Atmosphäre geschleudert. Die gewaltigste Explosion war die letzte, am 27. August um 10:02 Uhr, die den Abschluss einer ganzen Serie von Eruptionen vom 26. August an bildete und deren Knall als das lauteste Geräusch gilt, das je auf Erden gehört wurde. Bis ins 3.100 km entfernte Perth war es zu hören, ebenso auf der 4.900 km entfernten Insel Rodrigues. Die Luftdruckwelle der Explosion war sogar noch nach fünf Tagen und sage und schreibe sieben Erdumrundungen messbar. Die Gewalt der Detonation war 7.000 Mal so stark, wie die der Atombombe, die auf Hiroshima niederging.

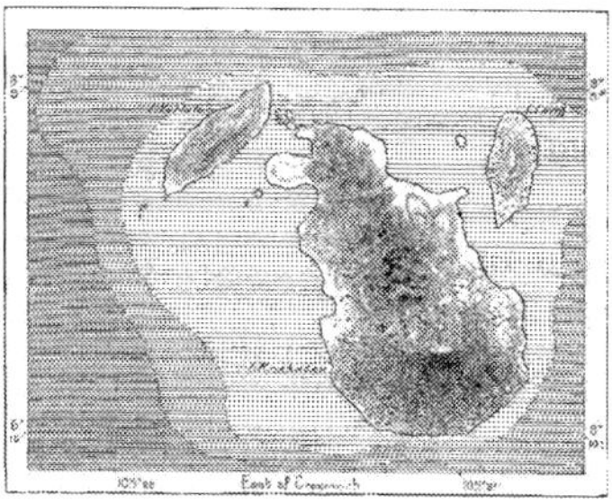

Krakatau vor dem Ausbruch

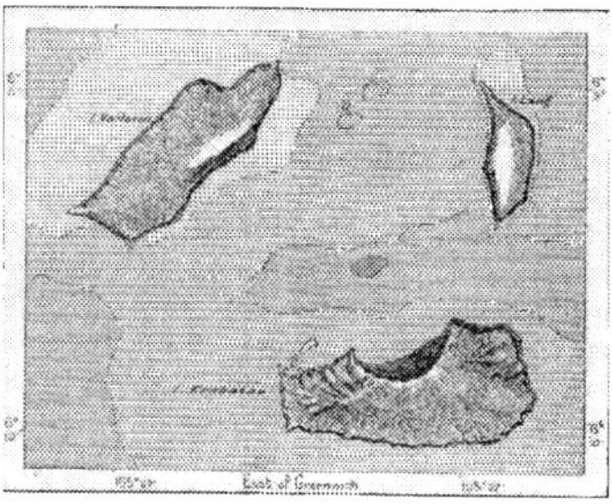

Krakatau nach dem Ausbruch

Viel wurde im Nachgang der Explosion des Krakatau geforscht, um zu rekonstruieren, wie genau sich das verheerende Unglück zugetragen hatte, und vor allem, um daraus zu lernen, die Zeichen bei künftigen Ausbrüchen richtig zu deuten. **Rogier Verbeek** war der Erste, auf die Daten, die er für seinen Bericht im Zeitraum von 1883 bis 1885 zusammentrug, stützten sich beinahe alle, die ihm nachfolgten.

Der **Leuchtturm Fourth Point** an der Westküste Javas und sein einheimischer Wärter sind der Realität entnommen. Welche Tsunami-Welle den Turm letztendlich zum Einsturz brachte, ist unklar, nur das er dabei von einem 600 Tonnen schweren Korallenblock getroffen wurde, scheint gesichert. Auch, dass der Leuchtturmwärter überlebte, während seine Frau und sein Sohn von der Welle erfasst und ertränkt wurden, ist keine Fiktion.

Die **Queen Anne** ist ein fiktives Schiff und steht stellvertretend für einige reale Schiffe, die während des Ausbruches auf der Sundastraße unterwegs waren und das Inferno relativ unbeschadet überstanden haben, wie z. B. die Gouverneur-General Loudon, die W. H. Besse, Charles Bal und einige andere.

Den **Zirkus Wilson** gab es wirklich und er gastierte – wie beschrieben – im besten Hotel Batavias (mit den veranschaulichten Ereignissen).

Der **Anak Krakatau**, das Kind des Krakatau, der sich 1928 zum ersten Mal an der Stelle durch die Wasseroberfläche erhob, wo sich der Vorgänger befunden hatte, brach seit dieser Zeit etliche Male aus und wuchs rasch und unaufhaltsam. Nur zwei Jahre später war Anak Krakatau bereits sechs Meter hoch und noch einmal zwanzig Jahre danach ganze einhundertfünfzig Meter. Anfang der 1980er-Jahre war der Gipfel des neuen Vulkans vierhundertfünfzig Meter hoch. Der Anak Krakatau zählt zu den aktivsten Vulkanen der Erde. Bei einem Ausbruch am 22. Dezember 2018 wurde erneut ein Tsunami ausgelöst, der 438 Menschen das Leben kostete. Der letzte große Ausbruch datiert auf den 11. April 2020, bei dem der Berg einen beträchtlichen Teil seiner Höhe einbüßte und die Explosion bis ins 150 km entfernte Jakarta (ehem. Batavia) zu hören war.

Spielfilme, die sich des Themas annahmen:

- 1953: *Der Rebell von Java*
- 1969: *Krakatoa – das größte Abenteuer des letzten Jahrhunderts*

JETZT NEU:

Taschenbuch : *764 Seiten;* ***ISBN-13 :*** *979-8842830596*

ÜBER DEN AUTOR

André Milewski, Jahrgang 1978, kam auf Umwegen zum Schriftstellerberuf. Nach dem Schulabschluss und einer handwerklichen Ausbildung zog es ihn zur Marine. Von dort wechselte er nach acht Jahren in die freie Wirtschaft, wo er eine Tätigkeit als Einkaufsleiter übernahm.

Erst 2010, mit der Erfindung seines Helden Max Falkenburg, begann seine Karriere als Autor. Mit seiner **„Geheimakte“**-Reihe schuf er sich schnell eine treue Fangemeinde. Aber auch seine **„Heather Bishop“**-Serie oder Titel wie **„Elfenbeinkrieg“** erfreuen sich großer Beliebtheit unter den Lesern.

André Milewski lebt und schreibt in Schleswig-Holstein/Deutschland.

Mehr über den Autor und seine anderen Bücher gibt es auf der Website www.andre-milewski.de zu erfahren. Dort besteht auch die Möglichkeit, sich für einen Newsletter zu registrieren, um automatisch über neue Bücher, Gewinnspiele und Messeauftritte informiert zu werden.

facebook.com/AutorAndreMilewski

twitter.com/Andre_Milewski

instagram.com/andre_milewski

Bücher von André Milewski

Geheimakte-Abenteuer *(fortlaufend)*

Die Falkenburg Chroniken *(abgeschlossen)*

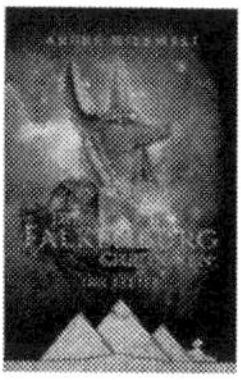

Heather-Bishop-Thriller *(fortlaufend)*

Einzelbände

Printed in Poland
by Amazon Fulfillment
Poland Sp. z o.o., Wrocław

49592118R00201